U0725784

老饕续笔

［增订本］

赵　珩　著

生活·讀書·新知

三联书店

图书在版编目(CIP)数据

老饕续笔/赵珩著. —增订本. —北京:
生活·读书·新知三联书店,2021.7 (2025.5 重印)
ISBN 978 - 7 - 108 - 07161 - 3

Ⅰ.①老… Ⅱ.①赵… Ⅲ.①随笔 – 作品集 – 中国 – 当代
Ⅳ.① I267.1

中国版本图书馆 CIP 数据核字(2021)第 079177 号

特邀编辑　孙晓林　张　荷
责任编辑　王　竞
装帧设计　薛　宇
责任校对　常高峰
责任印制　李思佳
出版发行　**生活·讀書·新知** 三联书店
　　　　　(北京市东城区美术馆东街 22 号　100010)
网　　址　www.sdxjpc.com
经　　销　新华书店
制　　作　北京金舵手世纪图文设计有限公司
印　　刷　河北鹏润印刷有限公司
版　　次　2021 年 7 月北京第 1 版
　　　　　2025 年 7 月北京第 2 次印刷
开　　本　787 毫米 × 1092 毫米　1/32　印张 10.375
字　　数　205 千字
印　　数　5,001 – 6,000 册
定　　价　59.00 元
(印装查询:01064002715;邮购查询:01084010542)

目录

自　序

《老饕漫笔》出版整整十年了，十年之内共印行了八次，同时也在日本和中国台湾出版，部分文章被译成英文，这都是笔者始料不及的。当然，能得到一些读者的喜爱，个人也感到十分欣慰。

《老饕漫笔》就是一本与饮食有关的随笔集，每一篇都关乎饮馔，却又不单纯是写饮食的，其中涉及个人数十年来的人生经历，虽然是些零星的回忆，却没有虚构的成分。有些回忆可能是我所珍视的，但不一定都会引起读者的共鸣。仁者见仁，智者见智，其实并不重要。大多数人可能更喜欢的是关于饮食的文字，那就将它作为茶余饭后的消遣，也无不可。

十年之后的今天，我又写了一本《老饕续笔》，将它奉献给读者。第一本《老饕漫笔》既不是什么"貂"，那么这本《续笔》也就谈不上什么"狗尾"了。只是意犹未尽，作为前者的补充，其中也有近十年以来的闻见。从写作的风格上讲，大抵还是《老饕漫笔》的路子。

有人曾问过我，怎么会有如此之好的记忆，几十年前的事情都还记得？其实很简单，我是个形象思维的人，不善于做长篇大论的逻辑思考，但见过的事总能留有印象，就好像眼睛不好的人，耳朵却比较灵，总会有一点长处。此外，我常说自己写东西是采取"调胶片法"，将脑子里储存的"胶片"拿出来再给自己放映一下，将它复原于纸上，也就是这样简单。另外，每个人都有自己对事物、对社会的关注点，大凡是喜欢的事，总会格外留意一些罢了。

《续笔》的内容如同《漫笔》一样，涉及各地饮食的方方面面，也有少量关于国外的闻见，由于是外行谈吃，自然少不了许多纰漏，将来自会有方家匡正。至于人生阅历和见识，更是比不了前辈先生，肤浅之处在所难免，也是难逃智者法眼的。

曾有人建议在《续笔》中加入若干图片，最后还是被我否决了。原因是无论"漫笔""续笔"都不仅仅是关于饮食的书，些许图片并没有什么太大的意义。就像不加调味品的蔬菜，原汁原味，希望通过文字的描述，达到使人在阅读时产生意境的效果。此外，即使是在今天的"读图时代"，以图片充斥随笔类图书，也会无形中增加印制成本，给读者带来不必要的负担。因此，这本小书中没有图像的表达。

十年前《老饕漫笔》出版的时候，是由朱季黄（家溍）先生作序，王畅安（世襄）先生题签，遗憾的是，十年之中两位前贤先后作古，而我也已过花甲之年，世事沧桑，即是如此，这是谁都无法逆转的。尽管如此，还是会怀念逝者。

令我感到非常荣幸的是，就在《续笔》交付出版社之日，今年九十八岁高龄的黄苗子先生欣然为本书题签。长者厚爱，感激莫名，在此并致谢忱。

《老饕续笔》即将付梓了，在此衷心感谢为此书付出辛劳的三联同仁，是他们的热情，鼓励我将这本小书完成的。

2011 年 5 月　赵珩于彀外书屋

重阳话蟹肥

重阳在迩，秋风飒飒，正是霜蟹渐肥的时节。

"八月秋高蟹正肥"，说的是螃蟹要在深秋经霜之后才渐渐肥壮起来。北京秋来得早，中秋过后至重阳之间，正是秋蟹最好的季节，至于南方，秋蟹总要待到霜降过后。陆游诗云"况当霜后得团脐"，正是如此。古人食蟹，必曰持螯，螯即是螃蟹生于顶端的变形步足，用以捕食和防卫，通常称为蟹钳，古人认为那是蟹中最为丰腴肥美的部位。

我们常常把敢为天下先者称为"第一个吃螃蟹的人"，其实，中国人吃蟹早在《周礼》中就有记载，唐宋时还有了《蟹志》和《蟹谱》这样的专著，所以说，吃螃蟹至少已有两三千年的历史。《东京梦华录》虽记食蟹不多，却记皇宫的东华门外有市，卖各种鱼虾肉类和蔬菜瓜果，其中不乏河蟹，可见彼时南方食蟹之风已经北渐。明朝的张岱在《陶庵梦忆》曾写到吃蟹："河蟹十月与稻谷俱肥，壳如盘大，中坟起，而紫蟹巨如拳，小脚肉出。掀起壳，膏腻堆积，如玉脂，虽八珍不及。"张岱这里说的十月河蟹，当指的是公蟹。农历十月，也就是现在所说的公历十一月中旬了，此时的公蟹最好吃，膏子肥满，绝对不输于母蟹。

馋人食蟹还是最喜欢母蟹。《清异录》就曾记载五代后汉高祖刘知远的幼子承勋独嗜蟹黄，人家对他说古人食蟹最重二螯，他却说十万蟹螯抵不上一个蟹黄。有个在香港生活过的朋友对我说，那里有些饭店专门卖炒蟹粉，虽然价格不菲，却是地道的蟹黄和蟹肉，绝不掺假。我想那倒是很过瘾的。杭州的知味观近年有个创新菜，名叫"蟹酿橙"，是将剥好的蟹黄、蟹肉酿入香橙之内，再经蒸热而食。蟹香与橙香混合在一起，有些酸甜，真正喜欢吃螃蟹的人是不会吃这道菜的，但我喜欢吃，每次去杭城，必去知味观点个蟹酿橙，总会让人耻笑。大凡喜欢持螯剥蟹者，重的是一种情趣，慢慢剥来，享受的是食蟹的过程。

江南人食蟹的功夫不得不佩服，一个螃蟹能吃上两个小时，不算夸张。有个笑话，说旧时京浦路方通车，那时算上从上海到南京，再坐轮渡至浦口去北京，大约要四十多个钟头。有个上海人从一上车就开始剥一个大闸蟹，就着一小瓶花雕。剥一只蟹腿，抿一口花雕，居然车到北京前门火车站，只是吃掉两个蟹螯和八只蟹腿，连螃蟹盖子都还没打开呢。

我是北人，不擅食蟹。虽然从小家中有重阳食蟹的习惯，但我还是懒于动手剥蟹的，望着大家持螯兴浓，当然也是极馋的。别人看我独自向隅，殊为可怜，总是会剥一两个给我，蟹黄、蟹腿和蟹钳里的肉剥好，都满满地放在一个蟹壳中，倒上姜醋，三两下就吃净了。久而久之，养成"不劳而获"的习惯，大抵每次家中吃蟹都是如此，所以在外面的宴会上是不敢吃螃蟹的，免得让人笑话。

去岁到江阴华西村，晚上吴仁宝老书记的三公子阿三（协平）请我吃饭，最后一道竟是一公一母两个大闸蟹，赤红油亮，真可谓是红袍金爪，而且个头儿奇大，煞是可爱。江苏的蟹不一定都出在阳澄湖，其他地方的湖蟹也很出名，那天的蟹就非常好。缘于不会吃蟹的原因，也是他盛情招待，已经吃得很饱了，所以坚持说不吃了，实在也怕糟蹋了这样的好东西。阿三是性情中人，哪由分说，死拉活拽非要让我吃，哪怕吃一个也行，最后拗不过他，只得由他剥开蟹盖，尝了一个圆脐的，真是满黄。吃蟹钳、蟹腿的本事没有，只得糟蹋了，实在可惜。这也是惟一一次在外面自己动手吃蟹。

1993年我到台北的第一天晚上，去了一位亲戚家中，恰巧是晚他们的朋友托人经"华航"从香港弄来一篓子真正的阳澄湖大闸蟹。那时两岸尚未通航，这些大闸蟹运到台北是太不容易了。先是香港的"国泰"飞上海，从上海买到真正的阳澄湖大闸蟹再回香港，转交了"华航"的同仁才弄回来。我想今天两岸通航，可能就不会如此麻烦了。那篓子大闸蟹也是个头奇大，蒸出后赤红油亮，和阿三请我吃的差不多。主人说此蟹是难得之物，非要让我吃，我也是推脱说吃过饭了，坚持不吃。可能是人家看出我的为难，最终还是为我剥了一个，如愿以偿。其实，似这等剥好了的大闸蟹，别说一个两个，就是十个八个也是吃得下的。清代画家李瑞清一生嗜蟹，卖画的钱都拿来吃蟹，号称"每顿食蟹一百"，人称"李百蟹"，是否夸张尚且不说，就是真能吃上一百个蟹，大概也是只吃蟹盖子里的蟹黄和蟹膏，舍了蟹螯和蟹腿的。要是老老实实地吃，粗粗吃上二十个也得半天时间，何况百蟹。李瑞清食蟹却不画蟹，大抵螃蟹都到了他肚子里，就不用画在纸上了。

清代戏剧家李渔嗜蟹最著名，他的《闲情偶寄》中有不少关于食蟹的文字："予嗜此一生，每岁于蟹之才出时，即储钱以待，因家人笑予以蟹为命，即自呼其钱为买命钱。自初出之日始，至告竣之日止，未尝虚负一夕，缺陷一时，同人知予癖蟹，招者饷者皆于此日，予因呼九月、十月为蟹秋。"李渔认为天下最好吃的东西就是蟹了，他说："合山珍海错而较之，当居第一，不独冠乎水族而已。"他以为："以之为羹，鲜则鲜矣，而蟹之美质何在？持之作脍，腻则腻矣，而蟹之真味不存。更可厌者，断为两截，和以油盐豆粉面煎之，使蟹之色、香、真味全失，更是恶作剧矣。"其实，李渔是有些偏执的，蟹之吃法各具一格，不能一概而论，那些至大至肥的蟹自然要蒸好剥来食之，但其次者做羹汤也无不可。前时国家大剧院请客，在北京的咸亨酒店吃过螃蟹雪笋汤，还是不错的。天津红旗饭庄有道银鱼紫蟹火锅，也有特色。至于李渔说的"断为两截，和以油盐豆粉面煎之"的那种，上海人谓之"面拖蟹"，大多使用不太大的蟹，做得也很好吃。我的岳母是苏州人，她做的"面拖蟹"就很令人怀念。另外，蟹黄的用途更是广泛，除能做馅儿，如蟹黄汤包之属，还能作提味他用。我家每年秋季食蟹，必剥出些蟹黄储存，放在冷冻箱里，凡做"狮子头"，就会放入一点，其鲜美绝对殊于一般。此外，蟹黄鱼肚、蟹粉鱼唇等，蟹黄也是点睛之笔。

不要说食河蟹费事儿，就是吃海蟹也不那么容易。前几年在日本北海道吃过一次皇帝蟹，价钱极贵不说，肉也不多，味道与一般海蟹无异，食后连呼上当。要说吃海蟹过瘾，倒是九十年代中我在泰国的帕提亚海滨。那次在海滨露天吃海蟹，每人一个，但海滨苍蝇众多，许多人讲卫生，看看就走了，余下不少，惟我独享。泰国的海蟹虽不是帝王蟹，但个大肉多，尤其是两只蟹钳，用粗大的木棒敲开，都是满满的、雪白的蟹肉。我那天竟自吃了四五个，直到觉得很饱，真是太过瘾了。

江蟹看似肥壮，味道却远不能和湖蟹相比，吃法也和湖蟹不同，多是切开来用葱姜炒，而很少有剥来吃的，无论味道和情趣都差多了。泰国餐馆少不了咖喱蟹，用的是海蟹，品种不同，价格也有异，咖喱蟹里的蟹倒是不见得多好吃，但那用椰奶调出的咖喱汁却有东南亚的特殊风味，如果用咖喱蟹汁拌上泰国香米饭，可要小心别吃多了。咖喱蟹有些喧宾夺主，换句话说，舍本求末，白马非马，蟹已是配角了。西餐中有烤蟹盖，是将剥出的海蟹肉再放入蟹壳中，浇上奶油计司调好的面糊，入烤箱烤熟，味道极美。北京起士林西餐厅有此传统菜。那海蟹要新鲜的，都是他们经理亲自回天津去采购。我与起士林相熟，有次一位朋友同我去吃烤蟹盖，硬说里面的蟹肉比他独自来吃时要多多了。

海蟹、江蟹毕竟无法和河湖之蟹相提并论，有人曾说："不到黄山辜负目，不食螃蟹辜负腹。"（原诗"黄山"作"庐山"，是宋人徐似道的《游庐山得蟹》里的句子，后来人以为庐山之美不如黄山，就讹传为黄山了）确也有些道理，不过，洋人是不食河湖之蟹的。

时下讲究江南阳澄湖的大闸蟹，商家也多以此为号召，认为只有阳澄湖蟹才是蟹中极品，于是冒牌的"阳澄湖大闸蟹"充斥市场。其实，北方的蟹并不逊于南方，旧时北京人大抵是吃天津附近胜芳镇出产的螃蟹，那里是海河的入海口，地势低洼，盛产螃蟹，尤其是霜降过后，团脐的母蟹正是黄满肉肥，再过些时候，尖脐的公蟹也是膏腴螯丰。随着海河的疏浚，胜芳沼泽消失，北方的胜芳蟹是再也吃不到了。眼下的北方蟹多来自河北的白洋淀。而南方阳澄湖的大闸蟹又多鱼目混珠，其实苏北高邮的湖蟹也是好的，又何必非要冒充是来自阳澄湖呢？

旧时北京前门外肉市有家正阳楼饭馆，菜肴不甚出名，倒是秋天的螃蟹和冬天的涮羊肉享誉四城，那里的大螃蟹全部来自天津胜芳镇，个个黄满膏腴，团脐一斤仅称三个，尖脐一斤仅能称两个。那时一般的螃蟹仅一两毛钱一只，可正阳楼的大螃蟹要高出市面几倍，不是人人都吃得起的。据说正阳楼的螃蟹从胜芳镇采办进货后，要在店中用芝麻喂养十天左右才能出售，为的是使蟹黄蟹肉更加鲜美。活蟹洗净后要用木笼蒸，为的是封闭严实不跑味儿。一旦开启笼屉，蟹香四溢，蟹壳红中透亮，诱人食欲。每至重阳前后，食客络绎不绝。正阳楼还自创了一整套食蟹工具，例如木槌、铜钳、竹针等等，可以方便取食蟹肉，不至狼狈不雅之态毕现于餐桌。

《红楼梦》中有许多关于食蟹的描写，尤其是宝玉钗黛的几首"食螃蟹咏"，对螃蟹的描述入木三分，而用来洗手的东西也最为讲究，那是"菊花叶儿、桂花蕊熏的绿豆面子"。至于普通百姓人家，食蟹后洗手去腥大多是用紫苏叶熬的水。我在台北吃螃蟹，食后用的是一种很特殊的洗手液，据说台北市面上有售，有淡淡的清香，盛于钵中，上面撒了不少菊花瓣。

过去南方人食蟹多在家中，而且一年中很长时间都可以吃到螃蟹，类似北京正阳楼那种馆子出售螃蟹的却很少，只有酒馆中才为顾客蒸蟹。北京的酒铺和小饭馆倒是肯为顾客蒸蟹下酒，但是那种螃蟹就要逊色得多了，姜醋调料也不好。糟蟹和醉蟹却很多，北京的稻香春、森春阳专营南味食品，那糟蟹、醉蟹大抵是南边运来的。

啖蟹的作料自然要擂姜调醋，醋当以镇江香醋为宜，而不能用山西陈醋。和少许糖，但不能太多，要甜酸适度，这样才能使蟹的鲜美发挥到极致。《梦溪笔谈》有云："大业中，吴郡贡蜜蟹两千头……大抵南人嗜咸，北人嗜甘，鱼蟹加糖蜜，盖便于北俗也。"我想沈括可能有些望文生义，蜜蟹之谓，可能是说蟹的品种之鲜美如蜜，如果真的将蟹加蜜糖，倒真是有些恶心了。江苏太仓人喜欢用五香糟油蘸食河蟹，而不用姜醋，因为没有吃过，所以不晓得味道如何？饮酒则只能是绍兴陈年花雕、女儿红，是不好饮白酒的。蟹性寒，酒当热饮，花雕需用锡壶盛装，在热水中加温。举觞剥蟹，是何等之乐？

八月为桂月，九月为菊月（指农历而言），过去北方蟹上市早，八、九两月都是金秋时节。食蟹必须佐以诗酒。所以无论是持螯赏桂，还是剥蟹对菊，都是文人雅事。重阳前后尤其是菊花盛开的季节，所以蟹与菊花总是联系在一起的。九九重阳，观赏菊花之时，往往自然而然地想起那肥大的蟹来。

也说口蘑

　　台湾的唐鲁孙先生曾写过一篇《口蘑的话》，借他人之口，对早年察哈尔省张家口的口蘑叙述甚详。唐先生是世居北京的土著，尤其对口蘑的生长成材过程更有了解。旧时北京人所食的菌类品种远没有像今天这样多，大抵是南方的香菇和北方的口蘑，最为常见，也是家庭和餐馆中不可或缺的必备干货。

　　云南是各种菌类品种最丰富的省份，前些年陪着从美国来的亲戚游云南，大吃了几次云南的菌子火锅，以至她念念不忘，每次回国，都会闹着要吃这样东西。云南的油鸡枞和干巴菌其实早在三十多年前已经在北京普及，在云南驻京办和一些云南的专卖店都能买到，一般是放在玻璃瓶里用油浸过的，味道浓郁，可以用来佐餐。要是下碗面，放上些油鸡枞，再倒入些浸油，真是滋味鲜美。最近连续去过几次云南，才对云南野生菌有了些了解，据说有上百个品种，我在昆明和大理也都吃了菌子火锅，却总觉得赶不上十年前吃过的。惟有羊肚菌和黑松露，倒是此中珍品。由于野生品种少，自然是价格不菲。

　　法国人视白松露为最贵重的美食，一公斤白松露，价值当在数十万港币。白松露向有餐桌上的"白色钻石"之称。法国、日本虽重白松露，但多不出产，倒是意大利出产白松露，远销欧美、日本。白松露不能加热，必须生食，其味道浓重，香气扑鼻，如在汤中略放上些白松露屑，已经是不得了的享受了。如果再奢侈些，将白松露撒在奶酪上，就着面包片吃，更是过瘾。其实，白松露被炒成天价，也是人为的缘故，自"二战"结束后，白松露的价钱就一路飙升，虽说是与鱼子酱、法国鹅肝同被列为世界三大珍馐，但其价格却是远远高于后面两种的。

中国和法国都产黑松露，但价钱只有白松露的五分之一不到，也要算是珍品了。以前在法国和北京的福楼、马克西姆餐厅都吃过黑松露，味道也没有什么特殊，并非物有所值。在云南吃的黑松露更是奢侈，是切成片，用鸡蛋炒来吃的，可惜做得不好，要是法国人看了，准会认为在糟蹋东西。北京市场上也号称有干的黑松露卖，价格并不太贵，或者并不是真的，质量就更说不上了。

昆明的菌子火锅店很多，可用的各种菌类有二三十个品种，但吃的先后顺序和涮煮的时间都有不同，这时老板或服务员总会在旁边指导一下。大凡去昆明的人都要去吃一次菌子锅子，否则会有些遗憾。当地的主人也会安排一次，以尽地主之谊。这些"野生菌"到底有多少真是野生的，我总有些怀疑，不过主人说是，也就不好深究了。无论是否野生，大多是鲜的，几乎没有干发的品种，里面的水分较大，吃起来总是不太理想。只有云南的羊肚菌是真正的上品，此物也只在云贵才能吃到最正宗的。据唐鲁孙先生说，过去在北京中山公园的长美轩有红烧羊肚菌。可惜余生也晚，没有吃到过。

"鲜蘑"一词，本来就是个很含混的概念，过去是指新采摘的野生蘑菇，欧洲的森林中天然生长着各色各样的蘑菇，当然，里面有能吃的，也有有毒而不能吃的，不少野生蘑菇是会吃死人的。小时候看格林童话，总会有小女孩儿去森林里采蘑菇的情节，留下了深刻而美好的印象。在中国的西餐馆中，有许多蘑菇类的菜品，像"蘑菇烩里脊丝""奶油计司烤鲜蘑""奶油蘑菇汤"等，大抵是用整个的或切碎的蘑菇做成。而真正法国或意大利的蘑菇汤，却是用打碎的蘑菇茸做的，呈灰褐色，是看不见蘑菇的，却有浓郁的蘑菇香味儿。这些原材料的来源我没有过多考证，但现在许多西餐馆中用的蘑菇却是罐头蘑菇做的，一尝就知道是罐头味儿。现今中餐馆里的菌类，几乎都是鲜的，绝大部分是人工培植，更是不好吃。

无论山珍海味，都是干发的比新鲜的要贵重得多。海参、鱿鱼、干贝、鲍鱼，鲜的都很便宜，味道也差得太多了。在青岛、大连都吃过鲜海参，无法与干发海参相提并论。澳洲有大鲜鲍，也绝不如日本的干网鲍发了好吃。至于鲜贝更是不值钱，几十年前几乎是没人吃鲜贝的。山珍也是一样，无论香菇、木耳、猴头、蘑菇，都是干的，买回来要自己发。过去干发的菌类山珍都是放在海味店里卖的，没有单卖山珍菌类的商店。还记得五十年代的东安市场里有两三家干货店，平时很少有人光顾，灯光幽暗，好像没有什么生意，其实他们多是做各家大饭庄子和宅门儿的买卖，交易值远比一般的食品店高多了，所以也不愁不赚钱。

2004年，我接受法国国家电视二台《美食与艺术》专栏作家蓝风的采访，曾直言不讳地对他说，每个国家都有自认为最好吃的菌类，我就认为中国的口蘑最好吃。蓝风睁大了眼睛，不明白什么是"口蘑"。给我们当翻译的桑德琳女士也没法翻，如果用英文说是"Mushroom"就太笼统了，我只好想出一句中文："一种长在牛粪上的菌，生长在中国的北方"，让桑德琳翻译给他听，这次蓝风懂了，不过他很不解地摇摇头。

所谓口蘑，并不是出在过去察哈尔省的张家口，而多数是出在锡林郭勒盟的东、西乌旗和通辽，以及呼伦贝尔草原上。因为焙干加工都是在张家口完成，又是大宗批发和销售的集散地，故而以"口蘑"称之。这种蘑多生长在有机的腐殖草原上，尤其是牛羊的粪便较为集中的地区——这种叙述很麻烦，所以我只告诉蓝风是生长在牛粪上。夏末秋初，草原多雨，经过几场大雨后，内蒙古草原上的温度高，湿度也大，菌丝繁殖极快，菌伞即从草原上冒出。

刚生出的蘑既圆又白，被称为白蘑，是为上品，等到后期菌伞龟裂，颜色变成了黄褐色，就只能沦为中下品了。所以口蘑又称为白蘑。口蘑中还有被称为"银盘口蘑"的，也有叫"营盘口蘑"的，我曾问过张家口卖口蘑的，其说不一。一是谓之菌伞状如银盘而得名；另外的说法则是多在蒙古旗兵驻防的营地采摘，据说这些营盘所在是马匹牛羊集中的地方，草床肥厚，宿草更生，天然有机肥丰富，所以出产更为优良。口蘑虽可以将鲜的洗净入馔，但更多的是要经过再加工，拣选焙干，使之水分全无。最上品的口蘑当为"籽儿蘑"，也叫"珍珠蘑"或"白蘑丁"，颗粒状，却十分饱满，上面还挂着一层白霜。而那些个头大的并非是最上品，而且下面的梗也大，食用时泡发之后是要去掉的。

近三十年来，不知为什么，口蘑极其少见，去很多农贸市场的干货棚打问，竟然不知为何物，都是摇摇头说没有。有的甚至拿出干的榛蘑充之。至于香菇、花菇、猴头菇倒是哪里都有，个头奇大，绝大部分是人工培植后焙干装成袋的。香菇的产量最大，尤其在中国，绝大部分的省份都是出产香菇的，但以浙江、福建为最佳，现在也多为人工培植。无论干鲜，香菇的价钱是无法和口蘑相比的。

1997年，因监督重点图书《北京市志稿》在张家口的印制，我曾先后三次去过张家口市，终于在那里购得最上好的珍珠蘑，粒小而饱满，确是挂了白霜的那种。那里的商店既有论斤称的，也有封在塑料袋里的，质量基本一样，不同档次的当然价格也相差悬殊。每次去都要买上两袋带回，放在铁筒中，吃个三四年。因为是完全焙干的，所以只要保存得当，十年以内都没问题。好东西也终有吃完的一天，再后来只得在北京的红桥市场买，虽然价格差不多，但质量和香味却有很大的区别。

从前北京的大小馆子里，口蘑是绝对少不了的，调汤提味儿靠的都是它。那时不要说是大饭庄子、回汉两教、京津鲁菜的馆子，专做素席的佛寺禅林，就是卖豆腐脑的小铺儿，几乎没有不用口蘑的。豆腐脑虽是最平民化的早点，但品质却是含糊不得的，汤一定要用口蘑来调，加上羊肉末、黄花菜和少许碎木耳，稀稠得当，浇在雪白豆腐脑上的卤里，口蘑都清晰可见。可如今豆腐脑的卤子寡淡稀薄，运气好的顶多漂了几许黄花和木耳，羊肉、口蘑却是打翻了锅也找不到。问过几位行家，告诉我两个原因：一是口蘑的成本太高，二是口蘑洗起来太麻烦，首先是要泡上一天一夜，发软后要一个个用手去除泥沙。口蘑生长的环境特殊，沙子和泥土甚多，不是精心洗净则会非常牙碜，可能还出力不讨好。我想，应该还有第三个原因，就是现在知道用口蘑的太少了。

口蘑之鲜，是别的材料代替不了的。

口蘑与羊肉可谓绝配，晋北和内蒙古地区多吃莜面，尤其是山西的"栲栳栳"，是将莜面捻成卷状，放在栲栳（木笼屉）里蒸出的，本来莜面略有些涩滞，关键是所蘸的卤子要好，虽然蘸莜面的汤卤也有其他品种，但以口蘑羊肉汤最佳，口蘑与羊肉相得益彰，味道纯正，用莜面蘸来，鲜美无比。

过去北方的素菜馆，除了豆腐、面筋、香菇等外，口蘑自是少不了的，口蘑与豆腐相配，也是最佳的搭档，庙里的斋饭平时简单得很，但要招待紧要的檀越，必须要有口蘑、香蕈之类，非此不能显出方丈的真诚。

教门（清真）馆子里也是必以口蘑入馔的，既可用来调汤，也能与牛羊肉搭配，或独立成菜，西来顺的烧口蘑就做得极好。我在张家口的教门餐馆中也吃过口蘑，近水楼台，选料择优，自是不消说了。

京式鲁菜多起源于旧时的大饭庄，这些饭庄的菜本来中吃得不多，但其中有一道口蘑鸭子，却是做得最好。五十年代，北京的老饭庄基本歇业，但有些菜却被一些名气不太大的中流京鲁饭馆继承，东安门大街路南的春元楼做的口蘑鸭子，令人至今齿颊余香。那鸭子不腻不柴，有口蘑相偎，全无鸭臊气，所用的籽儿蘑几乎一般大小，入口滑润筋道，虽与鸭子同烧，却又不失本味。

普通家庭对口蘑的使用，最为常见的要数打卤面了。北京人最爱吃打卤面，除了面或切或抻要好之外，卤是最讲究的，最上好的卤是先用鸡鸭汤垫底，放入洗净的口蘑调汤，此时可将泡发过口蘑的水滤净，兑入汤中同煮。此后再放入干海米、对虾片、肉片和发好的黄花、木耳、笋片，勾芡粉后打入鸡蛋穗子，最后淋上刚炸好的香油花椒油，这是上好的卤了。这卤用不用口蘑有着天壤之别，也可以说是打卤的点睛之笔。

口蘑的馥郁浓香不见得输于松露，只是近年来草原生态的破坏，品质和产量都略逊于从前了。

且说食羊

要去土耳其了，内子最担心的问题就是在那儿的饮食，她是绝对不吃牛羊肉的，对她来说，这是最头疼的事儿。

其实，羊的食用在全世界最广泛，几乎没有一个国家是不吃羊肉的，远比猪和牛肉入馔要多。在中国，无论南北西东，也没有一个省份是不吃羊肉的，只是普遍与不普遍的问题。中东和所有的阿拉伯国家不说，就是在欧美和澳洲，羊肉也是美食，羊奶的应用甚至比中国都要多，用羊奶做的奶酪在法国就有许多品种。我在墨西哥驻华使馆吃过一次羊奶馅饼，样子像我们的春卷，但要大一些，也是炸的，里面的羊奶很浓郁，却不膻，作为 Dessert（饭后甜点），再配一点冰酒，非常好吃。法国菜中的香草羊排、黑椒汁羊腿，都是看家菜。我还没有去过土耳其，但在美国洛杉矶的土耳其餐厅吃过一次烤羊肉串，扦子很长，肉块儿很大，外焦里嫩，配着烤番茄，真是美味极了。

羊本是野生动物，是后来被人类驯化的，现已发现最早被驯化的羊是出自西亚的，中国在龙山文化时期，已经有了饲养食羊的考古发现。据说，中国的家山羊祖先是野生捻角山羊，而家绵羊的祖先则是野生东方盘羊，绵羊的驯化比山羊要晚一些。

中国的羊肉菜肴是要远远比中东和欧美丰富的，仅北京就有东来顺的涮羊肉、烤肉季的烤羊肉（烤肉宛最初以烤牛肉著称，后来才添了烤羊肉）、月盛斋的酱羊肉、白魁老号的烧羊肉、西来顺的芝麻羊肉、李记的白水羊头等。而就全国范围来说就更是数不胜数。像内蒙古的手把（也作手扒）羊肉、浙江的白切羊羔、江苏的羊杂锅子、陕西的羊肉泡馍和辇止坡腊羊肉、青海的手抓羊肉、陕西宁夏的水盆羊肉、新疆的烤羊肉串和羊肉抓饭、海南的带皮东山羊、贵州的醋羊肉、甘肃的西夏烤羊、天津的羊肉粥、山东的全味羊肉汤等，真可以说各地有各地的特色。

在《东京梦华录》中，孟元老记述的汴梁饮食几乎有很大部分与羊肉有关，可惜有很多已经失传了，或与今天实至而名不同。这与关中陇右文化的影响密不可分，同时也与当地的物产有很大的关系。到了南宋，看看《武林旧事》《梦粱录》《西湖老人繁胜录》之类的笔记，关于羊肉饮食的记载就少得多了，但也不是绝对没有，北风南渐，有些可能就是南渡以后汴梁文化对临安文化的影响。

有人曾问过我，哪个菜系保持了旧日的传统最多，我说那就要算是清真菜系了。羊肉是清真菜的主角，我曾问过擅做清真菜的艾广富大师，他不但擅长清真菜肴，还擅长清真烤鸭，艾师傅从小学徒，继承了许多传统的技法。他说清真羊肉菜就有百十种做法，包括了羊身上的各个部位。艾师傅有张名片，背面印了他的许多头衔，正面只有一行字，在名字前写着"孝顺的厨子"。拿到他的名片不解，问了他才知道，他说以食客为衣食父母，自己要尽最大的能力做好菜，以飨食客，这就是"孝顺"的含义。明代有本古籍叫《全羊谱》，虽不是清真系的菜，但收录的明代和明代以前的羊肉菜肴就有百余种，许多技法对今天也有着参考价值。后来这本书由王仁兴先生整理标点注释，在燕山出版社出版了。

北京人旧时多将清真馆子称为"教门馆子"，虽是按清真规矩操作，但在技法上却受到京鲁菜的很大影响，除了涮肉、炙肉和小吃之外，西来顺、东来顺和南来顺等馆子的清真菜也各有千秋。北京的梨园行聚会、拜师等饮宴多在教门馆子里举行，为的就是便于穆斯林同业就餐。京剧演员中的穆斯林很多，如果不安排在教门馆子举行，很多同人就不便参加。广安门内牛街附近的两宜轩就是专门做这样生意的老字号。西来顺是马连良老板经常去的地方，于是就有了出名的"马连良鸭子"。又一顺创建年代较晚，好像是在1948年前后，也即在东、西来顺之后的又一"顺"，除了爆、烤、涮之外，也吸收了西来顺清真小炒的特点，像扒肉条、醋熘木樨、砂锅羊头、炸羊尾等都是其特色菜。

至于鸿宾楼，则不是北京的老字号，是上个世纪五十年代从天津迁来北京的，最初在前门外的李铁拐斜街五十号，据说那座院落是北京的"四大凶宅"之一。后来搬到了六部口，就在电报大楼的对面，这一时期的生意就越来越好了。现在已然安顿在展览路了。鸿宾楼是天津教门九大楼之一，天津地处海河边，因此天津的教门馆子也擅烹海味河鲜，所以鸿宾楼的鱼肚、鱼唇做得都很好，档次显然比北京的教门馆子高了一筹。加上鸿宾楼的匾是清末进士于泽久所书，真金铸就，身价自然又是不同。

旧时南城的回民较多，因此在崇文、宣武和前门外的教门馆子就更多一些。像前门外的一条龙等，就是类似的中小教门馆子，这类馆子一般都卖爆、烤、涮，也有清真炒菜。

上海的洪长兴是申江最负盛名的教门馆子，最初是马连良的伯父马春桥创立于清末，是为了方便来沪跑码头的京中回族演员就餐，后来由洪姓接手，改名为"洪长兴"。上海当时的教门馆子很少，于是洪长兴立时声名鹊起，红遍春申。1986年我去上海，住得时间稍长些，曾与金云臻老先生去过一次，彼时是清明以后，吃涮肉已不宜，两人叫了三四个炒菜，比起北京的教门馆子还是稍逊一些。南京有奇芳阁和绿柳居，也都是清真老字号，绿柳居没有去过，奇芳阁在八十年代去过一次，因为是一个人，不好多点，只是随意叫了两个菜，也属一般。

北京人吃惯了受京鲁菜系影响的清真菜，对西北清真羊肉的做法并不太熟悉，虽然新街口的西安饭庄开业较早，五十年代已经有羊肉泡馍，但新疆和青海的餐厅是直到六十年代初才在北京落户的。青海餐厅开业于1959年，在东四牌楼迤北路西，开业伊始就碰到了物质匮乏的年代。那时吃饭要预先去拿号，晚饭的号早在下午三点就发放了，没有号是不接待的。青海餐厅刚开业时颇有特色，有青稞糌粑和手抓羊肉，但那手抓羊肉是改良了的，并非我们今天吃的正宗西北手抓羊肉。虽是大块儿的羊肉，味道和做法却有点像北京清真馆子的扒肉条，但是非常好吃。米饭里掺了一种青海特有的植物，有点像葡萄干，也让人感到很新奇。到了1961年，粮食供应已很困难，青海餐厅规定，凡是在餐馆要了一个菜，米饭是可以随便吃的，而且只收钱，不收粮票。虽然菜的价钱很贵（我记得一个手抓羊肉要五元，这在当时已算是天价了），但这一举措确实有吸引力，所以每天中午以后，门前就排起了长龙。有次我和家人与一位摇煤球的师傅同桌，他只要了一份手抓羊肉，可面前摞起一摞饭碗（米饭碗不大，号称是二两一碗），我替他数了数，竟吃了十四碗，如果真是准斤足两，那他就吃了二斤八两。他将那份手抓羊肉连肉带汁吃得很有计划，直到最后一碗米饭时，都还剩有一点余汁和肉。这件事过去几十年，至今都如在眼前，他是饥饿中的幸运者，这顿饱饭虽然代价不菲，但终是一次莫大的享受。

西苑饭店的前身是五十年代的西苑大旅社，六十年代初在门口开了新疆餐厅，那时相隔不远的新疆驻京办餐厅尚不对外营业，于是这里就成了北京人最初领略新疆菜的地方。因为物质匮乏的年代已经过去，"文革"又尚未到来，所以新疆餐厅（开始称西苑餐厅）的生意极好，尤其是那里的烤羊肉串，肉块儿很大，扦子很长，外面还有层焦皮，黏着辣椒末和芝麻。

在我的印象中是没有孜然的，孜然这种东西是七十年代末才在北京出现的。

羊肉较之猪肉和牛肉的肉质，其纤维是要细腻得多了，而且持水性好，软嫩适口。很多人不吃羊肉是因为觉得羊肉有膻味儿。其实一般绵羊肉并不太膻，只有山羊肉是有些膻气的。羊的品种很多，除了藏羊生活在高原外，大部分地区都属于蒙古羊（也叫胡羊），可以大体分为四类。一般大、小尾的寒羊多产于中原，同羊多产于关中与河洛流域及四川，湖羊产于苏松杭嘉湖平原和太湖附近，而滩羊则产于宁夏。这些都是绵羊，肉都是不太膻的。山羊肉虽有点膻，但只要做得好，也会很好吃。海南的东山羊（壅羊）和四川的麻羊就是山羊，但很有特色。

古人有将羊称作"胡须郎"（见南朝梁任昉的《述异记》）和"长髯主簿""髯须参军"（见《初学记》引崔豹《古今注》）的，我想多是指的山羊，因为绵羊是没有胡子的。

我是喜欢吃羊肉的，除了从小在北京长大，吃惯了涮羊肉和烤羊肉之外，对内蒙古的手把羊肉（内蒙古不叫手抓，而多称手把）、新疆的羊肉抓饭和正宗的烤羊肉串都很感兴趣。曾在内蒙古呼和浩特的蒙古大营里吃过极其豪迈的手把肉，是用刀子自己割来吃的，完全不同于宴席上那种煮好的、有滋有味的现成手把肉，让人兴味索然。这种手把肉煮时不放调料，甚至盐都不放，是连骨的大块儿肉。吃手把肉用刀割肉时，刀锋应向内，不能以刀锋向人。传递割肉刀时，刀锋亦然，否则是不恭。在草原吃手把肉，听着蒙古长调，喝着马奶子酒，你会真正感受到蒙古民族的豪迈和浑厚。

在新疆吃羊肉则是另一番感受。我在夏末秋初的伊犁吃过一次盛宴，凉亭上摆满了各种瓜果，西瓜、哈密瓜、葡萄、库车梨罗列其间，桌上是烤馕、馓子、烤包子、羊肉抓饭，旁边烤着羊肉串。金风送爽，羊肉飘香，新疆姑娘翩翩起舞，你会立时觉得心旷神怡，那种悠游自在，又是一种光景了。

羊身上除了皮毛，几乎无一处不可入馔，尤其是内脏，各有不同的烹制方法，我在天津吃过一次奶汤羊蹄，汤色真如奶状，蹄肉软嫩，入口即化，放入胡椒粉和芫荽，鲜美无比。北方人吃羊杂汤或放入胡椒粉，或以芝麻酱等调入，汤是浑浊的；南方江阴一代则是清汤羊杂。其实早在汉代就已经有了吃羊内脏的记载，在《汉书·货殖传》的颜师古引晋灼注里，还说到要在煮羊胃的汤里加上胡椒粉的做法。

比较而言，我以为宁夏的羊肉出于所有的羊肉之上。前年去银川，吃了一次"老毛手抓"和一次"国强手抓"，味道都很不错。宁夏的烤羊背、爆炒羊羔肉等用的都是滩羊，滩羊肉质细嫩，绝不膻气，都是与当地水草有关的。

我认识的人中，不吃羊肉的还是大有人在的。今年春节，扬之水兄两次打来电话，鼓动我们和她一起去伊朗，我知道她是不吃羊肉的，问她去了将如之奈何？她说虽如此，但总会有办法的，能克服一下，看来不吃羊肉的人去中东还真是个问题。

羊肉最好吃，不吃羊肉，岂不少了一种人生乐趣？

说素斋

鄙人六根不净，又有着很强的口腹之欲，始终无法成为虔诚的佛教徒。虽如此，却不敢对任何宗教有所不敬，对佛教，也只能是"虽不能至，心向往之"罢了。

"素"与"斋"合称本不规范，吃素与吃斋是两个概念，是不该混同的。据说中土佛教的僧人吃素始于梁武帝萧衍，他力倡佛教徒吃素而不茹荤，并撰《断酒肉文》，从此中土汉传佛教至今茹素一千四百余年。其实，释迦牟尼的本意并非主张绝对吃素，只是要求佛教徒无所贪欲，不要聚敛财物以供养自己，过简朴的生活。托钵行乞之中，施主施舍什么就吃什么，也无忌肉食，佛教的《十诵律》中就有"净肉"之说。所谓净肉，就是不是为你而杀生的肉，只要"不见""不闻""不疑"，就不算违犯了戒律。中土汉传佛教除了茹素，酒是大忌，酒能乱性，是绝不允许的，此外，佛家的吃素还包括了"小五荤"，即葱、姜、蒜、韭和芫荽等有强烈异气之物。

"斋"就不同了，吃斋是严格遵守佛家的戒律，不但吃素，不食小五荤，还要过午不食，也就是过了正午十二点，就不再进食了。佛在《舍利佛问经》中说"诸婆罗门，不食非时"，讲的就是过午不食。佛教又以为：清晨是"天食时"，也就是诸天（菩萨）进食之时；中午是"佛食时"，也就是佛进食之时；而日暮是"畜生食时"，也就是畜生进食的时间了。不过，中土佛教大多已经打破了这个戒律，莲池大师在《竹窗随笔》里就记有明代已有夜昨斋，名曰"放参饭"，其精致与品种的样数已超过了午斋。过去寺内的僧人还要在寺田中劳作，过午不食实难维持体力，所以晚间也还要进食了。赵朴老以为：过午不食的原因是比丘的饭食由信众供养，每日托钵一次可以减轻信众居士的负担。同时，过午不食也利于修定。至今南方有些僧人还在恪守着这一戒律，尤以大乘笃守最为严格。

1998 年，我在北京的云腾宾馆宴请美国和台湾的朋友，临时有位在美国修行的和尚参加，他是严格执行"过午不食"戒律的。本来安排好的菜单只得与经理和总厨协商，全改为素食。幸好云南菜菌类繁多，倒不是难事。只是时间紧迫，一定要最迟在十一点半开饭，无论如何也要给这位大师留出半小时的就餐时间。吃饭时，那位大师第一件事就是摘下手表放在桌上，看着表狼吞虎咽，每道菜都不放过。终于在十二点之前吃完了。也许是没向厨师长交待清楚，筵席中有道乳扇，我观察大师也是来者不拒，居然也吃了。那乳扇是用牛奶做的，按佛家说法，食乳是与小牛争食，亦当忌之。不过牛奶与鸡蛋在佛家有两种不同说法，在食与不食之间。

袁子才在《随园食话》中就有和尚吃鸡蛋的记载，此和尚还自作一偈："混沌乾坤一口包，既无血肉亦无毛；老僧带尔西天去，免在人间受一刀。"

在家修行的居士也有吃长素的，所谓长素，就是同出家人一样，不但腥（鱼肉之类）不沾，荤（即小五荤）也不动，这是最虔诚的居士。当年北京居士林的林众中就有不少这样的人。北京居士林原称华北居士林，是佛教界耆宿胡瑞霖先生创办于1929年，与许多在京居士共筹净资，买下西安门大街的一所院落而建，一时与上海居士林并称，海内人望。后胡公去五台山潜修，由周叔迦先生继董其事，接续法筵。一直到1958年前后，居士林都有法事活动。我在幼年曾随老祖母去过居士林，见过虚云大和尚（是在居士林，还是广济寺，印象已有些模糊了）。"文革"前居士林房产就被强占，又历十年浩劫，直到1994年才收回，十年前再得复建重光。我的老祖母在1958年之前一直是林员，没有间断过在居士林的活动。当时其中不少林员真是吃长素的。

我的老祖母是吃"花素"的。所谓花素，就是每月仅有几天是吃素的，或是初一、十五，或是每月有六到八天吃素，记得周绍良先生也是吃花素的。虽吃花素，但所忌皆与出家人一样的。南方还有吃"观音素"的，就是在每年观音菩萨成道日，也即农历六月初九至十九之间是吃素的，此多为女性，谓之观音素。

素菜馆最初的本意就是以在家修行的居士们为服务对象

的，北京的居士林内就有素菜馆，是严格按照佛门教义安排素菜的。全国各大禅林很多也都有素菜餐厅，如果谨遵教义，也是在选料、操作上比较规范的。这些素菜馆虽与僧众在斋堂用餐不同，却也算是斋饭。

建于1922年的上海功德林是较早营业的素菜餐厅，原名叫功德林蔬食处，开始时的服务对象也是吃素的居士，后来生意做得大了，名噪江浙两省，改为功德林餐厅。现在南京路近成都路口的店是新装修的，十分漂亮。而北京功德林是八十年代才仿照上海功德林的菜系创建的，原在前门外路东，现在重张于台基厂路口的西南角。此外杭州也有功德林，基本都是仿照苏沪功德林的风格。如松鼠鳜鱼、炒鳝丝、糖醋黄鱼、三丝鱼卷、炒蟹粉等，虽然使用了许多荤菜的名称，但主要原料还是香菇、面筋、豆腐、豆干、豆皮、土豆、山药、冬笋、蔬菜、白果之类，且是不用小五荤的。不过，类似功德林这样的素菜馆是算不得斋饭的。

比较正宗的斋饭还要算是庙里斋堂的斋饭，前些年我在宁波天童寺看到斋饭的菜单，都是寺里和尚做的，名称很朴实，几乎没有模拟荤菜的菜名，品种也很简单，倒是颇为心仪，只是时间不对，无法留下就餐。据朋友说北京什刹海广化寺里也有这样的斋饭，他们特地去吃过，当然不能以功德林那样的菜馆去要求，据说面筋蔬食，清爽洁净，偶尔吃一次真的让人清心寡欲，超尘脱俗。我在韶关南华寺承知客僧盛情，预备下斋饭，无奈晚间另有安排，终究没能吃成，颇感遗憾。也曾几次看到斋堂里开斋，饭食的确过于粗糙，又兼善男信女乱哄哄，实在没有食欲。

将近三十年前我在安庆的迎江寺里吃过一次素宴，倒是记忆颇深。

在马鞍山开完会，买舟逆流而上，经芜湖至安庆，舟行一夜又半天，到了安庆已近中午。其实此行就是为了去看看安庆的迎江寺和振风塔，别无他事，倒是十分轻松的。船上的饭实在难以下咽，幸亏夜经芜湖在岸上吃了点宵夜，一直挨到次日中午，已是饥肠辘辘。同去的朋友是安庆人，早就将电话打回去，安排了午宴，假座在迎江寺招待。下船后那位朋友径自去检看午宴的安排，让别人陪我逛寺中景点并登振风塔。

是日阴霾不散，登塔远眺，长江浩浩荡荡，烟水茫茫，一片灰蒙蒙。江水与天　色，行舟共岸无涯，很难辨出江天涯岸的界限，浑然于一体。加上阴冷潮湿，腹中饥甚，实在是游兴全无了。早年罗哲文先生曾给我看过他拍的迎江寺振风塔照片，却全然不是这样的景象，可见此一时，彼一时矣。俟拾级而下，斋堂里一桌素宴已经摆下，却是极为丰盛，虽不像功德林那样浓油赤酱的苏锡沪上那样晶亮，倒着实清雅可爱，与江浙的素席迥然不同，味道也清淡得多，似是徽帮的风格。其中素皮蛋和罗汉斋都颇有特色，那素皮蛋做得惟妙惟肖，蛋黄是用栗子粉做成。罗汉斋也与其他地方的不同，要清淡些，但豆香味很浓。芜湖安庆一带的豆腐干最好，果然名不虚传。汤也做得极好，淡而不寡，虽是黄豆芽，却有肉味。尤其是素锅贴，馅子以笋、冬菇和茶干为主，不同季节加入不同的野菜，既鲜美又清香。

一席素菜吃得寒湿顿消，恰逢阴霾将散，江面豁然，水天有界，波光粼粼。推窗俯览，心悦神怡，则又是一番风光了。

南京的鸡鸣寺姑姑筵闻名遐迩，可惜没有这样的口福，始终未得如愿。不过八十年代末我倒是独自一人在鸡鸣寺的豁蒙楼盘桓半日，先喝茶，后吃素面。凭窗远望，不胜欷歔，鸡鸣寺始建于西晋，几建几毁，尤其是"文革"人祸，焚为一片废墟。不远有梁武帝饿死的台城，寺内有陈后主匿身的胭脂井，江山兴废，历历在目。倒是早上的一杯清茶，中午的一盘素鸭、一碗素面吃得很舒服，哪管他兴亡多少事，奈何他楼台烟雨中？

上海的玉佛寺和静安寺都有素席，多次去上海，美食诱惑太多，哪里想得到去吃素？内子前两年到复旦开会，倒是应静安寺住持之请，与学界同仁去那里吃过一次最奢华的素席，回来向我吹嘘了好久。据她说那是自助形式的 buffet，菜肴加点心、饮料大概有数百种，不仅一些"荤"菜形似神似，惟妙惟肖，而且分作日式、粤式和西式等不同的菜系，让你眼花缭乱，浅尝辄止，无从分辨真假，比现在五星级酒店的豪华自助餐还有过之，像这样的菜式，与佛教提倡简朴的本旨及斋饭已经大相径庭了！

我很钦佩那些能坚持素食主义的人，无论是不是信仰的缘故，能长期吃素确是需要毅力的。不过转念想想，所有植物也都是有生命的，以彼之生，养我之生，又如之奈何？况物竞天择，许多事情是不能想得太透彻了，只要不是刻意为了口腹之欲去杀生，大抵是可以心安理得的。佛说"不见、不闻、不疑"，应该是有道理的。

烧饼与火烧

　　北京人对烧饼和火烧有着泾渭分明的区分，即面上有芝麻的叫烧饼，没芝麻的叫火烧。外地人总是分不清烧饼与火烧，或是把两者混淆为一。其实也怪不得他们，因为烧饼与火烧从古至今就一直是称谓混乱的，叫法各异，老北京人的习惯认知也不尽然全对。

　　烧饼也好，火烧也罢，其实都是来源于胡饼。据说胡饼是班昭从西域带回的，传入中原地区至少有两千年的历史。如果按老北京人的理解，烧饼仅是芝麻酱夹层的，面上有芝麻，那么古代叫烧饼的东西就远不止于此了。北魏贾思勰的《齐民要术·饼法》里就说："作烧饼法：面一斗，羊肉二斤，葱白一合，豉汁及盐熬令熟，炙之，面当另起。"这里所说的烧饼其实就是今天的羊肉馅饼了。不要说那么远，就是到了清代，南方还把许多带馅的饼称为烧饼。清人李斗的《扬州画舫录》就说："双虹楼烧饼，开风气之先，有糖馅、肉馅、干菜馅、苋菜馅之分。"

　　火烧之名出现较晚，因为词中没有"饼"的名分，使用并不像烧饼那样的广泛。据《辞源》称，最早见于宋人张端义的《贵耳集》，明代《墨娥小录》才将其解释为饼。按北京人的理解，火烧多是夹东西吃的，很少是有馅的，却也有糖火烧，如通州的大顺斋，就是用芝麻酱与红糖和面做的。

要说还是胡饼的名称在北方叫得时间最长，《后汉书》就有"灵帝好胡饼"的记载，可见当时从西域传入的胡饼不仅流行于民间，连皇帝也爱吃。到了唐代依然盛行于长安，也仍叫胡饼。长安有家擅做胡饼的名店在辅兴坊，非常知名。安史之乱时唐玄宗和杨贵妃逃到咸阳集贤宫，一时无以充饥，杨国忠临时从街上买来胡饼为玄宗贵妃果腹。后来白居易有诗讽喻此事："胡麻饼样学京都，面脆油香新出炉；寄于饥馋杨大使，尝香得似辅兴无？""辅兴"即指长安辅兴坊的胡饼店。后来僖宗避黄巢长安之乱也在路上吃过胡饼，可见胡饼是当时最为简易的食品。

胡饼与今天新疆的烤馕最为接近，在敦煌、吐鲁番出土的馕也与今天在新疆吃的馕几乎无异。我去南北疆的沿途都有烤馕卖，各色各样，最大的馕直径可达五十公分，最小的"托克西馕"比茶杯口还要小。最厚的馕叫"窝窝馕"，形似外国的圈面包，中间有深窝。最薄的馕外圈稍厚，中间很薄，脆香适口。有的馕还要加鸡蛋、牛奶和糖，尤其是现烤出来的又黄又亮，煞是可爱。其形有圆的、圈状的，也有其他形状的。有咸有甜，也有没甜咸味儿的，但放在嘴里却是越嚼越香。还有的面上稀稀疏疏有些芝麻，远比内地的火烧好吃得多。我想如果追根溯源的话，这是最接近原始胡饼的东西。

在去博斯腾湖的路上，我们的汽车坏在了离博斯腾湖仅二十多公里的路上，时近黄昏，旷野无垠，戈壁日落，好不容易凑合到一家修车的土坯房前，那里只有两户人家，一家修车店，根本没有卖吃食的所在，只是人家里可以供应一点开水。博斯腾湖古称"西海"，《汉书·西域传》称"焉耆近海"，是中国最大的内陆淡水湖。这里距焉耆县城也就三十公里，不过此时是一眼望不到任何建筑和人烟，倏忽之间，天色全黑，须臾，一轮明月悄然升起，猛然想起此日是中秋。那修车的和司机的手艺都"潮"，五个多小时竟然没有将车发动起来，试图给博斯腾湖宾馆打电话，无奈信号全无。事后在宾馆迎候我们的人说，也是联系不上我们，急得要死，认为我们一定是在路上出了事故，故而才派出车来，午夜把我们接到宾馆。

六十年代末，我在内蒙古的乌兰布和大沙漠里过了一次中秋，此时又在丝绸之路的大戈壁中过了一次中秋，那次吃的是我自己做的"馒头月饼"，这次却是吃的又大又圆的烤馕。我们幸好在途中买了几个烤馕，否则真是难以熬到午夜。那馕真是好吃，张骞、班昭大概都是在此吃过的。胡饼之谓是他们带回长安后的称呼，那时在西域叫什么就不得而知了。人生能有一次在沙漠中、一次在戈壁里过中秋，天低地阔，月轮皎洁如此，也算无愧此生了。

历来考证胡饼、炉饼、胡麻饼及烧饼的文章很多，其实这是个说不清的问题，胡饼自传入内地以来，或烤、或烙，经过了许多变化和创新。我以为慧琳的《一切经音义》的说法最为贴切：此油饼本是胡食，中国效之，微有改变，所以近代亦有此名，诸儒随意制字，未知孰是。据宋人《青箱杂记》说，胡饼又名"毕罗"，也写作饆饠，其实毕罗要比胡饼小，算是胡饼也是可以的。唐人李匡义的《资暇集》里还有一种说法，认为"番中毕氏、罗氏好此味，故名毕罗，今字从'食'，非也"。但这种说法似乎比较牵强。其实唐代食胡饼已成风尚，一直到明代都有胡饼和毕罗的叫法。

今天的北京是外来人口最为众多的时期，这也带来了全国各地的食品和饮食习惯。陕西人大多将火烧叫做"馍"，于是北京人看作是火烧的白面饼被叫做"羊肉泡馍"和"白吉馍夹肉"。四川人将烙出的火烧叫"锅盔"，陕西人也有这样的叫法，且个头很大，如同锅盖，因此关中就有"锅盔似锅盖"一说。锅盔在陕西又被称为"锅块"，知堂老人曾有《锅块》一文，认为它"朴实可喜"。上海人将夹油条的那种类似于烧饼与火烧之间的饼叫"大饼"。那种饻面微甜的火烧，北京人叫硬面饽饽。山东人则管小些的饻面火烧叫"杠头火烧"，大些的也叫"锅盔"。前几年北京流行的所谓土家族肉馅火烧，名叫"掉渣烧饼"，不过我在湘西却并没有看见过此物。明明是长条状的馅儿饼，北京人却叫"褡裢火烧"。南方多无火烧的叫法，却有烧饼之称，比如枣泥起酥、面上有芝麻的点心，就叫"一品烧饼"。苏北带馅的甜咸麻饼也叫烧饼，最著名者为"黄桥烧饼"。烧饼的形制可以是多样的，山东周村的烧饼就是薄薄一层皮，很脆，大概因面上有了些稀疏的芝麻，也就叫"周村烧饼"了。北京人所谓的烧饼只有芝麻酱的夹层，大抵是没有馅的，可是唐山的棋子烧饼就是有肉馅的。

我很喜欢唐山的两样东西，一是九美斋的棋子烧饼，一是蜂蜜麻糖。棋子烧饼据说起源于丰润县，因丰润过去地处官道上，南来北往的都必经此地，所以饮食颇为发达。棋子烧饼如大个的象棋棋子，高桩油酥，面上也有少许芝麻，里面是纯肉馅儿，做的要算是很精致了。因为拌馅时里面放了一点面酱，吃起来味道就与别的肉馅略有不同。因为皮子是半油酥的，所以并不太腻，甚至不会油手。棋子烧饼个儿小又好吃，所以总会一时口滑多吃几个。蜂蜜麻糖有些名不符实，说是麻糖，却似小巧的排叉，是用面制成，再过油炸，最后裹上糖和蜂蜜，里面也有少许芝麻，其实与麻糖无涉。这种蜂蜜麻糖今天看起来极不健康，油大糖多，既甜且腻，但我却十分喜爱。

1984年前后，因为杂志上有篇关于我集邮的报道，于是后来收到上千封全国各地的来信，当然不能一一回复。其中有位名叫王兴仁的老先生，是唐山人，每次来信都是恭楷八行笺，字迹工整，文辞典雅。我曾给他回复了数封信，他愈是雁帛踵至，甚至诗笺寄兴。老先生曾供职于老开滦煤矿，又幸得躲过1976年一劫，当时已是七十五六高龄。他是四十年代"新光邮票会"的老会员，后来赠我零星《新光会刊》，弥足珍贵，有着较高的史料价值。老先生与我书信往还达三四年之久，每逢春节，都要托人带来唐山的棋子烧饼和蜂蜜麻糖。北京、唐山虽在咫尺之间，无奈诸事纷扰，终未谋面。1994年我去唐山开会，还特地打听王老先生，不料早在几年前就过世了。不久前我家阿姨不知从哪里弄来一盒九美斋的棋子烧饼，味道如初，不禁想到王兴仁老先生，已是二十多年前的往事了。

北京人对烧饼和火烧不但有自己的理解，各是怎么吃法，也是不可以乱来的。北京的火烧多是椭圆形，又叫"牛舌头饼"。火烧多用来夹肉的，"牛舌头饼"夹清酱肉或猪头肉最好，要是夹驴肉，则要用那种长方形的或三角形的外焦里软的火烧。芝麻烧饼是用来夹油条的，而马蹄烧饼就最好用来夹焦圈儿。吃涮羊肉只能用芝麻烧饼，是不能用火烧来代替的，而且烧饼要刚出炉的。北京现在的烧饼多是用北京人的执照，由外地人制作的，几乎全然不对。烧饼并非芝麻酱越多越好，而是要适量。从前每人每月一两芝麻酱，有个芝麻烧饼吃自然挺美。现在芝麻酱已非稀罕物，买多少都可以，于是就玩儿了命地放芝麻酱，弄得黏黏糊糊，烙出的饼也发死。芝麻烧饼讲究的就是层数多，松软，面上的芝麻要烙出香味儿来。除了适量的芝麻酱，其中小茴香是必不可少的，不放小茴香，任你搁多少芝麻酱也不好吃。

何必非要去考证今天的烧饼和火烧之类与胡饼的关系和源流呢？一种食品在其两千年的传承过程中绝对不会丝毫不走样，广而推之，一切事物皆如是，又何况胡饼乎？

果汁琼脂最甜香
——说软糖

　　大凡是女孩子喜欢的那些甜食，我也一样很喜欢，于是常常被人嘲笑。现在血糖高，早就与之绝缘，但是看到那些诱人的糖果，还是经不住诱惑。尤其是在国外的食品店中，那些五光十色的软糖，会让我流连好久。

　　糖果之谓大抵仅是指的那些固体和半固体的甜味食品，中国在两千多年前就有"饴"，是从麦芽中提炼的，是不是就是我们今天意义上的糖果，还不好断言。从《礼记·内则》"枣栗饴蜜，以甘之"，《论衡·本性》"甘如饴蜜"看来，起码"饴"是甜的。

　　糖的提炼可以从甜菜、薯类、甘蔗、麦芽中获取，在加拿大还有一种"枫糖"，是从枫树体干中流出的汁液里提取的。加拿大是"枫叶之国"，从魁北克到尼亚加拉大瀑布都是枫树，高大参天，被称为"枫林大道"，加拿大也是枫糖的出产国。糖果是饴糖的再制品，也是在三餐之外的消闲食品。糖果一般可以分为硬质糖果、夹心糖果、奶脂糖果和凝胶糖果等，我最喜欢的还是凝胶糖果。

凝胶糖果也就是我们俗称的软糖。口感糯软、细腻、咀嚼时有种特殊的感觉，这种感觉很难用语言来形容，却是非常美妙的。它将糯软和韧性、滑腻和柔媚融合于一体，在咀嚼中会有种特殊的征服感。软糖的甜美不在其甜香，也不在质的最后溶化，而是在入口最初的瓦解，也就是在齿颊间停留的起始瞬间。很少有人是将软糖在口中含化的，实际也含不化，当你吮吸了它的果汁和甜味，剩下的就是索然无味的胶质，软糖的兴味也就丧失殆尽了。

中国的硬质糖果到底起源于何时，我没有做过进一步的考证，但硬质糖果应该是早于软糖的。硬糖在中国的出现大约很早，起码在唐代就有，宋时城市经济的发展带来了市肆的繁荣，无论通衢店铺，还是庙会摊商，都会有些晶体的糖块儿、糖球儿卖给小孩了吃。将糖做成晶体状可能更早，因为东汉张衡的《七辩》中就出现"沙饴石蜜"之句，也就是糖液糖稀有了晶体化的例证。唐太宗时曾派人到印度学习制糖技术，到大历中，四川已经有了很成熟的冰糖，还远销到波斯、罗马等地。唐宋时期制糖的手工作坊里已经能生产硬糖，到了明清时代，商品化的批量硬糖生产已具规模，像南方的桂花糖、松子糖、玫瑰糖和粽子糖已经颇负盛名。

软糖是什么时候出现的不得而知，扬州的芝麻牛皮糖起码在乾隆年间已经问世。这种牛皮糖应该属于软糖一类，是用白砂糖和猪油熬出来的，再蘸上芝麻，素称是"扬州一绝"。除扬州之外，天津也有此物，大同小异。山东的高粱饴也有很长的历史，小时候凡有山东青岛的亲友来，总是会带些高粱饴。包装虽不很讲究，却是北京不常见的，剥开糖纸，软软的高粱饴外面会有层白霜，可能是使其不与糖纸粘连的缘故，口感很好，但味道比较单一，大约只有一两个品种。前些时候看到青岛食品厂的展览，已经研制出许多水果味的了。高粱饴是用山东特有的高粱淀粉调浆，和砂糖熬制而成，吃到嘴里具有弹、韧、柔的特点，是传统工艺的中国式软糖。而那种用果实原汁做成的花花绿绿的现代软糖则是近百年来参考了国外工艺技术制作的。

上海的沙利文、冠生园都是老牌的食品糖果厂，后来的益民、天明也都是这样的风格，这些厂家做的软糖是我小时候吃得最多的。除了水果味的软糖，上海还有一种巧克力皮儿的夹心软糖，我至今念念不忘。

这种巧克力皮儿的夹心软糖是天明的还是益民的？已经记不太清楚，个头很大，长方形，大约五六公分长，三四公分见方，外面用较厚的纸包着。牌子叫"东方红"是无误的，因为不知如何称呼这种夹心巧克力，于是干脆就叫它"东方红"了。这种软糖外面有层薄薄的巧克力皮，里面软得就像棉花糖一样，共分三层，三个颜色：咖啡色的是巧克力的，白色的是奶油的，粉红色的是草莓的。不仅颜色不一样，味道也确实不同。从工艺上看，有些像现在的巧克力皮雪糕，但里面是软糖，不会化掉。因为个头大，只能分着吃或吃半块，剩下的用纸包起，下次再吃，外面的巧克力皮混着里面的软糖更是格外香甜。

自从六十年代中期以后，就再也没见过这种"东方红"，多年来一直很怀念它。前年内子赴彼得堡开会，从俄罗斯带回类似的糖，形制完全一样，只是块头稍小了一些，味道也如出一辙。看来，当时那种夹心巧克力软糖很可能是引进的苏俄技术工艺。其实这种软糖与普通软糖不尽相同，有点像棉花糖。据通晓做糖的人说，普通软糖是用淀粉糖和罗塞洛食用明胶为原料的，而棉花糖则是用蜀葵提炼的食用胶质做成的，大抵都是些类似琼脂的东西。

除了这种"东方红"，五六十年代的软糖还有一种小块儿呈卷筒式的，外面有糖渣儿，卷起来分若干层，五颜六色，口味也不一样，好像也是上海做的。我最喜欢在吃的时候将那卷筒打开，看看里面的究竟。这些软糖都没有糖纸包装，是放在坡璃罐里出售的。

那时北京的东城有两个较好的食品店，比一般副食店和"合作社"要好得多。一个是东单东南角上的"祥泰义"，一个是西总布胡同西口外的"德昌厚"，直到今天德昌厚还存在。它们虽不是前店后厂，但卖的东西却要比一般商店好一些，有的是从上海、天津直接进货，这些软糖店里都有的卖。

说到糖果和德昌厚，不能不让我想起张秉贵师傅。

当人们去百货大楼的时候，首先会看到门前张秉贵的铜像，今天的外地人多是只知其名，而不太了解张秉贵其人的，他后来成为百货大楼的一面旗帜，成为"一团火精神"的代表，许多桂冠加在了他的头上。可是在我心中，他就是原来的张秉贵，与他头上的光环没有一点关系，我对他的尊敬，完全出于和他几十年的相识，以及他人格的魅力。

张秉贵十七岁就在德昌厚学徒，一直到他1955年进入百货大楼，在德昌厚服务了近二十年的时间，是德昌厚的老店员。由于我家曾住在东总布胡同，后来又搬到什坊院，距离德昌厚都不远，那时经常到德昌厚去买东西，也算是德昌厚的老主顾。小时候是跟着祖母去，后来也跟着母亲去，张秉贵与我家的人都非常熟。张秉贵在德昌厚时就态度和蔼诚恳，总是对任何人都十分客气。我那时也就和柜台一样高，同大人去买糖果，他都会主动招呼我，叫我"小弟弟"，非常亲切。我记得不久他就调到了百货大楼，在糖果柜台一站就是将近三十年。凡是我和家人去百货大楼买东西，只要路过糖果柜台，他都会主动打招呼问好。张秉贵永远是那么干净利落，笑容可掬，也从不看人下菜。就是在那"极左"的年代，他也没有那种趾高气扬的神情。看他卖糖果真是一种享受，且不说他那"一把准"的技巧，就是动作的麻利，算账的熟练，待人的诚恳，也会让人感到舒服和亲切。说张秉贵是看着我长大的，一点也不过分。我的祖母酷爱吃糖，尤其喜欢牛奶太妃糖，只要来了新品种，张秉贵都会向她介绍。我爱吃软糖，他也十分清楚。1976年我结婚，要去买些糖果，结果是去了两次，原因就是第一次去时他不在，竟没有买，第二次去时他在才买的。看我买那么多糖，他问我做什么用，我告诉他要结婚了，他听了很高兴。那时糖的品种还不像现在这么多，他尽最大可能为我挑了许多花样。我说要请他吃糖，他说这可不行，不要说是在糖果柜台说不清，就是上班时间也不能吃东西，还连连说"心领了，心领了"。

张秉贵在德昌厚二十年，在百货大楼三十年，永远是那么亲切敬业，永远是那么本分，这就足够人尊敬了。这几年也见过他的二儿子张朝和，颇有乃父遗风。柜台前没人时也和他聊过几句，谈到他的父亲，子承父业，他也干得很出色。现在几乎不再去买糖了，但是只要经过地下食品超市，他都会向我打招呼。半个世纪多的世态沧桑，父子相承的敬业本分，不该受到人们的尊敬吗？

2005年在巴黎，十分钟情于达拉约的软糖，果汁浓厚，软硬适口，就是价钱贵得吓人，不过走时还是带回一些，回来管不住自己，很快就吃完了。这些年中国自己出的软糖并不太多，可是进口的软糖却不少，许多是透明状的，咬都咬不动，只有韧性，却无柔性和弹性。花色倒是很多，有葡萄样的、草莓样的、桑葚样的，都是进口的，价格也不菲，却是不好吃，可能洋人的口味也在变，于是真的对软糖失去了兴趣。

去年在捷克却发现了一种软糖，非常好吃。都是小包装，每袋里只有十几块，牌子是叫"Katjes"，本来以为是捷克的，可仔细看看却是德国的出品。软糖也是块状的，外面有细细的糖渣，果香很浓，口感比现在国内进口的好太多了。吃着好，一连买了十包带回北京，后来在德国到处去找这种软糖，竟然没有找到。

糖果是诱人的，给人以温馨和甜蜜的感觉，记得上小学时不少女孩子攒糖纸，那时的糖纸多是蜡纸包装，设计也远没有现在的那样好看，但女孩子们却非常珍爱，还互相交换。那时得来几张糖纸并非很容易，她们会一张张展平，夹在书里，在睡梦里都会憧憬着甜蜜和美好的童话世界。

日本有家糖果博物馆，收集了世界糖果的历史和制作工艺，也陈列着世界上最新最美的糖果标本，博物馆门前的标语是"世界的糖果，糖果的世界"，真是希望这个世界像糖果那样甜蜜。

玉液凝脂话乳食

　　一提起黄油和奶酪，很多人都以为是舶来品，其实奶制品在中国历史上可谓源远流长，品种也颇为丰富。《黄帝内经》里讲："五谷为养，五果为助，五畜为益，五菜为充。"中国的祖先很早就懂得豢养牲畜，以之为衣食对象，"食其肉，饮其汁，衣其皮"，这"汁"就是指动物的乳汁，一般以羊、牛、马、骆驼奶为常用，而羊乳、羊酪则比牛乳、牛酪出现得更早。奶酪的"酪"字最早见于春秋战国时代的《礼记·礼运》，但字形与今天有所不同，偏旁从"豸"而非"酉"，显示出酪与动物的天然关系。

　　按照对奶汁加工的程序和程度，当是由奶出酪，由酪出酥，由酥而出醍醐。《饮膳正要》中详细记载了酪的提炼过程："造法用乳半勺，锅内炒过，入余乳熬数十沸，常以勺纵横搅之，乃倾出，罐盛待冷，掠取浮皮，入旧酪少许，纸封放之，即成矣。又干酪法，以酪晒结，掠去浮皮再晒，至皮尽，却入釜中，炒少时，器盛，曝令可作块，收用。"显然，前者需要放旧酪，应该是指做酸奶的引子；而后者则是我们今天常见的块状奶酪。在内蒙古、西藏等牧区，今天仍在沿用这样的方法提取奶酪。

酪为初步提炼的半凝固食品，酥则是在酪的基础上再提炼的一种更加细腻的奶制品，现在已经几乎失传。我记得幼时北京尚有一种奶制品叫"奶乌它"（也写作奶乌他或水乌他），应当就是酥的一种。乌它是满语或者蒙语的发音，它的味道非常美妙，比酪的质感更轻薄、松软，入口即化，细腻而不扎牙，有些像用蛋清打出的泡沫，但质地又较之更细密，我更愿意叫它"中国式冰淇淋"，因为它也是经过冰镇的奶制品，但到了嘴里比今天的哈根达斯融化得更快，奶香味也更浓郁。韩愈的一句"天街小雨润如酥"，将春雨的细滑润泽与酥的质感相类比，实在是准确地捕捉到了两者之间的相似之处。又想起一首现代诗与韩愈的比喻有异曲同工之趣："雨比雾细，雾比雨浓。"想来这样的烟雨几乎是无形无声、不可触摸的，却也寂静地滋润了万物。

酥因为制作步骤烦琐、产量低而已基本消失，这真是一件令人遗憾的事。有一次我从网上偶尔看到，北京有位四十多岁的中年人还会做奶乌它，因为其外祖父曾经供养过两位清宫太监而获得了制作奶乌它的技法，外祖父又把这技法传授给了他。若果真如此，或许后人还有幸得以品尝这不可多得的人间美味。

《汉书》中已经有了酪与酥的记载，大约出现在宣帝时期。而"醍醐"一词在南北朝佛教初兴时，已出现在部分佛经释义之中，到了唐代开始在社会上广为流传。醍醐原指酥酪上凝聚的油，也就是奶中最精华的部分，后来用"醍醐灌顶"来比喻灌输智慧而使人彻底觉悟。一种食品用来比喻宗教中的智慧，可见醍醐更是不可多得的。

魏晋南北朝时期是民族大融合的时代。匈奴、契丹、鲜卑等北方游牧民族将食用奶制品的习俗不断由北向南推进，越来越多的人，尤其是北方的汉人开始食用和喜爱上了奶制品，这成为历史上食用奶制品的第一次高峰。《世说新语》中记载："陆机诣王武子，武子前置数斛羊酪，指以示陆曰：'卿江东何以敌此？'陆曰：'有千里莼羹，但未下盐豉耳！'"身为北方人的王武子，认为羊奶酪是世上无可匹敌的美味，而南方人陆机却忘不了江南的鲜美莼羹，反映了南北方人对美食的不同感受。这个记载说明了奶酪在北方地区受欢迎的程度，也从侧面印证了游子们最切身的感受——思乡往往是从思念家乡的美食开始的。

北宋《东京梦华录》中对奶制品的记载较多，而到了南宋，一方面奶源成了问题，另一方面因奶制品多为游牧民族所用，汉人因民族感情的原因较少食用奶制品，所以在反映南宋都城临安风貌的《武林旧事》《梦粱录》等书中，对奶制品的记载比较少。到了元代，蒙古征服了中原，又一次将奶制品的制作方法和食用习俗推向全国。今天在云南大理地区还保持着制作乳扇等奶制品的食俗，抑或是受到元代蒙古人远征西南时的影响。

元代还开辟了一条奶源通道，这个通道的终点是大都北京，起点则在今内蒙古正蓝旗锡林浩特市南的元上都。因为元代贵族难以适应夏季大都的炎热，到了夏季都会到上都去避暑，所以上都成为元代实际的政治中心之一。而作为蒙古人的发源地，上都的地位甚至超过了大都。在上都和大都之间，元代统治者为了传递重要公文而开通了一条邮路，又因大都的牛羊乳在产量和质量都属上佳，这条邮路也同时成为运输奶制品的通路。值得一提的是，内蒙古正蓝旗的奶制品到今天仍然是品质非常高的，可算得上全蒙之最。2012 年 6 月，在俄罗斯圣彼得堡举行的第三十六届世界遗产大会上，经联合国教科文组织世界遗产委员会投票表决，元上都遗址成为中国第四十二处、也是最新的一处世界文化遗产。

明代对于奶制品的应用不甚广泛，而清代统治者作为游牧民族后裔，又把食用奶制品的习俗带入中原，并形成中国历史上第二个食用奶制品的高峰。清代的点心铺称为饽饽铺，大体分为满、汉、素和清真四种。汉人做点心多以猪板油或清油起酥，素饽饽则是为吃斋的人准备的，以香油等素油制成，而满族的饽饽铺都悬挂着"奶油萨其马""酥皮八件"或"大小八件"的牌子，大量使用牛奶、奶油和黄油来制作点心，别有一番风味。我印象比较深刻的是那时有一种叫做"奶油棋子"的小点心，略呈方形，那浓郁的奶油香味比丹麦曲奇和我在欧洲任何一个国家吃到的西点都更醇厚，令人颇为怀念。

清代的御膳房中专门设有饽饽房，并已经掌握了冰块的制作、储存和利用的方法，即使在夏天也能提供冰凉爽口的冰镇奶制品，既丰富了奶制品的品种，提升了口味，也延长了保存时间。通过宫廷里的御膳和民间的美食互相结合，清代的奶制品制作和普及都达到了一个新的高度。

清末，宫廷中的奶制品和甜品制作技艺流入民间，京城中产生了一批以经营奶制品和甜品为主的老字号，比如"丰盛公"，曾开在东安市场北门内，也是今天三元梅园乳品店的前身。丰盛公主要经营的是奶酪、奶卷、奶饽饽、酪干以及酸梅汤。奶酪是用牛奶加酒酿再经烤制而成，奶卷呈如意卷形，是奶皮裹着芝麻和山楂馅制成的。奶饽饽有馅儿，是用模子磕出来的。现在有的商家用豆沙做奶卷的馅儿，这是不合传统的，因为豆沙的质地和奶皮一样细腻，入口很难区分出皮和馅儿来，而芝麻碎（北京叫芝麻盐儿，盐字并非指咸盐，而是形容芝麻碎的颗粒感）因为有质感，容易与细滑的外皮相区别。酪干则是一种价格比较贵的小吃，因制作费工费料，需要很多鲜奶才能炒出一点酪干来。值得一提的是，丰盛公的酸梅汤也很受顾客欢迎，当时与信远斋、通三益的酸梅汤并称京城之最。好的酸梅汤喝完后，碗上还留着一圈乌梅汁的印记，俗称"挂釉子"，这又是题外话了。除了内城的名门贵胄喜欢奶制品外，外城居住的梨园行也是奶制品的消费群体之一，所以北京南城也出现了一批奶制品专业户，多为回族，现存的"奶酪魏"就是其中的一家老字号。

旧时奶制品还是属于比较小众的消费品，对于一日三餐无以为继的百姓来说肯定是想都不敢去想的，即使是小康之家也未必会动食用奶制品的念头。我记得上世纪六十年代，一块奶油蛋糕一毛五分钱，而吃顿馆子大概会花八毛钱，很多人宁可选择去馆子里大快朵颐一番，也不会去买块奶油蛋糕或吃一碗奶酪。对于一般人来说，这一口是可吃可不吃的。上世纪在北京比较有名的两家西式点心铺是位于崇文门内的法国面包房和位于东单头条的"时金"，前者后来又陆续更名为解放、华记、井冈山、春明，而时金则是俄式点心的代表。老百姓喜欢把这几家的放了黄油或奶油的点心称作"洋点心"，因为那时满族的饽饽铺已然消失，大家认为黄油点心就是舶来品。

今天，奶制品已经成为最大众化的食品之一，从婴儿呱呱坠地开始，父母就开始以各种奶制品哺育之。而超市中各色各样的奶制品，也成为寻常百姓餐桌上的常见之物。总的来说，乳制品在北方的种类依旧比较多，长江中下游利用相对较少。西南和华南也有应用，如广东顺德姜撞奶、大良炒牛奶和上文提到的云南大理乳扇等，都是南方奶制品的代表。值得一提的是，在有"乳蜜之乡"美誉的广东顺德，当地制作双皮奶、炒牛奶的原料是水牛奶，一般牛奶的乳脂浓度约 3%—4%，而顺德水牛奶乳脂的含量能够达到 7.5%—10%，因而显得特别香浓。

奶制品在中国历经了漫长的发展过程，馥郁醇香的奶制品不仅滋养了我们的身体，更为我们的生活平添了某种香喷喷的情趣。

说　粥

说实话，我是最不喜欢喝粥的，可能是小时候每当生病家里就只给粥喝的缘故，所以对粥特别反感。那时感冒发烧，大夫就总说是"停食着凉"，于是就不给饭吃了，只给粥喝，意思是要让胃清一清。生病喝的粥叫"煳米粥"，那时没有电饭煲，都是用锅焖饭，所以最下面总会有层煳锅巴，"煳米粥"就是用这种锅巴兑水熬成的，焦谷稻能兑食，但实在是难喝。其实这种办法一点也不科学，弄得胃口全无，也不利于身体的康复。

中国人有早餐喝粥的习惯，无论东西南北，很多人喜欢吃早点时喝碗粥。1965年，日本的排球教练大松博文应邀来华为中国女排做短期训练，可能是由于运动量加大，有的女排队员不太适应，发生呕吐现象。大松博文从中发现女排队员的早点都是以粥为流质主食，于是立即向体委反映情况，认为以粥作为早餐的一部分，不足以承受大运动量的训练。从此运动员改变了膳食结构，收到了较好的效果。粥无论稀稠营养价值都不高，尤其是作为早餐，更是不合适的，这只不过是中国人的一种生活习惯。我曾观察过中国的五星级酒店，虽然早餐品种非常丰富，各种牛奶、豆浆、巧克力、果汁应有尽有，但总少不了白米粥，看来还是有不少人对此情有独钟的。

中国有文字记载的历史有多少年，粥的历史就有多少年。据说黄帝始烹谷为粥，《史记》也说名医淳于意用火齐粥治齐王的病。张仲景《伤寒论》的"桂枝汤"服后也要用热粥助其力。粥也称"糜"，晋惠帝那"何不食肉糜"的典故说的即是肉粥。古人历来将粥看作是养生的食品，陆游的《粥食》更是说："世人个个学长年，不悟长年在目前；我得宛丘平易法，只将食粥致神仙。"看来粥确是与中国人的饮食密不可分。《朱子治家格言》道："一粥一饭，当思来处不易；半丝半缕，恒念物力维艰。"也是将粥与饭并称的。

记得小时候家里每餐都有一饭一粥，或是粳米粥，或是小米粥，或是赤豆粥，每到夏天，则是绿豆粥。我家是南方生活习惯，很少吃面食，主食多是米饭，但在饭后总是预备一小锅粥，以备不时之需。除了夏天的绿豆粥，其他粥我是很少喝的。因为喝绿豆粥可以放些糖，所以还有些诱惑力。大人和来的客人们却总是吃个六分饱，再喝上大半碗粥，也就差不多了。自从我记事起，似乎已成定例，几任厨师从来没有改变过。再后来长大自己过日子，因为不爱喝粥，也就断了这个规矩。现在的阿姨是安徽人，倒是喜爱喝粥的，她自己总要用各种豆类和粳米熬些粥，饭后来一碗，我却很少问津。她的普通话说得不好，老将粥读做"zhū"，于是吃粥就变成了"吃猪"，我们总是笑她。

北京人但凡吃饼之类的固体面食，饭后总喜欢喝上碗粥，名曰"溜缝儿"，其实无形中又多吃了些粮食，实在是不够健康的。粳米粥比米饭更利于吸收，所含的糖分也高。我曾住院调血糖，主治大夫看见营养科给我的配餐里加了粥，于是对营养科大发脾气。可见食粥也要因人而异，不能一概视为养生。

大部分地区粥的品种多是粳米粥，间或杂粮谷物，最多放些红枣、白果。腊八时熬的粥要放各种杂豆和果实之类，显得丰富些。南方人在粳米粥中多放些莲子，名为莲子粥。西北地区也有喝大麦粥的习惯，山西盛产糜子（即黄米），也常喝糜子面粥。这些都是传统的粥。上海多将粥称为"稀饭"，早上也有用稀饭就着大饼油条吃的。近些年来，开了不少专营的粥店，如北京的"宏状元"等，香港的老牌粥店"粥鼎记"也在全国开设了许多连锁店，创出很多五花八门的粥，品种繁多，令人目不暇接。或为口腹，或为养生，一时间食粥成为时尚。其实万变不离其宗，粥总归是粥，只是将各种配料纳入其间，喧宾夺主，如此就是创出上千个品种，也非难事。

我虽不太喜欢食粥，但对广东的粥却是另眼相看的。

最早吃过的广东粥还是五十年前在北京大同酒家，那时刚开业，广式的早茶只有每周日的上午才有。除了各种广式点心，粥的品种也有数种，如皮蛋瘦肉粥、鱼生粥、鸡生粥、及第粥之类。吃惯了北京的粥，淡而无味，小孩子非要加糖才肯吃。但一吃到广东的粥，顿时觉得生面别开，与平时家中吃过的粥大相径庭。这种粥真可谓是水米融洽，柔腻如一，不稀不稠，看不大出米粒儿来，却淡淡的有股清香。鱼生和鸡生就是将新鲜的生鱼片和鸡片在滚粥里煲熟的，肉的味道全然在粥里，却又无腥气味道。及第粥则是用生猪肝在粥里滚熟的。广东的粥竟如此鲜美，是我没有想到的，可算是大开了眼界。我很奇怪广东的粥为什么能调制的如此咸淡适口，多一分则谓之咸，少一分则谓之淡，却又是如此滋味醇厚。再少许放入一点胡椒粉和炸酥的浮片，更是点睛之笔，增色多多。从此爱上广东粥，不过都是在北京的广东馆子和上海的"新雅"吃的，还不算正宗。

直到八十年代我第一次去广州，才算吃到真正的广东粥。

八十年代几次出差去广州，无论早茶还是宵夜，尽情领略了多次广东的粥品，可以说是大快朵颐。广东的粥品曾被誉为"膳粥恣啜，味胜椒浆"，果然是名不虚传的。在广州的几位老朋友都曾陪我去吃过饭店里的粥，我自己也在街头摊子上吃过明火现滚的，味道都很好。现已作古的邮坛耆宿张文光先生曾介绍给我两家街头小店，都是他熟悉的，店面不大，却总是人满为患，可见颇有名声。这些都是类似大排档式的小店，非常随意。向晚不愿去吃大餐，就在街边要一个干炒牛河（牛肉炒河粉），再滚上一碗鱼生粥，用不了几个钱就吃得舒服无比了。

广东的粥品比我在北京和上海吃过的不知要丰富多少倍，单是鱼生粥就有鱼片、鱼圆、鱼骨、鱼头之属，所用的鱼也是种类繁多，如鲭、鲈、鳊、鲍皆有。粥是柔腻的，鱼是爽滑的，绝对没有腥味儿。虾粥里放入鲜虾片，有种甜香，鲜美无比。要说到及第粥，花样可就更多了，有状元及第粥，是用猪肝、猪腰、猪肚、猪粉肠等和作料稍加腌制，待粥煲熟生滚，大约一分钟即熟，粥里的诸样配料恰到好处，断生而脆嫩。如果还觉不解馋，可以再添加配料，加鱼则叫鱼及第，加虾则是虾及第，加牛肉则是牛及第。如果听凭店里加料，也有五彩及第和七星及第等。广东人所谓的"及第"就是猪的内脏之类，传说古时有个苦孩子爱读书而家贫，后来不时得到粥摊主人周济，给他猪杂热粥充饥，得以发奋进学，最终状元及第。广东人好讨口彩，于是从此就将这种猪杂下水的粥称为"及第粥"了。

食在广州，厨出凤城。凤城即今天的顺德，也称大良，是广东有名的厨师之乡。去岁有机会去顺德考察，吃到了非常地道的大良炒牛奶、双皮奶、姜撞奶和煎鱼饼等许多美食，但遗憾的是没有吃到那里的水蛇粥。顺德龙江集北的水蛇粥是最出名的，但此次考察不宜宣传一些特殊物种的地方饮食，也就没有这样的安排。水蛇粥是广东粥品中的特色，我还是十几年前在中山的大酒店里吃过，即点即烹，味道果然很好。同时怕不过瘾，还配着一盘椒盐蛇碌，又增色不少。当时有人不敢吃，为了不会浪费，事先就问好有几人食用，按人头去制作的。每碗粥里都有很多的带骨蛇肉，十分鲜嫩可口，如果不说，大概谁也尝不出是蛇肉来，我想不肯吃的人多是心理作用罢了。

广州最浪漫的粥要算"艇仔粥"了，旧时在羊城吃艇仔粥也算得是一景。每当薄暮，荔湾舳舻云集，大船停泊沿岸，小艇往来其间，艇仔即小艇的意思。广州是最早的通商口岸，华洋杂处。豪商巨贾，文人雅士多好乘花舫来荔湾，诗酒唱和或狎妓冶游。艇仔上善烹滚粥，现点现做，很快就能送到大船上。后来一般百姓也来荔湾吃粥，尤其喜欢到小艇的水上人家去吃，据说用珠江水慢火煲出来的粥格外香。滚烫的粥中加上鱼片、鲜虾、牛肉、蛋丝、油炸花生等，实在是好吃，又有丰富的营养。我第二次去广州时，朋友特地安排了两项节目，一是带我去逛沙面，二是傍晚去品艇仔粥。

沙面是第二次鸦片战争后形成的租界，洋人凭借一道河涌将沙面与沙基分离，填土筑堤，形成了沙面岛，岛上西洋建筑林立，颇有异国情调，很有些上海外滩的味道。到了广州不去沙面，也就像没去过上海的外滩一样。盘桓半日，时近黄昏，转去荔湾品尝艇仔粥。

今日之荔湾再也见不到在舢板上操持粥品的艇仔，看不见迎风飘拂的"粥"字旗，更没有那笑容可掬的挨家妹（水上人家的小妹），但岸上的粥店却是大大小小，鳞次栉比。广州的朋友是轻车熟路，找一家粥店，拣一处座头，少顷自有人端上几碗热气腾腾的艇仔粥来。那粥如琼浆，异常白细，上面堆着冒尖的鱼片、鲜虾、菜丝、蛋丝和切碎的油条，香气扑鼻，只是看看也会让人垂涎欲滴。

由于城市的管理和环境的改造，昔日沿江的艇仔粥都搬到了岸上，那种舟艇熙攘的景象已是昨日的炊烟，但那醇厚鲜美的艇仔粥还能让口中留下隽永的甘鲜。

爱粥之人嗜粥，不可一日无粥，并谓"莫言稀薄乏滋味，淡泊之中滋味长"，以为一碗粥下肚，有心旷神怡的感觉。我却不信，不过去岁金秋倒真是有过这样的体会。那是经过九个小时的飞行刚从维也纳回京，下午四点出机场，晚上十点又乘火车奔曲阜，次日一早才到曲阜的阙里宾舍，一天一夜的旅途劳顿，实在是精疲力竭。主人在阙里宾舍早备下丰盛的早餐等候，品种不下三四十样，不算酒店里那种自助式的早餐，这是我见过的最丰盛的早点了，只是困乏的难以下箸。主人介绍了一味曲阜特产，叫羊肉泡粥，那粥是用小米和黄豆磨细后熬成，不稀不稠，谷香豆香浓郁。吃时撒上白切羊肉的碎丁，泡在粥里，吃法很是别致。一碗喝下去，立时有心朗神清的感觉。尤取他物，只是稍配些酥脆的馓子，又连喝两大碗，如用"荡气回肠"来形容，绝不为过，马上就进入了良好的状态。

粥能养生，或许真的如此？

炝与温拌

中国烹饪的技法千变万化，对于像我这样仅会吃而不会做的人来说，也就是只知一二，其中炝和温拌便是很常见的两种。"炝"的技法颇为独特，纯属火候功力，而"温拌"又多在经过炝后的调味，二者之间有着密切的联系。

几十年前，我家有道传统菜，叫"麻酱腰片"，做法就是沸水炝后温拌，是厨师许文涛的拿手菜。后来经我的祖母又传授给了继任厨师冯奇，再往后则无当日萧曹，虽知其做法，无奈刀工不济，火候难拿，做出来也不对，加上现在忌食内脏类食物，早已不上餐桌了。

其实类似这道菜的尚有不少，杭州菜有，西安菜也有。我在北京的几家杭州菜馆里都吃过，在西子湖畔的知味观也吃过，那腰子都是片得太厚，或是火候过了，口感不佳。倒是西安饭庄的温拌腰丝中规中矩，首先是腰子的刀工极佳，能切得很细，炝的火候也好，堪称一绝，虽不是腰片，但口感不输于我家过去的腰片。秦菜中的炝菜颇有名气，我记得逯耀东先生也曾在他的书里提到，每次去西安，总会去西安饭庄吃个温拌腰丝。

准确地说，炝是用沸水焯烫或用急火热油滑透。前者多用在温拌的菜肴中，后者多是急火煸炒一些脆嫩的荤素菜肴，如家常菜中的炝土豆丝、海米炝芹菜，淮扬菜中的炝虎尾等。大抵用急火热油滑炝的菜肴，则要将兑好的作料事先备用，热油断生后即下作料出锅。既能保持了原料的鲜、脆、嫩，又有滋味。用热油的一般叫"滑炝"，作料是先后同下的，既适用于素菜，也适用于荤菜。用沸水的也叫"焯炝"，一般多是焯素菜，以断其生为度，过了则塌软失鲜，不及则有股生气味儿。"焯炝"也有用于非素菜者，那就是海滨城市的那些先焯炝，后温拌的海味了。

吃这种焯炝温拌的海鲜非临海城市不可，我在青岛、烟台、威海、蓬莱、大连都吃过温拌的海鲜，因为是近水楼台，这些海产品都很新鲜。如温拌螺片、温拌海蜇、温拌海参、温拌海胆、温拌海肠等。这些海参、海蜇都不是干发，而是用刚打捞出海的。

有年在大连开会，会议的伙食欠佳，于是总会一个人偷偷溜出来，坐上七八站车到市内找家馆子，要上一个温拌螺片，干烧两只大虾，再来两个馅饼。螺片很难焯炝得恰到好处，稍一过头则咬不动，如果欠些，则又不熟，同样口感不好。而这家饭店却做得极好，螺片是脆的，鲜嫩无比，作料也很适口。店里的对虾真是野生的，按不同大小，价钱也不等。我挑选中等偏大的两个，让他们拿去干烧，连同两个馅饼，不过一百元出头。第二次去时看大虾新鲜，于是找来厨师长商量，问他能否将大虾也切成片去焯烩一下，我自己蘸着酱油吃。那厨师长是胶东人，听我夸他烩焯的功夫好，很是得意，用浓重的胶东话对我说道："你老是行家，这大虾新鲜就要吃焯的，你老就擎好吧，保管你老满意。"他为我特地挑了两个最大的，上秤一称，可不得了，比前一天吃的那两个翻了一倍。他又说，那去了头的虾黄也别糟蹋了，他给我用虾黄去烧个豆腐。那切成片的对虾确实焯得好，比头一天的螺片更上一层楼，蘸着酱油，鲜中有甜，虾味极浓，是多年没有吃到过的。

说到此，想起北京展览馆的莫斯科餐厅五十年代刚开门时有个大虾沙拉，就是纯对虾切片，白水焯一下，拌上醋精调的马奈士（沙拉酱），鲜美无比。可能后来对虾的成本太高，不好定价，早在五十年代末就再也没在菜单子上见过。

曾在烟台的"蓬莱春"吃过韭菜炒海肠，那韭菜倒是很嫩，是那种棍状的韭菜，而海肠却炒得有些老。海肠这种东西在海滨并不值钱，早年福山帮的厨师将其焙干磨成粉，颜色灰白，装在大师傅手头的罐子里，许多外地厨师不晓得是做什么用的。其实这就是最原始的味精，厨师用来给菜提味儿，是福山帮厨师做菜的"偷手"。自从有了味精、味素、鸡精之类，海肠粉早就不用了。有一年夏天住在养马岛，中间去威海一日，在一家小馆子里吃过一次温拌海肠，倒是做得极佳，海肠大约两寸，又脆又嫩，绝不会嚼不烂就吞下去。

所谓"温拌"，就是原料略经焯烩即拌，还带着一点余温。天津登瀛楼的"温拌带子"就是这样的特色菜肴。

天津做海鲜又与真正的鲁菜略有不同，地处海河之滨，又受京朝鲁菜和清真菜的影响，天津菜别具一格。海鲜的烹制方法比胶东菜要细腻，原料也要讲究些。登瀛楼虽开设于1913年，已近百年，但生意红火并形成自己的风格却是在二十年代中期以后，属于津味鲁菜。

2003年，应天津南开大学来新夏教授之邀，去参加他的八十寿辰纪念会。来先生是先君的学长，也是毕业于辅仁的，比先君长一届。前些年来先生写了本杂文集《且去填词》，命我为他写了篇书评，先君去世后也来过我家。两代之交，又是先生盛情相邀，自是要去趟天津的。于是乘早车抵津，大约才十一点，距下午在马场道的纪念会还有三个小时，有机会去登瀛楼吃顿饭。

登瀛楼最初开在南市，是1931年才开了这家滨江道的店，那时这里是法租界的兰牌电车道，离劝业场不远，地处繁华通衢，生意越来越好。我在2003年去时还是这家店，不久就搬至黄家花园了。虽仅二百里之遥，天津的购买力和生活水平却远逊于北京，去时登瀛楼的楼上仅有三四桌客人。早就慕名这里的鲁菜，却还是第一次来。幸亏有位朋友同来，不然一个人真是不好点菜。看看菜单，要了一个炸烹虾、一个糟溜鱼片、一个笃面筋、一个温拌带子，外加一个醋椒汤。炸烹虾与糟溜鱼片是地道的京式鲁菜，为什么说是京式鲁菜呢？因为在山东并吃不到这两道菜，这是原来济南帮的厨师进京后，为了适应京中人口味而创造的，时为清末，也正是北京鲁菜饭庄子兴旺之时。不要说去胶东找不到它们的出处，就是在济南也是鲜见。应该说，炸烹虾做得比北京鲁菜馆子的要好，但糟溜鱼片则逊之。那笃面筋却是惟天津独有，他处是吃不到的。笃面筋正确的名字应叫"火笃面筋"，名字是天津厨师杜撰的，也是旧时天津厨师的入门菜。火笃即类似炖，"笃"是炖时发出的"笃笃"声响，故曰"笃面筋"。做法是先用手将油炸面筋撕成两半，用开水焯一下去其油，然后捞出挤干，放入鸡汤、料酒慢炖，出锅后淋上用香油炸的花椒油。此菜出锅晶莹透亮，口感绵软，又特别有滋味，尤为老年人所爱。

温拌带子也是登瀛楼的特色，所谓"带子"即鲜贝，北方重干贝而轻鲜贝，圆贝是成为干贝的闭壳江瑶柱，而做温拌带子的则是长带子，价钱要便宜得多，与江瑶柱差之甚远，不可同日而语。尤其是在天津这样的滨海城市，鲜贝算不得是名贵之物。不过登瀛楼用于温拌的带子却是很大的。带子本来比较散软，虽不像螺片那样需要焯炝的火候严格，但是温拌的带子也要焯炝得恰到好处，既要去生能吃，又不能老而发柴。温拌带子是介乎于热菜和冷菜之间的，上得桌来还是焯炝后的温度，所用的作料却又像是凉拌的风格，蒜、醋、麻油等齐备。温拌的调料也是登瀛楼自己制作的，吃起来味道醇厚。后来我在北京一家青岛人开的餐厅也吃过类似的鲜贝，作料寡淡，失之千里矣。

西安的温拌腰丝虽刀工极细，但里面却有少许粉丝和木耳丝、莴笋丝等物，最使我忌惮的是会放些葱花，我是不吃葱的，所以在西安饭庄要点温拌腰丝之前一定要嘱咐不加葱花。杭菜的腰片倒真是焯烩的，却不是温拌，片厚不说，下面还垫了不少洋白菜丝，将上面的一层吃完，下面就剩菜丝了。杭式的烩腰片多用绍酒，略有甜头，且凉，有的甚至是从冰箱里取出的。温拌之美，在于焯烩之后即食，这种余温正是焯烩的卖点，但凡冷冻过的焯烩，早就失去意义了。

江浙一带有烩活虾，实际是用绍酒烩的。小活虾经绍酒倒入，再盖上盖子，须臾即可断生，掀开盖子，犹有鲜活者，其味鲜美。不过此菜过于残忍，君子多不忍食之。

温拌与凉拌全然不同，吃得不是爽口，而是焯烩的火候，腰片、螺片如此，海参、海蜇之类的也如是。滑烩虽用热油，也要火候得宜，且保持鲜嫩和清淡。何者？度也。

煲汤与煨汤

广东人善煲汤，在粤菜馆子吃饭，总会先有个例汤，每隔数日一轮换，价钱也比另点的汤要便宜些。广州和深圳一般的饭馆门口都会有个大汤罐，一望而知今天的例汤是什么。广东人爱喝汤，讲究喝靓汤，也善于煲汤，就是普通家庭，每顿饭也少不了一个汤。

岭南炎热潮湿，粤人笃信汤有清热降火的功效，因此会用各种食材和药物按不同季节煲出不同的汤来。经慢火细细煲出来的汤叫"老火靓汤"或"老火汤"。春夏秋冬，一年四季，广东的煲汤能有数百种花样。"宁可食无菜，不可食无汤"是广东人奉行的理念。有人说，广东人餐前喝汤是受了西餐的影响。其实完全不是那么回事。粤人对汤的重视由来已久，与西餐的先喝汤丝毫没有关系。"老火汤"是老广们经常挂在嘴边的一句话，记得有次在埃及旅行，有位老广竟向领队先生提出请他想办法弄些"老火汤"喝，结果被领队奚落了一顿，后来团中人给他起了个绰号叫"老火汤"。

任老广们说得天花乱坠，我对广东的汤还是没有太大的兴趣，几乎所有的汤里都放入些药材，喝着都有药味儿。好好的土鸡汤，非得加入黄芪、天麻什么的，真不如放入火腿和笋尖炖着好吃。

湖北人也讲究煲汤，我在武汉也喝过不少那里的汤。有对在湖北生活过多年的老同学夫妇，也是动不动就要煲汤。湖北人的煲汤虽没有老广们那么多花样，但有两样东西是绝对少不了的，那就是排骨和莲藕。武汉的肉铺里卖的最好的也是排骨，在物质匮乏的年代，武汉要买排骨并非易事，总得"走后门"才能弄到，那里的煲汤如果少了排骨，简直不可想象。莲藕则一定要选粉藕，脆嫩的藕煲出汤来不好喝，短而粗的湖藕、粉藕煲出的排骨汤才有味道。家中来了客人，没有个排骨莲藕煲汤就不成敬意。家常如此，馆子里的汤也很出名，小桃园就是煨汤的专家。

二十多年前去武汉，必去喝小桃园的鸡汤，吃四季美的汤包和老通城的三鲜豆皮，再有时间去逛逛归元寺，那附近有家"烧梅"馆也是不错的。至于炸臭豆腐和热干面倒是兴趣不大。小桃园本是抗战胜利后两个小贩开的，一个姓陶，一个姓袁，后来才谐音改成"小桃园"的。那时小桃园的瓦罐鸡汤都是用的黄陂、孝感的土鸡，切成块儿，先过油，倒在瓦罐里小火煨透，浓郁鲜美，就着那里的油酥饼吃。后来听说老通城改作了大排档式餐厅，已没有旧时风味。各种煲汤的时尚餐厅倒是数不胜数，餐馆的各领风骚数十年大抵如是。

前年我的连襟从美国来，一同去江西游景德镇和婺源，先在南昌居停一晚，次日则由我们的内侄陪同，开了一辆越野车前往景德镇和婺源。时维孟春，先打电话询问江西的天气，答称已甚热，单衣外套即可，但到了那里却全不是那么回事，而是阴冷异常。

我们这位内侄极其干练，多承他一路安排照应得十分周到。沿途住的酒店都不错，却不在酒店里吃饭。他谙熟此中门道，多是自己找路上的小馆子就餐。每到一处，先去安排中午或晚上的饭食，再去游景点。店中虽有菜单，他却全然不看，竟自去厨房里和人家交涉，这在酒店中是办不到的。每顿一个鸡汤是少不了的，青菜则是由他在厨房里挑最新鲜的安排。土鸡汤对我们不算回事，家中也常吃，但对我那位从美国来的连襟就很有吸引力，吃惯了美国的肉鸡，味道自然是大不相同，于是大快朵颐。加上连日阴雨，寒湿交并，每顿有锅鸡汤吃，再加上辣子炒菜，确是很美的事。一只土鸡总要炖上三个小时方好，像他这样安排，正是得宜。

在婺源没有能看见多少油菜花，大概是为时尚早的缘故。从浮梁至李坑、汪口、江湾等处，都在湿漉漉的潮气中，朱熹的那种"半亩方塘一鉴开，天光云影共徘徊"的意境始终未得一见。再去三清山，也是云遮雾障，不得已夜宿鹰潭，拟次日游龙虎山。不料第二天依然是中雨。游龙虎山要乘小舟环山而行，小雨尚可，中雨则不能行舟，天公不作美，也只得驱车返回南昌了。

车行甚速，不到中午即抵南昌，雨却稍歇，我坚持要先去青云谱的八大山人纪念馆，然后再往市内，大家也只得饿着肚子跟我同去，待到市内已近午时了。因为内侄已安排晚宴给我们送行，所以大家都说中午要吃些简单的东西，于是就选择了去喝瓦罐煨汤。

瓦罐煨汤是赣菜之特色，历史久远，但这些年来似更为红火，甚至延及省外，流布全国。广东、湖北的煲汤虽领教过许多，但江西的瓦罐煨汤却还不曾喝过。车过市内沿途，也曾看见大大小小无数的煨汤馆，可见一时之风行，也属赣中特色了。

汤的妙处在于久煨久制，《吕氏春秋·本味篇》即曰：凡味之本，水为始，五味三才，九沸九变，则成至味。"煨"的真谛即在于慢火，也称"文火"，在中国诸多的烹饪技法中是费时最长的一种。

南昌的瓦罐煨汤店门前都有几个特制的大瓦缸，高约一米五左右，多系粗陶制成，缸的底部有一圆形的铁桶，可以装木炭烧火。缸内则有铁架，厨师能将盛着各种汤的小瓦罐一层层地码放在铁架上。缸内的铁架多有三层，每层能放十余个小罐，缸的上部有大盖盖住。小罐的盖子上还有气眼，能在煨时将多余的气体排出。内侄告诉我，小罐子在大缸里要煨上八至十个小时方可取出食用，因此汤味醇厚。

其实，"煨"在古代的含义是将罐埋于燃热的炭灰之中，而非直接的烘烧，但自中古以来，在烹饪技法上早就是以文火慢炖了，只是需要一个较长的过程才能完成。

瓦罐煨汤的原料种类繁多，鸡鸭鱼肉、各种蔬菜和菌类、野味海鲜均可作为底料，相互配伍，做成一罐罐的煨汤，每罐的量恰够一人食用。如白果腐竹煨土鸡、虫草煨老鸭、土鸽煨竹笋、猪肚煨土鸡、绿豆紫菜煨排骨、瑶柱香菇煨蛇段、黄芪煨脚鱼等等，且店店不同，能有上百个品种，多则十几元，少则三四元。江西人煨汤也喜欢放些药材，我只拣没有药材的点，点了一个猪肚煨土鸡。

瓦罐端上桌，罐子上还蒙了一层锡纸，将罐口封住，使其味保持在罐内不跑，掀开锡纸，汤的浓郁清香扑鼻，尝尝的确口味纯正，虽绝无味精之类，却是鲜美无比。我们几个人所点的汤不同，也是味道各异，但没人不说好，都道这瓦罐煨汤名不虚传。据说这瓦罐子用的越久越好，用的次数多了，汤品味道就更加浓厚。俗话说，陈年的瓦罐味，百年的煨老汤，南昌人多少年也吃不腻这汁浓料烂的瓦罐汤。瓦罐有非常好的通气性和吸水性，原料在罐内封闭受热，一方面避免了直接的煲炖火气，一方面又能保持住原料的营养不外溢，直到汤醇料烂。

据说这瓦罐煨汤的发明与康熙时的理学名臣汤斌有关，汤斌出身明代的阀阅世家，入清后为顺治九年进士，康熙时从学理学大家孙奇逢，后任《明史》总裁，也是有清一代被谥为"文正"的八个汉人重臣之一。他为官清正，布衣蔬食，在江西做官时每日荤腥不入衙署，并在衙署外支起瓦缸煨制南瓜、豆腐等以济饥民。后来瓦罐煨汤的方法流传下来，成为江西羹汤菜肴的特色。

南昌的米糕也甚好，但煨汤店里是不卖的，内侄在南昌更是轻车熟路，事先带我们去买了些各色米糕，可以与汤同啖。南昌的米糕比北京原来的白糖蜂糕要做得好，我是最喜欢米糕的，且喜欢甜咸搭配。南昌人是不会这样吃的，喝煨汤就是喝煨汤，是一种享受，尤其这瓦罐煨汤从早卖到晚，他们可以随时进得店里来罐煨汤，也认为有补益的作用，这与广东和湖北人喝汤又不同了。

羹汤之属，南人尤重于北人，李渔曾有段关于羹汤的妙论，颇为有趣，姑录于后：

> 饭犹舟也，羹犹水也，舟之在滩非水不下，与饭之在喉非汤不下，其势一也。且养生之法，食贵能消，饭得羹而即消，其理易也。故善养生者，吃饭不可无羹；善作家者，吃饭亦不可无羹；宴客而为省馔计者，不可无羹，即宴客而欲其果腹始去，一馔不留者，亦不可无羹，何也？羹能下饭，亦能下馔故也。近来吴越张筵，每馔必注以汤，大得此法。吾谓家常自馔，亦莫妙于此。宁可食无馔，不可饭无汤。有汤下饭，即小菜不设，亦可使哺啜。无汤下饭，即美味盈前，亦有食不下咽。予以一赤贫之士，而养半百口之家，有饥时而无馑日者，遵是道也。

李笠翁以羹汤下饭，说得好可怜，他能养五十来口子，又有闲情作曲，实在是大不至于如此。不过羹汤确实养生，尤其像这样慢火轻温而制出的汤，更是令人如啜甘露。

北京前时也有经营江西瓦罐汤者，不过很快被取缔，原因则是似这种煨汤的大缸只能放在饭馆的门前，而无法安置在厨房内，不但有碍观瞻，明火也不安全，现代化的大都市是很难协调的。煨汤之妙就在于这瓦缸与瓦罐，广东与湖北的煲汤亦然，用的都是砂锅，如改革为其他容器，也就不是煲汤与煨汤了。

冷淘今释

　　说到"冷淘"，今人或多不解。据我所知，到目前为止，还保留着冷淘叫法的只有浙江金华地区。明清之际的屈大均是广东番禺人，他在《广东新语》中曾提到广东有温淘与冷淘，但是我问过广东人，却没人知道有冷淘这种东西。在今天的关中与山西，也已经没有冷淘的叫法。

　　什么是冷淘？说白了就是我们今天的过水面或凉面。

　　关于冷淘的起源，今人多引《唐六典》："太官令夏供槐叶冷淘，凡朝会燕飨，九品以上并供其膳食。"又引宋人的《唐会要·光禄寺》："冬月，量造汤饼及黍臛；夏月，冷淘粉粥。"仇兆鳌注："以槐叶汁和面为冷淘。"这也就是我们看到的唐代"槐叶冷淘"了。其实，面条这种东西自汉代即有之，贾思勰的《齐民要术》中已有"水引饼"的记载，至于槐叶冷淘是不是起源于唐代，也是不好说的，只不过关于槐叶冷淘的文字唐代始见罢了。《太平广记·三十九》有条刘晏引《逸史》，倒是更为生动些："时春初，风景和暖，吃冷淘一盘，香菜茵陈之类，甚为芳洁。"

杜甫有《槐叶冷淘》诗云："青青高槐叶，采掇付中厨。新面来近世，汁滓宛相俱……万里露寒殿，开冰清玉壶。君王纳凉晚，此味亦时须。"可见就是用新采下的槐树叶捣汁和面做成，就是皇帝在夜晚纳凉，也用它当做夜宵。杜甫此诗中还道："入鼎资过熟，加餐愁欲无。鲜碧俱照箸，香饭兼苞芦。经齿冷于雪，劝人投此珠。"则更为形象地描述了冷淘的做法和口感，尤其是盛夏，来一碗冰凉如雪的凉面，一定是沁人心脾的。至于苞芦，仇兆鳌在《杜诗详注》中释为芦笋。

其实冷淘在唐代也非宫中的特殊食品，民间也很流行，甚至在敦煌文献中也提到冷淘，不但僧俗都吃，而且常常用来招待客人。宋代的冷淘更为普及，在《东京梦华录》中提到冷淘的地方很多，大凡是卖面食的食店皆有冷淘。冷淘在宋代的品种也更多，其中最为著名的要算是"甘菊冷淘"了。曾任过滁州太守的王禹偁在尝过滁州的甘菊冷淘后作有《甘菊冷淘》的五言长诗，其中言道"淮南地甚暖，甘菊生篱根。长芽触土膏，小叶弄晴暾。采采忽盈把，洗去朝露痕。俸面新且细，溲牢如玉墩。随刀落银缕，煮投寒泉盆。杂此青青色，芳草敌兰荪……"王禹偁的这段描摹可谓是出神入化，并且告诉我们这冷淘须经水煮后放在冷水里淘凉，用甘菊和面，味道清香。并且在最后道："子美重槐叶，直欲献至尊。起予有遗韵，甫也可与言。"这是从吃甘菊冷淘而想起了杜甫的《槐叶冷淘》诗。

南宋的《西湖老人繁胜录》也曾提到冷淘。陆游在《春日杂诗》中有"佳哉冷淘时，槐芽杂豚肩"，可见冷淘也有与荤食同啖的。元代画家倪瓒的《云林堂饮食制度集》有"冷淘面法"，可与鱼虾同做，道之甚详。明代画家、文学家徐渭的诗中也有"柳色未黄寒食过，槐芽初绿冷淘香"，可见吃冷面的时节在暮春即已开始，而且明代仍有吃槐叶冷面的风俗。

近代冷淘之名逐渐用于书体，民间多以冷面、凉面或过水面呼之。清代潘荣陛的《帝京岁时纪胜·夏至》道："夏至大祀方泽，乃国之大典。京师于是日家家俱食冷淘面，即俗说过水面是也。乃都门之美品。向曾询及各省游历友人，咸以京师之冷淘面爽口适宜，天下无比。谚云'冬至馄饨夏至面'。"可见冷淘之名至清代已普遍称为过水面或冷面了。夏至吃冷面至今犹盛行，这种冷面一般不是炸酱面，而是将芝麻酱调稀，兑入三合油（即酱油、香油、醋），放入各种面码儿食之，北京也叫做"麻酱面"，是夏季清淡爽口的食品，且所费无多，旧时北京的穷苦人家夏天也能吃得起，再配上根黄瓜和蒜瓣儿，是顿很不错的饭。

北京的冷面品种也很多，主要是在面型和做法上做文章，如水滑面、蝴蝶面、韭菜边等，也有在夏天用茄子卤、寒菌油去拌食凉面的。

我在很多年前去过金华，并非是夏天，那里也卖"冷淘"，不过这种冷淘却是用米粉做的，和北方的面条差不多。原料叫做"冷淘干"，有些像稍粗的粉丝，吃时过冷水，再浇上各种调料，倒也十分爽口。金华较热，一年四季都能吃这种冷淘，更多做早点。我想金华至今还保留这样的称谓，就是用料的原因，这种冷淘干并非是面，以凉面呼之则名不符实；而以凉粉呼之则又与真正的凉粉冲突，故而还是顺从古意了。所谓金华三宝，即"酥饼、火腿和冷淘"。金华市上也有卖冷淘干的，形同粉条，许多身在外地的金华人总会在回家时买上几包冷淘干，虽在异乡，能煮上一大碗，过了冷水吃，或多或少会引起些对家乡的思念。

江南不大吃冷面，可能是江南吃得精细，冷面毕竟相对寡淡。东北夏令不太热，冷面也吃得不多。西北人一年四季都吃酿皮子，和冷面也有异曲同工之妙，有人说酿皮子即由冷淘发展而来，也未可知。西南却是冷面最流行的地方，云贵川黔都是吃冷面的，尤以四川凉面为最佳。

四川凉面有两大特点，一是面好，二是作料香。做四川凉面的面条是棍状的，晾凉后要用熟油拌匀，再浇上事先兑好的作料。那作料里有油辣子、麻酱、芝麻、花椒、糖、醋、酱油、芽菜、蒜泥等等，极其爽口。吃最正宗的凉面最好是到四川，但过去北京西绒线胡同四川饭店和西单峨眉酒家的也很好。记得上高中时，中午经常和同学骑上自行车风驰电掣地跑到西单商场的峨眉酒家去吃凉面，几个人什么都不要，只点一盘四川泡菜，每人一盘凉面。凉面是每盘三毛钱，好在那时消费低，人家也不介意。虽然价廉，但那凉面确实是味道好，咸、辣、酸、甜、香尽在其中，后来很少吃到那么正宗的凉面了。

2003年在美国，有次从圣荷塞到旧金山的途中，在一家四川人开的馆子里倒是真的吃过一次非常正宗的四川凉面。那家店里的回锅肉、水煮牛肉、鱼香肉丝和豆瓣鱼都做得好，甚至超过了国内的水平，就连豌豆苗都很鲜嫩。最后要了个凉面，可谓是中规中矩，丝毫不逊于四川的味道。美国的中餐馆是西部强于东部，东部强于中部，尤其是加州一带，无论粤菜、川菜和淮扬菜，都基本不失水准，但能将一个四川凉面做得如此正宗，确是出乎我的意料。

在西南，不但汉族吃冷面，少数民族也是吃的。不久前两次赴云南，吃过那里的"过手米线"。先在昆明滇池边的"德宏春天"吃过一次，是傣家的风味；后来又在芒市吃过一次，却是阿昌族的风味了。傣家风味是每人取一片蕉叶，将米线放在蕉叶上，兑上各样作料放入口中。而阿昌族的米线则是用紫红米做成的，又称户撒米线。户撒是阿昌族的一个乡，以出紫红米线著称，这种米线香糯滑软俱备，本来是将米线置于掌心，在手上放好作料送入口中，主人怕我们不习惯，特地准备了小碗。

阿昌族在全国只有三万多人口，可谓是少数民族中的少数民族了。因为时间排得紧凑，中饭、晚饭都有安排，实在排不开，而芒市的李老板又非常热情，只得安排了一次早餐。是日早晨七点半，李老板就在大门口鼓乐相迎，阿昌族的热情好客，实在令人感动。这位李老板还特地请了德宏州的原副州长赵家培先生作陪，赵先生也是阿昌族人，还是位作家，研究阿昌族史，并带来了他的著作相赠。这顿名为早餐的安排，实则是正餐，丰富至极，难怪座上有人说，这是"史上最牛的早餐"了。有道巨型的香酥鸡，真怕浪费，好说歹说请他撤去一半。席间有着民族盛装妇女唱民歌敬酒，其中一位竟是中学校长、州长夫人。

印象最深的就是这道"户撒过手米线"，冰冰凉凉，酸甜鲜香，过手米线的作料里烤肉皮是少不了的。这种烤肉皮是先将带着肉的猪皮用扦子穿着烤熟，去其油脂，再剁成碎屑，将猪肝也剁碎，和着花生屑、碎辣椒和芫荽等一起拌上冰凉的米线，真是太好吃了。据李老板说，这种紫红米做的米线要现做现吃，要在冷水里冰凉后方可食用。我猛然想起了古代的冷淘，这户撒过手米线也真是不离冷淘原旨的。

朝鲜的冷面多是用荞面做的，冰凉的甜酸汤里放入朝鲜泡菜丝、苹果片、牛肉片、芝麻和煮熟的鸡蛋。冷面的汤一定是要冰过的，放在金属大碗中，上得桌来先喝口冰凉甜酸的汤，虽是盛夏，也马上会觉得暑气顿消。

日本的荞面馆是最受欢迎的食店，在全日本有数万家之多。冷荞面汉字的音译叫"烧拔"，除了各类饭店都供应"烧拔"之外，还有一些卖"烧拔"的专门店，味道更好。这种"烧拔"是以绿茶和面，做出的面条呈浅墨绿色，然后放在极具日本特色的方形竹屉上，量虽不多，但十分精致。作料是清淡的，要用筷子挑起蘸着作料吃。虽然这种"烧拔"也可以热吃，如油炒、汤煮等，或做成便当出售，但最受欢迎的还是那种绿茶和荞面的冷烧拔，在不太浓郁的作料下，还能感觉出荞面和绿茶的清香。

日本的博物学家青木正儿在《中华名物考》中认为，面条或切面是南宋时日本的留学僧从临安带回去的，他以为，当时临安的面食店很多，日本的留学僧将此技法与食用方法传入了日本本土。

用槐叶或甘菊和面做的冷淘今已失传，那一定是很清香的。但用菠菜汁和面做的冷面我却是吃过，真是不如日本用绿茶和荞面做的冷面好吃，礼失求诸野，似这样的冷淘，我们是否可以尝试一下，将中国的面食做得更精致些？

从不食猫狗说起

　　报载，一支装运着五百二十只狗的车队在公路上被拦截，经保护小动物志愿者与有关部门长达七个小时的交涉，终于救下了这五百多个小生命。这条新闻在网上被四百万次点击，引起公众的关注和激烈的争论。我为这些狗被救下感到释然，也对志愿者们肃然起敬，同时更为今后这种事情还会发生而感到担忧。

　　常常看到猫狗被虐杀的报道，每当看到标题，我即会立刻有意回避。人老了，不愿受到或引起任何感情的波动和撞击，更不愿产生悲伤和愤怒，也只有回避了。

　　由此想起1965年我在上高中时因为"宣扬资产阶级人道主义、人性论"而受到大会小会批判的往事。其中主要"罪状"就是"把人的生命和猫的生命看成是平等的"，提出"应该为保护小动物立法"和攻击鲁迅等。"人的生命和猫的生命应该平等"确实是我的原话，至于说为保护小动物立法云云，那就太高抬我了，我那时还没那么高的法律意识，也说不出那么高瞻远瞩的话，不过确实说了"虐待动物就是犯罪"之类的话。至于"攻击鲁迅",更是无稽之谈,我也只说过鲁迅仇视猫是不对的,被同学汇报,就变成攻击鲁迅了。幸好不久发生了"文革",我这些"屁事"被忽略,没有人再提起,发起批判我的那位"极左"老师的日子也不好过,我也就从此乐得逍遥了好几年。

前几年买过一本陈子善先生编的《猫啊,猫》,书中收录了许多名家关于猫的散文,有不少是我曾经读过的,文笔是很美的,感情也是很真切的,看了几篇即掩卷,将书给了儿子。我承认自己的脆弱,我怕这种伤感。

从小家中养猫,除了"文革"几年,家中几乎没有断过小猫咪的踪迹。很小的时候家里还有过一条大狗,名叫"吉列",后来五十年代城市发起"打狗","吉列"从此不知去向,家中上下没人敢告诉我"吉列"的最终归宿。直到现在,我还保存着我四岁时和"吉列"的照片。

现在家里还有五只猫,其中三只都是救助捡来的,我家阿姨和内子对它们付出的辛劳最多,所以猫们和她俩的关系也更好。母猫生了小猫,最终都要送给别人,每次送出去,阿姨都会眼泪汪汪的,所以现在都给它们做了绝育,以避免这种离别的伤感。

老舍纪念馆的那只黄白花的大猫是我家"弟弟"和"妹妹"的儿子,也是我送给纪念馆门口"京味书店"的主人黄老师养的。书店的后门开在馆里,猫就常从后门到老舍故居里去遛弯儿。开始时,馆长舒济大姐还老是轰它,后来黄老师告诉她，它是我家猫的后代，舒济就另眼相看了，不但允许它在院里溜达，还默许它每天到各个展室去巡视一遍。我想老舍先生的在天之灵一定会很欣慰，因为老舍生前就爱猫，他一定不会讨厌。胡絜青先生也是爱猫的，记得八十年代中我家刚安装了电话，晚上打来电话最多的就是胡先生和舒立，她家的猫生了病，总是问这问那，让我帮她们找猫大夫。我的儿子小名叫"猫"，舒立就画了幅猫，胡先生还题了"小猫神气足，欢跳不肯休；专心学捕鼠，逗笑解忧愁"的打油诗。至今这幅她们母女合作的作品还挂在我儿子的家里。

季羡林先生也是爱猫的，十年前我住在京西大觉寺，早晨起来陪他在寺里遛遛，谈得最多的还是他的猫。陕西师大的黄永年先生更是有意思，每次来我家吃饭都带着个照相机，要给我家的猫照相，他也将他家里猫的照片寄来。就是与我们通长途电话，也要让我们在电话里听听他家的猫叫声，那猫不听话，在听筒前不肯叫，总要等上老半天，直到猫叫了，黄先生才肯放下电话。前些时候黄先生的哲嗣寿成兄来访，提起那只老猫在黄先生去后连续几天不食，不久就死了，真是令人伤感。

猫狗都是有感情的动物，有灵性，也有它们的喜怒哀乐。它们会给人带来无尽的快乐，也会与人之间有情感的交流。

每年春节我都有自己撰写春联的习惯，虽都是游戏之作，但总会有些和猫有关的对子。猫的活动都在楼下，所以内子的书房和饭厅的对联就会写到它们，如内子书房有过"闲时四只小把戏，忙来一篇大文章""四时研读一部史（内子治唐史），终日坐看三只猫""小把戏新添一岁，大文章再做几篇"之类的春联。饭厅也有"最喜盘中新蔬果，更怜足下小狸奴"等。"小把戏""小狸奴"都是说的猫。

人食猪、牛、羊已是几千年来的习惯，尽管佛说不杀生，但人类终归要摄取动物脂肪，约定俗成，也是没有办法的。何况物竞天择，似乎这些家畜生来就是为人食用的。儒家中和了一下，子曰"君子远庖厨"，大抵就是这个道理。虽食其肉，而不忍见其被屠宰。虽然有一定的虚伪性，毕竟是尽可能远离杀戮的，尤其是残忍的杀戮，如活取猴脑，烹制猩唇，猎杀熊掌，脍及驼峰，虽美味，君子不食。何况这些东西并不见得是美味，多是以此夸豪竞富耳。且不言对野生动物的保护，就是其取食的方式之恶劣，又于心何忍？至于猫狗，当是人类的朋友，更是不应该入馔的。

我在东北某城市有过一次"罢宴"的经历。那是一个有着吃狗肉习惯的地方，会议期间，主人盛情在一豪华酒店设宴，事先并未言明吃什么，待筵席开始，方言明是"狗肉宴"，确实令我大为震惊。我出于面子，只得告诉他们我是不食狗肉的。不料主人不但不尊重我的好恶，反而向我的碟子里布菜，还说狗肉如何好吃，一再劝进。如此我确实被激怒，于是站起拂袖而去，弄得举座不欢，这也是我多少年来惟一一次如此失礼。在下楼时，听得酒店厨房外一片犬吠，再想想刚才席上的肴馔，不尽泪水夺眶而出。

东北和西南都有吃狗肉的习惯，广东还有吃猫肉的风俗，因此在这些地方出席宴会，我都会事先声明不食猫狗肉，以免临时出现尴尬的局面。

2001年4月18日，来自海内外的饮食专家和烹饪行业的代表会聚泰山之巅，签字并发表宣言，号召珍爱动物，拒绝经营、拒绝烹饪和拒绝食用野生动物，名为《泰山宣言》。这应该被视为中国饮食文化中的一件大事。多年以来，我们有捕食野生动物的传统，经营者为了利润，食客为了口腹，厨师为了展示技艺，形成了三者合一的群体，于是捕杀野生动物之风屡禁不止。《泰山宣言》有针对性地提出了"三拒"的共识，发表宣言，是件了不起的事。新华社播发了消息之后，美联社、法新社、路透社马上予以转载，我们赢得了国际社会的尊重。遗憾的是，这纸宣言并未得到应有的重视，事后售者仍售，烹者尚烹，食者肆食，终于在2003年爆发了因滥食果子狸而造成的SARS。尽管如此，我仍为《泰山宣言》而感动，为有识之士的良知而感动。

猫狗虽不属于野生动物，但它们是人类的宠物，那么乖巧，那么善解人意，给了人们那么多快乐，何忍食之？你可以不喜欢它们，也不豢养它们，但又何必在那么多可以选择的食物中去吃它们呢？

有人告诉我，羊被杀的时候是会哭的，我没有看到过屠宰羊的场面，但却看到过宰杀骆驼的情景，而且这次宰杀还与我有关，这是我一辈子都难忘和悔恨的。

1969年我在内蒙古，被派去很远的苏木（公社）购买骆驼，为的就是吃肉，改善生活。那是个冷血和黑白颠倒的年代，那是个善良和爱被抛却的年代。我经过一天的行程，好容易到了那个苏木，几经交涉，人家帮我挑了八匹骆驼，大多为年老瘦弱，不能跋涉沙漠的。其时已晚，只能住在蒙古包里，第二天再经长途跋涉，一个人牵了八匹骆驼，到傍晚才返回驻地，已是困乏至极，倒头便睡，再次日一早，听见外面人声嘈杂，穿衣起床，看见几个块大膘肥的莽汉正在宰杀我牵回的骆驼。那几匹骆驼可能知道要宰杀它们，都不肯屈下前腿，无论如何拽拉鼻上的绳子，就是不肯跪下。宰杀者无法下刀，于是有人拿来碗口粗的木棒先打折骆驼的腿，然后再去宰杀。围观的人们急于吃肉，男女一齐下手，大呼小叫。且不言被杀的骆驼在哭泣，就是旁边的骆驼也在流泪，惨不忍睹。但在场的人都好像过节一样兴奋，没有人为骆驼难过，甚至都在为杀戮者助威。有人还笑着、跳着，喊道："看啊，骆驼会哭啊。"我的心在颤抖，灵魂在忏悔，虽然已经多日未尝过荤腥，但后来几天的骆驼肉我一口都没有吃过。

自从知道了燕窝的形成和采集燕窝的艰辛，我就再也不吃燕窝了。看着那一片片赤红的"血燕"和"毛燕"，眼前就会出现雨燕衔藻筑巢、吐哺呕血的情景，看见采集者身悬崖壁，以命相搏的场面。如此以足口腹之欲，如此残忍的补益，食之又怎能心安？

我是喜欢吃鱼翅的，也曾吃过很多鱼翅，从来没想过那么多。儿媳姗姗是个善良的孩子，也是个动物保护主义者，她要求我今后不要再吃鱼翅，"没有买卖，就没有杀戮"，我许诺了她，今后不会再吃鱼翅了。

一个逐步富足的社会，不但需要日渐丰富的物质和美食，也同样需要文明，需要爱心与良知，有了善良，这个社会才会更美好。

当人饿了的时候

——从"大救驾"说起

刘宝瑞的单口相声《珍珠翡翠白玉汤》是尽人皆知的，说的是明太祖朱元璋微时曾被两个乞丐相救，用要来的残羹剩饭合煮充饥，救了他一命。朱元璋吃饱后问是何物？乞丐美其名曰"珍珠翡翠白玉汤"。后来朱元璋得了天下，做了皇帝，又想起倒霉时吃过的这等"美食"，命人找来当年的乞丐，如法再做一次，其结果是可想而知的。这个相声可谓脍炙人口，虽然杜撰得很可笑，但却寓意深远。

在现存的食品中，被称之为"大救驾"的有两样，一是安徽寿县、凤台一带的名点；一是云南保山、腾冲一带的名小吃，据说这两样东西都有救驾之功，因此被称之为"大救驾"，流传至今。

安徽的"大救驾"源于一千多年前，后周世宗征淮南，当时还是后周大将的赵匡胤奉命攻打南唐所辖的寿州（即今寿县、凤台），屯兵八公山，为时九个月才攻下。赵匡胤打进寿州后，由于军务繁忙，再加上征战的饥饱劳碌，竟然数日水米未进，全军为之恐慌。后来军中厨师千方百计向寿州的厨师请教，学来一样点心，是用面粉和猪油、白糖、芝麻油、青红丝、橘饼、核桃仁做的圆形带馅儿的糕点。赵匡胤观其形美，闻其味香，不觉拿了一块放入口中，果然又酥又脆，馅子糯软香甜，白糖中又有红绿果料。不觉连续吃了几块，身上顿觉恢复了气力，此后食欲渐增，领兵打了许多胜仗。待赵匡胤陈桥兵变，黄袍加身当了皇帝，对曾在寿州吃过的点心还是念念不忘，认为那次治愈他鞍马劳顿，不能进食疾患的就是这样点心，于是赐名"大救驾"。

至今寿县、凤台一带仍有传统糕点"大救驾"，是地方的名优特产。其包装很考究，纸盒上的图案是今天河南开封的龙亭，正是因袭了这个典故。很多年前有人从安徽带来过这种点心，尝尝也不过如此。更兼馅子做得太甜，不太适合今人的口味。赵匡胤之所以能吃了几块就气力大增，我想大概是他饿得太久，有些低血糖之故耳。

另一样叫"大救驾"的则是云南腾冲、保山一带的小吃了。

这种"大救驾"的赐名人虽然也算是位皇帝，但远没有赵匡胤那么走运了，充其量是位倒霉皇帝。这就是明末继福王、鲁王之后被拥立的桂王朱由榔，年号永历。他即位于肇庆，但一直处于逃难之中，后来在大西军的庇护下越腾冲至缅甸，最终还是被清军吴三桂从缅甸引渡回昆明，后被迫自缢于昆明五华山的篦子坡金蝉寺。于是此地谐音改为"逼死坡"。辛亥后蔡锷等为其立碑，题曰"明永历帝殉国处"，至今尚存。

永历帝过腾冲时，是由大西李定国的部将靳统武护送的，跋山涉水，走了多日山路，到达腾冲时天色已晚，人困马乏，饥肠辘辘。好不容易找到一处歇脚，老百姓只得匆匆用当地人吃的饵块和菜蔬炒了一盘送上。永历帝饥饿难熬，吃得甚香，谓之"大救驾"。流传至今，也有三百多年的历史了。

去年我去腾冲，特地在和顺古镇上要了个"大救驾"，其实就是普通的炒饵块。

我从昆明飞到腾冲，突然患了胃肠型的感冒，肚子不舒服，还有些发烧，连续两三日不想吃东西。到和顺那日自觉稍好些，又不愿放过这样有名的特色美食，于是在一家叫做"和顺人家"的饭店要了盘"大救驾"并一个汤。也许是店里油放得太多，吃起来很腻。饵块虽筋道，却没什么好吃。饵块是用西红柿、鸡蛋和蔬菜炒的，还放了不少味精，我只吃半盘就再也吃不下去了。我想这怪不得人家做得不好，可能是我胃肠不适的原因，对此也并不甘心。从腾冲飞回北京时，又特地在机场商店买了两包"大救驾"饵块带回北京。直至春节后才想起，于是看着说明如法炮制，结果家里也没人爱吃。腾冲的"大救驾"虽然著名，却没有了永历皇帝那样饥饿的肚子，那样奔波劳碌后的好胃口，也就吃不出好来了。

大凡饿了的时候吃过的东西，无论当时还是事后，都会觉得是最好吃的，"此情可待成追忆"，只是后来再去吃就不是那么回事了。所以，被称为"大救驾"之类的东西往往是靠不住的。

小时候偶尔挑食，有些东西不爱吃，我家那个大师傅福建祥就会说"你那是没饿着"。想想他的话，确是有些道理。八十年代北京和平西街有个农贸市场，卖海鲜的大个子与我挺熟，我老向他抱怨现在的虾没有过去的好吃了，那家伙总会操着浓重的鼻音，瞪我一眼说："怎么不一样，那是你好东西吃得太多了！"回来想想，倒也能心服口服。人的味觉会不会在不同环境下产生某种错觉？尤其是当人饿了的时候，吃过的东西会觉得最好，永远难忘。

敝人不敢议论任何一个时期的饥荒之饿，那种饥饿是何等的悲惨？不堪回首，历史会记住，人民也会记住。关于这样的饿，话题就太过于沉痛了。这里所说的，只是风和日丽中的饿，常人偶尔经历的饿。"饥不择食"，准确地说，不是什么都拿来吃，而是觉得什么都好吃。

1969 年，我远戍内蒙古边陲，平时所吃的主食除了偶有白面之外，基本就是玉米面了。后来调拨了一批白薯面，蒸出来的窝头是黑的，还有些弹性，虽然牙碜，却微微有点甜。大家宁愿吃玉米面的窝头，也不愿意吃它。但我却认为远比玉米面好吃，如果说玉米面的窝头平时一顿能吃两三个，那么这种白薯面的黑窝头倒是一顿能吃上四五个。1971 年我离开内蒙古，就再也没吃过这样的白薯面窝头，直到今天还很怀念。

彼时我在内蒙古负责物资采购，因而比别人有个可以随时外出的特权，每隔上十天半月就能去趟巴彦高勒镇（今内蒙古磴口市）。早上出发，大约中午就能到那里，正好是吃午饭的时候，我总会在镇上的一家饭馆吃顿饭。前年故地重游，时隔四十年矣，磴口已是今非昔比，再寻找那家坐落在当时电影院附近的小饭馆，早就荡然无存了。那家小饭馆只卖两三样炒菜，记得有炒豆腐、红烧肉和过油肉，还有一样就是鸡蛋汤。每次去，必定会要个过油肉，外加个鸡蛋汤，两碗米饭。那过油肉做得确实不错，油汪汪一大盘，稍稍俏点木耳，就着两大碗米饭吃。吃这盘过油肉是有我的办法：先是尝上两口解解馋，然后用筷子在盘中划道楚河汉界，自己限制每碗饭只吃其中的一半，不然就会一时口滑，把四分之三都就着一碗饭吃光了。"划江而治"就会很科学，不至于最后吃白饭了。磴口多是山西人走西口到内蒙古的，而过油肉又是山西的特色，做得确实很好。当时一个过油肉是三毛六分钱，一碗鸡蛋汤五分，加上两碗米饭，不超于五毛钱，这也是当时最奢侈的享受了。每当临近去巴彦高勒的前两天，总会很激动，那一大盘油汪汪的过油肉老是在眼前晃动。后来无论是在北京还是在山西，也无论多么高档的餐厅，就是海参过油肉，也绝对没有我在磴口小饭馆吃的好。

常常对人说起磴口的过油肉，那种滋味也会感染在座的人们，有种"今不如昔"之感。到底是真的那么好，还是当时口中的寡淡使然？这是个说不清楚的问题。

人在旅途，饮食无定，往往会有饥饿感。

2003年我从旧金山回北京，美联航的飞机从旧金山起飞后飞了约三个小时，突然告知飞机出了故障，要再返回旧金山机场。乘客颇为恐慌，好容易在旧金山着陆，换了另一架飞机重新起飞时，已经耽误了七个多小时。本来这架飞机是飞东京的，正好换另一架飞机从东京再回北京。可这样一误点，东京的飞机是赶不上了，只能在成田机场临时落地签证，住在东京，第二天再坐同一航班回北京。那时中国正在闹"非典"，东京的气氛也很紧张，到处看到戴口罩的日本人。一行十几个没有搭乘上航班的各国旅客于是被匆匆送到离机场不太远的希尔顿酒店，又忙着给北京的家人打电话告知。一来二去就到了午夜一点多，这才情绪甫定，感觉饿得不行。因为从中午上飞机吃了点东西，到此时已是十几个小时没有进食了。

日本酒店的服务应该说是一流的，当我刚给家中打完电话，就有服务生来按铃，用一个小推车送来食物，而且还非常彬彬有礼。时当午夜，整个酒店都在休息中，看看车中的食物，却也十分的简单：一大瓶饮料，一点水果，两个用纸包着的麦当劳，还有个很精致的漆桶，一望而知是日本的工艺。服务生将食物放在桌上，鞠躬退下。打开纸包，是日本式的麦当劳。麦当劳虽是规模化生产，但各国也不太一样，这两个麦当劳就不是用面包夹的，而是上下两层糯米饭，中间夹的肉和紫菜，虽是麦当劳的形制，却又不一样。狼吞虎咽吃进去一个，方才感觉出味道，真是非常好吃，是我以前没吃过的。再打开漆桶，那上面还坐着个漆碗，将漆碗取下，下面是大半桶日本的酱汤，立时香气扑鼻。用汤匙搅一下，底下的沉淀泛起，很浓、很热，倒在碗中喝了一口，竟比我吃过的所有酱汤都好，用"荡气回肠"来形容实不为过。于是大半桶酱汤一饮而尽。第二天起得较晚，再到楼下的餐厅用自助早餐，那里也有酱汤，但喝起来远没有夜里那桶好。数年后，我在札幌也吃过同样品种的麦当劳，其实那会儿并不饿，只是有了在东京的印象，想再体味一下罢了。可吃了一半就不想吃了，也不觉得怎么好。

兰州牛肉拉面这种东西平时是不太会吃的，可前年在宁夏银川却吃过一次我以为最好的牛肉拉面。

从内蒙古的临河到宁夏的银川不过四个多小时的路程，我买的是下午两点的车票，预计晚上六点多就可以到银川了，本来是很从容的。没想到火车竟晚了四个多小时，上车后又一误再误。软卧车厢的空调又开得贼冷，几次交涉，也改变不了温度，虽是夏末，还是受不了，冻得人盖上棉被都不行。好不容易熬到银川，已是午夜时分，可谓是饥寒交迫。等到了酒店，办完手续，看看表已经一点多了。问问前台附近可有吃东西的地方，人家马上告诉我，出了酒店往前走一百五十米就有家兰州牛肉拉面，二十四小时不休息。

果真，那家店还开着，已没有几个人。要了一大碗牛肉拉面和两个卤鸡蛋，牛肉拉面的汤很宽，除了有不少碎牛肉，还漂着三五片白萝卜，再放上些辣子，热气腾腾。面很筋道，汤也浓香，比我在兰州本地吃的还要好得多。一大碗吃完，还有些意犹未尽。后来有人去银川，我就向他介绍离玉皇阁不远的这家拉面店，吹得如何之好。那位先生倒是实诚，还真的专程去吃了一次，但回来对我说，就是个很普通的兰州牛肉拉面馆，很一般的，面的味道也没什么出奇。弄得我很不好意思。

无独有偶，别人向我推荐的美食也如此，说得天花乱坠，真去尝试也不过尔尔。以后还真要附带问问，他是在什么情况下吃的才行。

看来，人在饿了的时候，吃什么都会很香，评价的标准就不那么客观了，甚至是一种错觉，也会像"大救驾"那样不可靠的。

又到中秋月圆时

——关于中秋节的记忆

在中国的传统节日中，最具民间色彩的当属中秋节。"中秋"之名，虽然有人远溯至《周礼》，但《周礼·夏官》中提到的"中秋"并没有节日的意义，仅是季节时序的概念而已。古人对一年四季，都有孟、仲、季次序的划分，夏历八月十五，序属仲秋，于是有了中秋的说法。

中秋节在中国的传统节日中是形成较晚的，两汉及魏晋南北朝时，尚无中秋节，唐代虽有"八月十五中秋节"的记载，但却很难从正史或笔记中找到关于中秋礼仪活动的记述，而纯属民间节日，远没有法定官节那么多繁文缛节和隆重的礼仪。即是宫中赏月，也大多从于民间习俗，不过是宫苑中宴乐休闲，没有朝贺大礼的仪注。唐人好在中秋赏月，大约旨在此时秋高气爽，云淡风轻，适宜邀宴赏月的缘故，并无佛道的宗教色彩。唐诗中吟咏月光、月色的题材无数，更多地赋予蟾宫月桂的世俗化、嫦娥吴刚的人格化，使得中秋赏月增添了许多浪漫色彩。

中秋节的形成大约始于宋代，但值得注意的是：此时的中秋尚未列入官定的重要节日（宋代官定的节日仅有元旦、上元、中和以及真宗以后的天庆、天应等节日），中秋节只是作为节气性和季节性的民间节日，如同立春、七夕、重阳之类，但斯时金风送爽，丹桂飘香，正适合饮酒高歌，登楼赏月，同时也带动了都城市肆的商机和繁荣。酒店出售新酒，歌楼悬挂红灯。入夜，流光溢彩炫于目前，鼓板笙歌萦于耳际。南宋时，江南有燃放羊皮小水灯之俗。中秋夜将几十万盏羊皮灯置于河湖水面，名曰"一点红"，灿烂如繁星，《梦粱录》和《武林旧事》中均有记载。

中秋节食月饼的习俗究竟起于何时，历来其说不一，大多认同始于元代。其时，类似月饼的食品早已有之，只不过尚无"月饼"之称罢了。汉唐时即有带馅的面饼，或蒸，或烤，或烙，和面为皮，中间充以饴糖、鲜花、芝麻、胡桃等各色花果之料。类似甜食点心，早在唐代就很普遍，甚至有精致的盒子盛放。唐高祖李渊看到这种盒装甜饼时，就曾笑指空中明月说"应将胡饼邀蟾蜍"，于是与群臣分而食之。称为胡饼，是因来自吐鲁番人向唐皇的进献。

南宋吴自牧的《梦粱录》中已有"月饼"一词出现，但没有详细的描述。彼时的月饼大概因其形象而寓意，并没有特定的规制。民间传说月饼起源于朱元璋八月十五起兵，为联络各地义军，用月饼夹带举事字条，传递消息，是为月饼之起源，这只是姑妄言之，其实并不可信。

中秋节盛于明清两代，从而成为民间最为重视的"三节"

之一（上元节与春节相临，一般同为一节，此外还有端午节）。中秋、端午民间俗称"八月节""五月节"，是旧历年之外最重要的两个节日，也是一年中三个标志性的时段。旧时商家店铺与宅门主顾的结算也往往分别在这三节进行，而销售旺季也正是在这三节的前夕。明代《西湖游览志余》已经记载，"八月十五日谓之中秋，民间以月饼相遗，取团圆之意"。沈榜的《宛署杂记》更是记录了明代万历年间北京风俗："八月十五馈月饼，士庶家俱以月饼相馈，大小不等，呼为'月饼'。"可见明代中秋月饼已不仅是节令食品，而且是社交馈赠必不可少的礼物。

中秋月饼的品种繁多，形式各样，但其规制却是圆形的，取其"团团圆圆"之意，如今不少广式月饼做成正方形，恐怕有失月饼的原意。旧时北京的月饼以提浆、翻毛为主，兼有苏式、赖皮和较为低档的"自来红""自来白"之类，广式月饼则是上个世纪二十年代才出现。当时专营南味食品的森春阳，以及后来的稻香春最先开始销售广式月饼，馅子也仅有豆沙、枣泥、五仁、莲茸几种，远不如今天品种之多。老北京人较为保守，一般多认瑞芳斋、正明斋、聚庆斋几家店铺的提浆月饼和翻毛月饼，价格也较之森阳春、稻香春的便宜些，穷苦人家更是以"自来红""自来白"应景儿。后来稻香春又发明了"改良月饼"，这种月饼的皮很厚，但以黄油和面烘烤，虽然馅子不大，却有一种西点的味道，香而不腻，又不过甜，一时很受欢迎。当时广式月饼中的甜肉、叉烧、火腿和云南的云腿（俗称

"四两砣")月饼还较为少见。老北京人是不太容易接受的。

在今天年轻人的印象中，月饼的形象是以广式月饼为代表，而各大酒店、饭馆自制的月饼也不外乎这种形式，所以近几十年来成了广式月饼的一统天下。

去年中秋节前夕，几次接到媒体记者打来的电话，询问中秋节除了月饼之外还有什么当令的应时食品，或是中秋节应该如何过等问题。一时间真是很难讲清楚，于是随意说了几样应时的瓜果和桂花酒之类聊以应付。其实，由于时代的不同，地域的不同和社会层次的不同，中秋节的风俗也不尽相同。

以瓜果而言，北京中秋时西瓜已基本下市，旧时虽也有外埠西瓜进京，但因价格偏高，况且老北京人有秋后不食瓜的习俗，并非是最普遍享用的。倒是大红石榴、沙营的玫瑰香葡萄、郎家园的枣、三海的莲藕、京西的小白梨是中秋当令水果。彼时还有今天已经绝迹的"虎拉车"（一种甜而脆的沙果，绿皮泛红，水头很足），都是惠而不费的大众化果品。如果奢侈些，烟台的鸡腿梨也运来北京，那种烟台鸡腿梨又甜又香，水头极大，外面的皮一蹭即破，如今虽能买到，却减了香味水头，似乎不是当年的品种。我怀疑原来的烟台梨是引进的水果，我在法国和德国都吃到过正宗的鸡腿梨，与小时吃的是一模一样。

中秋饮桂花酒不过是应景儿而已，八月十五饮宴，桂花酒是要喝一点的，但真正喝酒的人还是喝绿豆烧或莲花白，南方人则多饮花雕和女儿红。

中秋节最令人企盼的则是夜幕降临，玉兔东升，尤其是时近午夜，明月皎皎，斯时当是"天上一轮才捧出，人间万姓仰头看"的时节，无论是在庭院的楼头廊下，还是旷野的山间江畔，中秋的圆月可谓是最终的高潮。如果傍晚尚是薄云遮障，慢慢地云破月出，渐渐升入中天，银光泻地，悬念顿释，赏月的心情豁然开朗，岂有不为此浮一大白之理？

"八月十五云遮月"与"正月十五雪打灯"大约都是佳节中的遗憾，中秋与上元两节的共同特点即天上月光与人间灯火的交相辉映，如果说上元灯火的辉煌能够令人忽略皎洁的月色，那么中秋的一轮明月却是无法取代的，于是有了祭月、拜月、赏月、咏月等许多活动。

最具中秋特色的物件有两样，至今记忆犹新，一是泥胎的兔儿爷和兔儿奶奶，形象生动，除了脸部和耳朵之外，全身拟人化，或是头戴帅盔，或是内穿铠甲，外罩袍服，端坐在虎背上，有的还身插靠背旗，神气活现，虽然大小形态各异，却是一样的憨态可掬。记得老舍先生的《四世同堂》中，即使是在北平沦陷时期，中秋临近，祁老太爷还要在护国寺为重孙子小顺儿买上个兔儿爷带回家。上个世纪六十年代中期以后，兔儿爷绝迹，直到上世纪八十年代中期才作为民俗工艺出现。1985年，双起翔先生曾送给我一尊他手制的兔儿爷，当时带给我多少儿时的回忆，二十多年来保存至今。另一样东西则是"月光神码"，也叫做"月宫符象"，其实就是一张木版水印的彩色版画，上书"广寒宫太阴星君"，画中有广寒宫外桂树下玉兔捣药的图画，旧时北京的大街小巷和香蜡铺中均有售，中秋祭月或摆供后即用火烛焚化。这种神码虽然都是套色木版水印，却也有精粗之别，杨柳青、武强印制的神码十分精美，远胜于一般作坊的出品，今天已很难看到了。中秋供兔儿爷与月光神码只是一种民间习俗，实际上与宗教信仰无涉。

"人有悲欢离合，月有阴晴圆缺，此事古难全。"尽管如此，人们仍在中秋之际希冀一切完美，骨肉相聚，故而中秋节又有团圆节之称。

令我最为难忘的一个中秋节是1969年我在北疆大漠中度过的。

1969年10月，我在内蒙古建设兵团的连队中做过一任掌管给养钱粮的"小官"——上士。因为当时建置的变更，原来的连队划归另一个新建团，牵涉到新旧连队账目的移交和清算，于是派我去新建团办理这项工作。两团之间相隔四十华里，我的交通工具只有一匹老马，骑马沿着沙漠中的一条小路，走走停停，大约近三个小时才到新团团部。交接工作完成后，已经时近傍晚，只得住在新团部一所只有两个土坯房间的招待所中。我将马拴在那土坯房外的木桩上，就赶紧去团部食堂打饭，买了三个馒头和一碗冰凉的熬西葫芦。回招待所点亮了油灯，就着冷菜吃了一个馒头后，猛然看见墙上的日历，原来那天正是农历八月十五。彼时中秋早被列入"四旧"，这种岁时节令也已在人们的记忆中淡去，偶然发现是日正值中秋，不能不说是意外的惊喜，尤其是独自身处于大漠之中，更有一种说不出的滋味。当时那新建团的团部里只有一个小卖部，全部商品大约不会超过二十个品种，不用说是月饼，就是缺油少糖的普通糕点都没有。赶到小卖部，惟一的售货员正要锁门下班，最后通融了一下，总算买下半斤白糖。回到土坯房的油灯下，我将剩下的两个馒头掰开，中间尽量夹入许多的糖，又趁着馒头新鲜，将四周捏实，用手按成两个很大的饼子，还在上面捏出一些花样。两个大月饼就此完成，还真是十分像样儿，圆圆的，有棱有角，虽是用馒头制成，却如一轮满月。古代的月饼是蒸出来的，这两个蒸食月饼，倒是颇合古意。

当一轮明月徘徊于斗牛之间的时候，我披着马背上随身带来的破棉袄，走出空旷无人的团部。四周是一望无垠的沙漠和戈壁滩，背靠着一座大沙丘坐下来，天地之间万籁俱寂，夜空显得如此低矮，繁星密匝，皓月当空，是我前所未见的辽阔，也是从没有体味过的茫然，中秋的月亮也是我从未见过的那样圆，那样亮，连戈壁上的芨芨草都是那样的清晰。从棉袄兜里取出两个白糖馅儿的"馒头月饼"，对着空旷的大漠星空，沐着银光倾泻的明月，细嚼慢咽，那真是我吃过的最香甜的月饼。那一晚躺在沙丘上想到过什么，早已记不起来了，也许什么也没有想。周围的一切是那样的令人感动，是天地拥抱着我，还是我拥抱着天地？我想应该是融为一体罢。整整四十年了，这是我永远无法忘却的一个中秋之夜。

菜单与戏单

菜单与戏单看似风马牛不相及，其实有着异曲同工之妙。二者虽都是给就餐者与看戏人准备的，但一是味觉的预览；一是视觉的预览。同时，安排得当的菜与戏都会给人极大的享受，让人回味无穷。盛宴散去后的余味，帷幕落下后的回声，都会给人隽永的回忆。同时，印制精良的菜单与戏单又是一种很特殊的艺术品，有着保留和欣赏的价值。

原中烹协常务副会长兼秘书长林则普先生曾收集了近六十年的菜单数百种，后来选编了其中的精品，出版了一本《中国菜单赏析》。只可惜这本书出版之日，林老已经作古，未能看到。林老离休前曾是商业部饮食服务管理司的司长、国家经委国内贸易局局长，后半生与中国餐饮结下了不解之缘，可谓见多识广。前些年有幸与他在全聚德同桌吃过许多次饭，也一起参加了两次创新菜的评审工作，发现他确是行家，又是位有心人，这本《中国菜单赏析》对研究近六十年中国餐饮的发展有着很重要的史料价值。

菜单不同于餐馆的菜谱，菜谱是罗列一个餐馆的各种菜看，由顾客选择；而菜单则是一个宴会的事先安排，冷热荤素、头盘尾食尽在其中，让人一目了然。

戏单也不同于旧时班社的戏折子，将该班社所擅长的戏目开列如详，让主人点戏；而是一场演出的事先安排，文武昆乱、生旦净丑间或有秩，绝无单调之感。

中国菜单什么时代出现的？没有做过这样的考证。宫廷中宴客的菜单分成不同规格的席面，也都有事先的安排，多重视等级不同的用料配置，较为形式主义。在口味方面没下多少功夫，多是些中看不中吃的菜品。就是皇帝的食前方丈也不过尔尔。宫廷与官场的筵席自上古即有之，郑玄曾解释为："筵亦席也，敷陈曰筵，籍之曰席。"那时是席地而坐的，正所谓"铺筵席，陈尊俎，列笾豆"，在《周礼》中就有记载。据说菜单在中古时宴客已经出现。外国的菜单一般来说是最早出现在法国，十六世纪布伦斯维克侯爵宴客时就有菜单，每当上一道菜时，侯爵就看看桌上的菜单验证一下，后来被贵族们争相效法。这种私人宴会的菜单远比外国餐馆中的 Menu 要早很多年。

中国营业性演出的戏单大约出现在清光绪末年，也被俗称为"戏报"。首都图书馆收藏有清末至上个世纪四十年代的戏单八百多张。我早在八十年代就全部看过，很有戏曲史料价值。最近，首图委托电视制作部门制成电视片，来我家录像，由首图原副馆长韩朴兄和我两人做说明和解释，以及价值论证工作。这些戏单不但有演出时间、地点，也反映了不同时期的演出剧目和著名演员的艺术成就。

老友杨蒲生先生去年将他所收集的中国戏曲学院第一届毕业生以来的四百多张戏单捐献给了中国戏曲学院，这些戏单学院都已不存，可谓弥足珍贵。它们记录了中国戏曲学院六十年的沧桑与辉煌，也堪称厚重。我曾收集的旧戏单多已不存，仅有1978年以来的戏单千余张，与蒲生相比，不能望其项背了。试举一张民国十几年（具体年份未列，尚待考）"国历一月十一日（星期一）"在吉祥大戏院的夜戏戏单为例：

三出帽儿戏为：罗万华的《战太平》、王永昌的《黑风帕》、王福山的《打城隍》。倒第四是刘砚亭的《取洛阳》，倒第三是杨小楼的《武文华》，压轴是尚小云、郝寿臣、刘宗扬、茹富惠的《法门寺》，大轴是杨小楼、尚小云的《湘江会》，配角还有迟月亭、霍仲三、张连升、札金奎、郭春山、律佩芳等。

从这张戏单中，我们能看到的东西很多，一是当时演出剧目多，演出时间长；二是演员阵容强，杨小楼、尚小云都是"双出"；三是当时已经通行使用公历（国历即民国后对公历的叫法）；四是生旦净丑都有安排，剧目文武并重；五是这张戏单为木版水印，代表了当时戏单的典型风格；六是演员的排名是按"品"字形（俗称"坐着"）和竖直形（俗称"站着"）排列，以分主次。一张小小的戏单，给了我们如此之多的信息量，能不说珍贵至极吗？且不言时近百年，其文物价值也堪称是鲁殿灵光了。

再试举一张我收藏的 1983 年 6 月 10 日江苏省昆剧院的演出戏单，地点是在北京的长安戏院（西单老长安），剧目仅有五出折子戏，却是安排得极其得当，计有：

《寄子》（明·梁辰鱼《浣纱记》中一折）；《问探》（明·王济《连环计》中一折）；《狗洞》（明·阮大铖《燕子笺》中一折）；《醉写》（明·吴世贞《惊鸿记》中一折）；《痴梦》（明人作品《烂柯山》中一折，全本佚，《缀白裘》存七折）。

这五出折子戏都取自明人传奇，由最早的梁辰鱼到南明的阮大铖，可谓涉猎宽泛，每出都是精品。且生旦净丑无所不包，甚至包括了昆曲中的末与外两个行当。次序不温不火，文武兼备。虽然时隔将近三十年，依然保存完好。是日，我在剧场听得如醉如痴，至今记忆犹新，恍如隔日，可以说是一顿昆曲的盛宴。每每展卅戏单，仿佛又梦回红氍，神荡笙板，犹存抹不去的记忆。

旧时有"戏提调"一职，即指安排演出剧目、演员角色和演出次序的人，营业性演出一般多是班社内人员，而堂会则不一定是班社人充之，多是由堂会家主人或懂戏的清客任之。《红楼梦》中的贾蔷除了负有管理小戏班的责任，也还兼任戏提调之职。况周颐的《眉庐丛话》中有"戏提调"一则，就曾记载乾隆朝江西巡抚国泰命新建县知县汪以诚充任戏提调的趣事。大抵戏瘾极大的人就有写戏单子的癖好。我在上初中时，上课不好好听讲，自己用课本盖着张纸，在上面开戏单子，都是自己臆想的组合，将我尽知的戏码和演员罗列在一起，写了好一张"精彩"的戏单。后来被科任老师发现没收，奇怪的是老师只稍看了一下就掖在了自己的兜里，只说了句"好好听讲"。下课后，那位老师将我找到办公室，从兜里掏出我那张"子虚乌有"的戏单，说道："我告诉你啊，这张戏单子开得不对，你看啊，这出根本就不是谭老板的本戏。另外，这三位年头儿不对（指我把清末和民国的演员生放到一起），也碰不到一块儿。再看这儿，这位老板只能一赶二（即一个演员在同一出戏中分饰两个角色），没听说过一赶三（一个演员在一出戏中分饰三个角色）的？"敢情这位老师也是个戏迷，他边说边在我那"作业"上勾勾改改，关于上课不认真听讲的事儿居然一句没提。

据我所知，有此癖者绝非我一个，其实是大有人在。今天的时尚青年也有把众歌星一锅烩的，自己点人点歌，开单子过瘾。同样癖好的如果在一起，甚至还会闹起矛盾来。所以夏衍在他的《从点戏说起》一文中道："点戏者、戏提调和演戏者之间的矛盾，看来是很难避免的，问题是只在于如何妥善地处理。"

我也见过馋人自己开菜单的，甚至对此有瘾，多是认为别人安排的宴席不得体，不到位，必须亲自动手才能达到标准。其实安排菜单倒真是门学问，一张菜单安排的好坏，不仅能看出其见识、口味、水平和统筹之功力，还有俗雅之分。当然，这也是开菜单者的一厢情愿，也许吃客和厨师都不买账。

林老的《中国菜单赏析》中绝大部分菜单是近三十年的，涉及全国各地的著名餐馆，总体看来，菜品偏于厚重油腻，这也是近三十年来我们一些高档宴会的通病。此外，有的菜单中菜名似是而非，看不懂到底是什么东西。也有些同质菜品重复，特色也不太突出。试举一两份较好的如下：

一、2004 年中国淮安"淮扬菜美食文化节"招待晚宴菜单：

盐水河虾	卤汁素鸭	开洋嫩芹
葱油蜇头	皇品鱼翅	软兜长鱼
玉珠刺参	朱桥甲鱼	翡翠菇心
蒲菜斩肉	芙蓉银鱼	如意茭藕
平桥豆腐	清蒸湖蟹	竹荪鱼圆
翡翠烧麦	锅贴豆腐卷	鱼汤小刀面

这席晚宴很有特色，淮扬的地方物产如平桥豆腐、蒲菜、茭藕、银鱼、竹荪、湖蟹应有尽有。另如软兜长鱼、蒲菜斩肉、朱桥甲鱼、鱼圆、鱼汤小刀面、翡翠烧麦等都是淮扬独到的名菜、名点。从口味、色泽上说也是荤素错落，浓淡有秩。里面没有看不懂的"金玉满堂""福禄双至"之类菜肴，都是实实在在的淮扬菜。

二、1996 年上海和平饭店菜单：

风味八盖碟	鸡火荷包翅	两吃龙虾皇

云腿扒花胶	和合珍珠蟹	清凉糯米糕
海鲜蛋皇饺	火夹糟鳜鱼	瑶柱青生瓜
酸菜炖白鳝	申城葱油饼	白雪冰淇淋
合时鲜生果		

这席相对简单，综合了粤沪两地的烹饪技法和原料，甚至有徽菜的因素在内。点心分做两次上桌，隔开了主菜和常菜，最后的申城葱油饼为主食。尾食为冰淇淋，也是上海和平饭店的风格。

宴会的菜最忌叠床架屋，过多过滥，不但不能出彩，也会造成浪费。很多年前，先君陪同李一氓宴请牟润孙，地点在钓鱼台国宾馆，我看过那张菜单，主菜仅有六道，点心两道，且极其清淡，没有鱼翅鲍鱼之属，却是安排得十分精洁，也适合老人的口味。像这样针对性强的宴会菜单安排就要下点功夫了。

有些别具特色或突出主题的菜单，也要照顾到主题的呈现，试举我在江南一次江鲜宴的菜单如下：

精美六围碟	燕菜刀鱼球	扬子老豆腐
珊瑚鱼肚羹	香唇炖白玉	糟香长江虾
五柳蒸鲥鱼	锦绣刺双拼	核桃鲜鳗片
黄酒焖江蟹	野菜汆秧草	家乡荞面饼
鱼汤小刀面	各客水果盘	

这席江鲜宴也相对简单，几乎都是较为清淡的，十道主要菜品中有两道是纯素的，还有一道是刺身，没有油炸食品。两道点心，小刀鱼面是少不了的，荞面饼我素以为是山西风味，没想到苏北也有之，颇具特色。

突出地方特色是宴席中至关重要的，但有时也会考虑到地方特色的综合展示。2004 年 9 月 10 日，我应邀参加"六大古都饮食文化研讨会"，中午假座全聚德和平门店金色大厅午宴。这张菜单就很有意思，为了方便读者，我姑且将菜品标注古都城市名，这是原菜单上没有的，因为来宾都是行家，一望而知，就不必写明了：

五拼分吃	芥末鸭掌（北京）	盐水鸭（南京）
炒八宝红薯泥（开封）	牡丹燕菜（洛阳）	风味羊腱（西安）
龙井虾仁（杭州）	金陵炖生敲（南京）	小笼灌汤包（开封）
叫化鸡（杭州）	洛阳海参（洛阳）	糖醋瓦块鱼焙面（开封）
鲜鱼狮子头（南京）	上汤松茸白菜	波斯花篮（西安）
烤鸭（北京）	水果各吃	

此席真可谓是别开生面，也是不伦不类，但各城市都要拿出看家的技艺，于是临时拼凑了这席午宴，这是我吃过的一次最奇怪的宴席了。

《关公战秦琼》的相声大家都听过，自然是杜撰出来的笑话，但旧时的戏提调排戏码也要懂得些历史。一般而言，总要照顾到朝代前后和时间的顺序。就是两个生行戏,《空城计》也不能排在《战长沙》的前面;《当锏卖马》也不能排在《断密涧》的后面。时空不能倒流,但凡有点常识,就不会出这样的错误,所以说戏单里也是有学问的。生行的戏不能接着演,中间要插入一出旦行的戏;文戏太温,两出中间就要插入一出开打的武戏或玩笑戏。目的都是调和一下,缓解视觉的疲劳。

菜单的安排也是一样,要浓淡荤素分置其间,不使人产生味觉的单一,再好的东西,连续品尝也会腻,这也如同山水画卷,要有疏有密。或奇峰突兀,或柳岸芳汀,再以桥柯远岫点缀,云水草木贯穿,于是就达到了目的。菜单也忌堆砌,如此怎能主次分明?故有俗雅之分。中国菜的最高境界是"和",也就是平衡与和谐。

菜单与戏单的异曲同工之妙,正在于斯。

小记园林中的餐馆

前些年，关于故宫内星巴克迁出的问题闹得沸沸扬扬，星巴克最终还是迁出了故宫，使这种不协调的设施得到了解决。不过时过两个多月，"紫禁城版"的咖啡又在故宫露面。其实在故宫里卖茶和咖啡也无可厚非，偌大的一个紫禁城，游人不可能在半天时间内看完，总得有个饮食小憩的地方，法国的卢浮宫里也有咖啡厅和快餐厅。再说了，咖啡也非洋人的专利，自康熙时起，清宫里就有了西餐的整套餐具和宴客规程，御膳房里也早就有咖啡了。

北京皇家园林的对外开放，最早当属是中山公园，1913年即为民国政府接管，成立了董事会，1914年双十节正式对游人开放。1915年即在南门内东侧开设了饭馆茶社——来今雨轩，这也是北京园林中最早的餐馆。来今雨轩的餐馆茶社自开业以来，留下了中国现当代无数名人的足迹，是完全可以写一部来今雨轩文化史的。早年的来今雨轩中西餐皆备，西餐虽不如外面的特色餐厅，但也可圈可点，有几样菜，如奶汁烤鱼、鸡肉酥盒、铁扒笋鸡等做得都不错。中餐以淮扬菜为主，但也并不纯正，倒是那里的冬菜包给人留下了难忘的印象。如今来今雨轩已迁至公园的西墙，两层楼台，富丽堂皇，主打"红楼菜"。冬菜包虽还有，已非昔时形制，倒是我家做的冬菜包得其旧法，还有几分神似。红楼宴吃过两次，都是晚宴，车子能从东门竟自开入，直到餐厅前，泊车后自有古装女服务员提灯导引登楼。至于"红楼宴"，我没去过荣宁二府，也没和宝二爷同桌共餐的荣幸，当然就不敢妄加臧否了。不过，每次我见到他们的园长和王来水书记，总会向他们呼吁恢复老来今雨轩的事。

中山公园的长美轩比来今雨轩开业晚，据说是云南菜，也卖藤萝饼，旁边还有春明馆，余生也晚，小时候只在中山公园吃过藤萝饼，到底是哪家出品，已然记不清了，饭多是在来今雨轩吃的。长美轩有道"马先生汤"，是马叙伦先生家"三白汤"的翻版，虽是清淡，却是用鸡汤过滤后调出来的，三四十年代享誉京城。柏斯馨是西式茶点和三明治之类，算不得是餐馆。此外还有上林春等，我在六十年代初去得最多的是那里的瑞珍厚。

今天的人大多不记得瑞珍厚曾开在中山公园内，只是记得它曾在东四的西南角，后来搬到南河沿华龙街。瑞珍厚原是开在中山公园里的古玩铺，1917 年开在公园西侧董事会附近，是家经营古玩玉器的商店，东家是位穆斯林。1950 年文玩业凋零，于是就改成了清真馆，所以瑞珍厚在中山公园里算不得是老字号。瑞珍厚的大厨马德起是西来顺大厨褚连祥的徒弟，手艺不错，那里的煨牛肉最佳，也能做海鲜清真宴席。

北海是1925年才对外开放的，最早开业的就是在北岸的仿膳，去岁我参加了仿膳八十五周年庆典，席间和舒乙、阎崇年聊起五岁时就在仿膳吃肉末烧饼的旧事，要从那时算起，我和仿膳的关系也有将近六十年了。经理陪我去厨房等地看看，许多年轻的厨师只知道豌豆黄和芸豆卷，却不知还曾有芸豆糕。那芸豆糕是模子磕出来的，淡而无味，却有股芸豆面的清香，吃时要蘸着玫瑰卤。上桌时码放在仿乾隆五彩的八寸盘中一圈，中间是放玫瑰卤的小碗。大抵仿膳在北岸时的情况就更是没人知道了。仿膳从北岸搬到今天的漪澜堂和道宁斋之前，漪澜堂也曾有过饭馆，为时不长，是在漪澜堂的楼上，时间是在1955年至1958年左右，虽是中餐，却还卖过日式的鸡素烧。1959年仿膳从北岸迁至此，这家为时不长的馆子也就让位了。至于正门内的双虹榭则是茶社，牌匾是傅增湘先生写的，只是有茶点，却从没有卖过饭。东岸昔日的"少年儿童水电站"今日已经改为一家高档会所，倒是既能吃饭又能喝茶的。

颐和园中的听鹂馆餐厅多是类似北海仿膳今天的风格，以"皇家御食"为经营特色，零点的菜品种不多，多是接待一些宴会，但菜却一般。在谐趣园的后面，有一个内部招待所，平时与谐趣园之间的门是锁着的，要从颐和园外的东北角门驱车而入，内中客房不多，又很零星，相距较远，通过假山上上下下，不太方便。内中的餐厅也仅能接待两三桌，菜品一般，但有道瓦罐牛头做得很好，汤醇肉烂，胶质丰富。这家餐厅是不对外开放的，在静园之后，通向园中的门会打开，能到谐趣园中走走。谐趣园在五十年代也曾有过饭馆，只在春末至初秋营业，桌子是分散摆在临水的亭榭上，我在小的时候随家人去过，有道番茄虾仁做得极好，只是这个餐厅存在的时间很短。颐和园西南角的藻鉴堂有疗养的地方，有段时间常有些画家集中在此休息作画，或搞些笔会，那里也有餐厅。

在六十年代至八十年代中，颐和园中最大众化的要算是石舫餐厅了，那时颐和园的游人还是以北京人为主，尤其是"文革"中逍遥的中学生，每次去颐和园，不是在北大南门外的长征食堂吃顿饭，就是在石舫餐厅解解馋，那时在长征食堂三个人吃顿饭，如果奢侈些，不到两块钱能吃四菜一汤，小凉菜也只要三四分钱一碟。石舫餐厅因是在景区内，要稍贵些，一个干烧黄鱼是最贵的，要八角钱，其余像四喜丸子、滑熘肉片之类，大约只要两三角，到了八十年代中期，价钱翻了两倍，也不过如此了。六七十年代的石舫餐厅就餐环境非常嘈杂，菜都是要买了票自己去端的，听到叫自己的号头，就忙不迭地去窗口取菜，五六个大小伙子，四五个菜，每人能吃上冒尖的两大碗米饭，那时没很高的欲望，在石舫餐厅吃上一顿就非常满足了。

五十年代末至六十年代中，颐和园的南湖岛上有个南湖饭店，可以住宿。那里游人不多，环境清幽，南湖岛只有经十七孔桥与陆地相连，大多数游人是走不到那里的。南湖饭店里的客房并不多，大约有三个档次，最高级的是南面临水的两明一暗的，虽是坐南朝北，但明亮的大玻璃窗却是朝南的，可以凭窗一览南面很开阔的水域。这一套是每天十八元，我记得总有外国人住。对面坐北朝南的是一中式二层楼，名叫玩月楼，楼下的一个套间是每天十四元，楼上不出租。第三等的是西头的两排南北房，大约共有六个房间，每天是八元。这就是南湖饭店的全部客房，当时很少有人来，就是星期六、星期日，也最多能住上一半。我在那几年和父母一起住过三次，最长那次也只住了三天。我们有两次都是住在每晚八元的那种，只有一次母亲拿了笔稿费，奢侈了一下，住在玩月楼下，花了十四元。好像是 1960 年，南湖岛上拍电影《林海雪原》，岛上的龙王庙被布置成《林海雪原》中的河神庙，岛上热闹了两天，饰少剑波的张勇手、饰白茹的师伟、饰老道的刘季云等都在现场。我那时颇兴奋，看了大半天。彼时尚在物质匮乏的年代，但南湖饭店的饭菜很好，虽然简单，但总有活鲤鱼吃，还有红烧肉，都是在外面吃不到的。

南湖饭店自六十年代中就已停业，前几年我曾问过高大伟园长，他说恢复是不可能的，因为颐和园内不允许开办宾馆饭店。

现在偶尔去颐和园，走到南湖岛，总会去看看那个地方。只是大门紧锁，透过门缝向里望去，依然是花木扶疏，玩月楼旧貌仍在，五十年一瞬，倏忽间，我已过了花甲之年。

香山内原有两家饭店，一是红叶村，二是枫林村，今天由贝聿铭先生设计的香山饭店就在原来的红叶村稍南百米左右；

而东门附近离琉璃塔不远的那家宾馆就是在原枫林村稍东方向建的，现在香山公园外，有道门可通园内。而今天的蒙养园宾馆则是原来香山慈幼院的产业，那时还没有变成宾馆。

六十年代初红叶村与枫林村的客房与颐和园南湖饭店差不多，以今天的眼光来看条件都很简陋，只是地处园林，环境优美，自然是与他处不同了。我和父母也在红叶村小住过，普通客房只要每天六元。红叶村的房间比起南湖饭店要多些，住得客人也要多些。早晨的香山异常清净，没有今天那么多晨练遛弯儿的，山林笼罩在一片雾气之中，有时顺着山路走到玉华山庄，沿途都碰不到一个人。枫林村我没有住过，但与红叶村相仿，价格也差不多。那时顾颉刚先生、赵朴初先生和吴作人先生他们都住在枫林村，父亲曾去枫林村拜访顾先生，谈刚刚开始的二十四史整理工作，我就一个人满园乱跑，一直出东门独自去碧云寺了。

那时红叶村的餐厅也是对外的，但人却不多，我想这应该是后来的松林餐厅的前身，但是位置并不在同一个地方。我们住红叶村的时候，物质匮乏的年代即将过去，餐厅的菜比颐和园的南湖饭店要好很多，花样也多些。近十来年常住在香山饭店开会，总会想起当年住在红叶村的日子，虽然红叶村的条件远不能和今天的香山饭店相提并论，但也会很怀念那些时光。

香山的松林餐厅最早坐落在通向玉华山庄的山坡上，房子是层层向上的。松林餐厅从始即是为游人而设的大众化餐厅，至今仍在，只是地点搬迁了两回。七八十年代去香山，中午总会在松林餐厅就餐，菜虽谈不上多好，却很实惠。后来蒙养园宾馆开业，餐厅也是对外的，水平与松林餐厅差不多。

江南私家园林的格局不大，都是小巧玲珑，很难开设餐馆，且举火烹饪，也有安全隐患。苏州西园内有家素菜馆，算是餐厅，其余多是喝喝茶，吃点瓜子和卤汁豆腐干什么的，早些年有卖面卖馄饨的，我在狮子林里就吃过馄饨。其实，苏州园林在私家占有的年代，除了消闲吟赏之外，都曾大开筵宴，甚至雅集顾曲。早年俞樾常在曲园春在堂宴客，乾隆二十三年元宵节，宋宗元在网师小筑（网师园）张灯欢宴雅集，即为一时之盛。后来张大千寓居网师园四年，此处更是当时名流聚会流连、诗酒唱和的地方。1924年金松岑作《鹤园记》，记吴梅、张紫东、叶恭绰、梅兰芳、张大千饮宴曲会于此。苏州的鹤园、听枫园与环秀山庄现在虽不开放，却都是文苑饮宴之所。前些年苏州的魏局长曾陪我逐一游览，得以观瞻。其实中国的所谓私家园林，名为归隐小筑，实则是文化沙龙的性质，雅集不可无酒，有酒不可无肴，但凡是名园，总有敞轩水榭，可以安排下几桌筵席的。

杭州西子湖畔，都可算得是园林盛景，尤其是西泠桥边的楼外楼，是最具特色的园林餐馆，楼外楼得名有两说，一说是取自宋代林升的《题临安邸》，一说是当年洪瑞堂开设楼外楼时，曾请俞曲园题匾，楼外楼恰好开在六一泉边，俞楼之前，于是曲园老人就题为楼外楼。"一楼风月当酣饮，十里湖山豁醉眸"，楼外楼得西子湖山之美，百余年不衰。每次小住杭州，第一顿饭总要在楼外楼吃，一个西湖醋鱼是少不了的，非如此，就没有到了西湖的感觉。

现在杭州的杨公堤一带，经大规模扩建修复，已是柳岸荷塘、竹林花圃的休憩所在，尤其是茅家埠一带，餐馆林立，环境幽雅。大则临水开轩，小则茅舍通幽，风格迥然不同。去年春天在此午餐遇雨，竟盘桓半日方归。虎跑内如今在半山开设了虎跑会馆，前两年杭州的朋友假座虎跑邀宴，环境倒是十分奢华，只是会馆面向高端人群，生意并不太好，虽是杭州菜，但新鲜程度却不及外面的杭帮馆子。柳浪闻莺到大华饭店之间近年也开设了不少小资情调的餐馆和酒吧，与其周围的画廊等配套，时代使然，也算是西子湖畔的另一种情怀罢。

南京的燕子矶虽非园林，却是金陵名胜，1966年深秋，我曾独自登临。彼时非常荒凉，断崖陡壁，浊浪拍岸，更兼落木萧萧，阴风飒飒，凭栏良久，竟看不见一个游人。这燕子矶旧时是自寻短见的去处，只要从崖上纵身往下一跳，绝无生还的可能，古往今来，不知有多少人在此殒命。因此陶行知先生在此立了一块"劝诫碑"，不过我在六十年代却没有看到。待九十年代初再次登上燕子矶时，已然两重世界，登山道路两侧餐馆很多，有的装修还颇为讲究，那次是南京的朋友陪我前往，酒楼老板与他很熟，菜是特地安排的淮扬风味，实在是不错。临走时主人一定要我写几个字，于是心血来潮，写了一副对子："悬岩千尺，俯看一江烟雨；危崖百丈，仰观万顷云天。"聊以应付了。

这次到燕子矶倒是天气晴和，猛然间看见了陶先生的劝诫碑"想一想，死不得"，真是陶先生的风格，直白简约，却又寓意警人。江山如画，想想自是活着的好。

中国西餐的嬗变

西餐从欧洲传入中国大约有三百多年的时间，从清宫所藏康熙时置办的全套西餐餐具看，当时宫中已经能操办十分正规的西餐了。宫里的西餐不仅能招待朝觐的外国使节，也能为皇帝后妃偶尔调剂膳食。达官显贵中也有嗜西人饮食者，尤其是在广州、上海、天津、青岛的官宦之家，偶尔做些西餐、西点并不是什么新鲜事儿。袁枚就在杨中丞家吃过"西洋饼"，还记下了做法，录于《随园食单》中。

西餐的传入基本来源于两个途径，一是明代中期以后的传教士，一是清代后来的外交使团和使馆，北京的东交民巷内就有洋人开的西餐馆。曾朴的《孽海花》曾有中国人在东交民巷吃西餐的描述。同治年间上海就出版过《造洋饭书》，能指导西餐的制作，到光绪末年已印了好几版。

至于中国人开的西餐馆，当在十九世纪中叶。上海开埠以来，西方文化乃至其生活方式首在租界开风气之先，继而影响到华界。上海最早开业的西餐馆是开设在四马路（今福州路）的"一品香"，是中国人经营的，当时称之为"番菜馆"。继而又有万家春、海天春、江南村等，到了清末民初，华、洋两界已是番菜馆林立了。

天津的利顺德饭店、国民饭店都有西餐厅，西餐做得也很精致。尤其是德侨经营的起士林，始创于1901年，是德国厨师出身的大兵Kiessling在袁克定等人的帮助下开张的。最早开在天津法租界的中街，先是经营些面包、咖啡和西点，后来才添了德式大菜，生意也越来越好，兼营俄式和英法式的菜肴。无论是地理环境还是出品的质量和价位，都为更广泛的顾客群所接受，经久不衰。2001年，老Kiessling的孙子从德国来华，专程回到天津起士林访问参观。

有人曾经问过我，在中国近现代史上，有哪家餐饮企业留下的名人足迹最多？我毫不犹豫地回答，是北京中山公园的来今雨轩和天津的起士林。从清末开始，政治人物像袁世凯、孙中山、黎元洪到张作霖，大凡民国政要，没有哪一位没吃过起士林的西餐。至于经济、金融、文化、科技界等名流，就更不在话下了，如果开个名单，就是一份中国近现代名人大全。

起士林并未在北京开分号，但起士林培养的厨师却与北京的几家西餐馆都有关系，被延聘到北京的西餐馆做主厨。起士林在北戴河倒是有分号，主要是经营西点和自制的糖果，菜品就不敢恭维了。直到九十年代末，天津起士林才在北京开店，是原天津起士林的员工在北京南河沿的龙华街承包经营的。十几年来，我与他们的经理张天庆和厨师长老戚混得很熟，成了朋友。前几年，北京起士林重新装修，挂出很多原天津起士林的历史照片，很可以让人回顾一下起士林的百年沧桑。张天庆送了我一本 2001 年为起士林百年出的书《天津有个起士林》，很详细地叙述了起士林的历史。

北京曾有个"吉士林"，开张于四十年代初，是东北军将领鲍文樾的司机开的，与起士林没有丝毫关系，谐音"起士林"，大概是为沾起士林的光。有些人误以为是起士林，其实大谬不然。

北京的西餐馆相对出现较晚，第一家专营西餐的馆子是前门外的撷英番菜馆，开设在廊房头条东口路南，号称专做英法大菜，品种丰富，不但有可供零点的菜品、小吃，还有价位不等的套餐，并且能够承应外卖。因此从民国初年至三十年代初，"撷英"是北京城最负盛名的西餐馆了。大栅栏地处闹市，生意兴隆，也就有了大栅栏里的二妙堂西餐店，楼下卖西点，楼上卖西餐，但西餐的品质却比"撷英"差多了。

六国饭店和北京饭店建成后，都有装潢考究、菜品精致的西餐厅，可以同时接待住店客人和外来就餐者。当然，其价格也要比市面上的西餐馆高出许多。此外还有东交民巷的西绅总会，似为俱乐部性质，但也对外营业，都属于旧京第一流的西餐厅。

东安市场北门西侧的森隆饭庄二楼和中山公园来今雨轩都曾经营过西餐，但在口味上多迁就中国人习惯，杜撰的菜品不少，价格也比较便宜。似这等中国式的西餐小馆子很多，如东安市场的中兴茶楼、陕西巷的新华番菜馆、西单牌楼的亚北西餐店等等，其服务对象多为一般市民阶层。

俄式西餐以味道浓郁为特色，很受当时消费者的青睐。三四十年代最为著名的俄式西餐有东单附近的"亚细亚"、王家饭店的"墨蝶林"，其中以内务部街的"墨蝶林"最佳，尤以品种繁多的俄式小吃招徕顾客，厨师也多来自天津。

三十年代前后北京较为简易又饶有特色的西餐馆还有崇文门的法国面包房、韩记肠子铺，东安市场的吉士林、荣华斋等，大大小小多达三四十家。到马芷祥编《北平旅游指南》时，所列的西餐馆还有二十多家。

还有两种地方的西餐今天的读者难以想象，那就是医院和火车站的西餐。

北京协和医院供应的西餐并不为人称道，而德国医院（今北京医院前身）和法国医院的西餐都做得极好。不但住院病人可以按照菜单点菜，来探视的亲友也能在此进餐，医院厨房制作的蛋糕、布丁还可以外卖。

前门两侧的东车站（京奉铁路车站）和西车站（京汉铁路车站）的西餐也很著名，尤以西车站餐厅（1928年以后称平汉铁路食堂）的西餐做得最好——《鲁迅日记》中曾多次提到来平汉铁路食堂吃西餐的事——那里的西餐虽无六国饭店等处正宗豪华，但也可满足一般口腹之欲，消费水平大约在每人六七角钱左右。

欧美同学会历来内设西餐厅，但属俱乐部性质，一般不对外。五十年代在北侧开设了文化餐厅，开始对外营业。

四十年代末，一些规模较小的西餐馆先后歇业，至五十年代，北京仅存"吉士林"、"华宫"、"大地"、"国强"、文化餐厅、"和风"（日餐）等十来家。到五十年代中期，又有莫斯科餐厅、和平餐厅、新侨饭店西餐厅相继开业。

旧京西餐虽多以英、法、德、俄式为标榜，实际大多是迎合中国人口味而改良的西餐，口味油腻厚重，其中不无杜撰的成分，例如法式猪排、德式大王肉饼之类，我在法国和德国就从来没有看见过这等菜肴。

西餐东渐，在北京已然是百年沧桑了。

大凡外国的东西进了中国，很少能保持原样，一成不变，西餐也不例外。"中国西餐"的说法听起来好像十分荒唐，但在一百年前西餐进入中国餐饮并为部分中国人接受之时，为了适应大众的口味，确实经历了很长时间的改良过程，经过这一改良，"中国西餐"大抵就名副其实了。

早年这种"中国西餐"有十分普遍的市场，从豪华考究的六国饭店、北京饭店，到市民阶层的撷英番菜馆、二妙堂，大多未能跳出这种模式。这些馆子里菜名冠以的英式、法式、德式大多是靠不住的，甚至根本是子虚乌有。英国人好吃炸土豆条、炸鱼，于是许多蘸面包糠的油炸鸡、鱼、肉就都冠以英式；法国人喜欢各种沙司，于是西餐馆就发明了一种以番茄酱、胡萝卜丁、口蘑丁、豌豆和葡萄干为主要原料的自制沙司，红红绿绿，味道甜酸，只要浇在炸猪排、炸鱼或肉饼上，就可以冠以"法式××"了。至于德国人最爱吃的白煮小肘子

（猪膝），因为口味很淡，很少出现在西餐馆的菜单上。

如果说不算是太离谱儿的，倒是俄式菜。这里有个重要的原因，就是自上个世纪二十年代初，相当数量的前沙俄贵族进入中国的哈尔滨、天津、上海等大城市，中国人谓之"白俄"。为了谋生，他们在这些城市开设了俄式餐馆，或在中国人经营的西餐馆中任厨师，于是将地道的俄式菜介绍到中国，例如中国人最熟悉的、甚至许多家庭都会制作的"罗宋汤"（也被称为红菜汤或乡间浓汤），就是最有代表性而又丰俭由人的俄式菜。

五十年代中北京东长安街路北有家名叫"石金"的西式食品店（前身是白俄经营的"石金牛奶厂"），有两样东西我至今难忘。一是春末夏初鲜草莓上市，店里会出售一种纸碗儿装的鲜草莓，用糖拌过，再浇上两大勺俄国酸奶油，味道醇厚鲜美。再有就是俄式炸包子，那包子馅儿是用圆白菜、牛肉末、煮鸡蛋调成的，外皮炸成黄褐色，现炸现卖。苏联电影《战地浪漫曲》中那位退役女兵在电影院门口叫卖的"热包子"，就是这种炸包子。当时"石金"卖的炸包子与我后来在俄国吃到的炸包子可以说别无二致。

五十年代有位专营俄式西餐的家庭式餐厅，我曾在《老饕漫笔》中有专门一篇讲到。没有字号，大家只称之为"俄国老太太"，那里的西餐也是非常地道的，每与畅安（王世襄）先生聊起，他总会津津乐道那里摆满一个大餐台的各种俄国小吃。我幼时也常在"俄国老太太"那里吃饭，一进入餐厅就会闻到一股纯正的俄国菜味道。

五十年代北京的和平餐厅、吉士林、华宫、大地，甚至是新侨饭店，经营的所谓英法式大菜，几乎都是这种经过改良的"中国西餐"，对于未曾步出国门的多数中国人来说，当是已为常见的模式。就是如今被列为"怀旧"餐厅的"老莫"，五十年代中期开业时确实不错，可到了"文革"中，早已是面目全非了。刚开门时那些"苹果烤鸭""高加索饺子汤"等就基本不做了。像黑鱼子、红鱼子等，不太为中国顾客接受，而且地道的俄国货源断档，就更是中国化了。人们常常回忆起的那些炸猪排、炸大虾、罐儿焖牛肉、红菜汤、奶油鸡茸汤等，其实只是开业时的一小部分。

中国人真正能领略到世界各地的纯正美味佳肴，准确地说是在九十年代以后，在这二十年中，世界各地的风味菜肴让人眼花缭乱。不要说英、法、德、俄，就是日本、东南亚、中东、印度、墨西哥和拉美的风味也不稀奇。当真正的法国松露、煎鹅肝、烤鲑鱼、煮海虹（Moule，一种贻贝）、白扁豆焖猪肉和红酒煨小牛肉端上餐桌的时候，人们才恍然大悟什么是地道的法国菜。

吃惯了"中国西餐"的老一辈，关于"沙拉"的概念中似乎土豆是不可或缺的，其实土豆沙拉仅是俄式沙拉中的一种，西欧许多国家的沙拉实际上是不放土豆的，而且大多数沙拉只是用橄榄油和苹果醋调制，很少使用蛋黄酱（Mayonnaise），而今天的年轻人则更钟情于蔬菜和水果的沙拉。

百年来西餐在中国的嬗变，是西餐东渐的一个历史过程，时代的进步和社会的发展，带给人们更多的生活享受，但对于吃惯了"中国西餐"的老一辈来说，或多或少对旧日"中国西餐"的味道还会有些留恋吧？

也说婚宴

无论在任何年代，任何国家，结婚都是一件大事，意味着人生中一个崭新阶段的开始。早在春秋时代，中国即明确了吉礼、凶礼、军礼、宾礼、嘉礼五种礼制形式，涵盖了社会生活的方方面面，而婚礼就属于嘉礼之一。古时婚礼有着一套繁复而约定俗成的手续——纳采、问名、纳吉、纳征、请期、亲迎，就是我们常说的婚俗"六礼"。而婚宴则是整个婚礼临近结束时的高潮部分，有着不同寻常的意义。

"婚"与"昏"同。现在北京等城市的年轻人结婚，都讲究开席不能过午，倒是百里之外的天津依旧保留着古代的遗风，是在黄昏时举行婚宴。千里之外的上海亦如此。今天戏文里婚礼司仪常说的"一拜天地，二拜高堂，夫妻对拜，送入洞房"之类的词，也属于以讹传讹。据古时婚俗，新嫁娘过门三天以后，要先告家庙、上祖坟，然后才拜见公婆，正名定分，到这里整个婚礼才算结束。杜甫的《新婚别》一诗中，一对新婚夫妇头一天刚结婚，第二天丈夫就要去从军出征。新娘愁肠百转，委屈地对丈夫说："妾身未分明，何以拜姑嫜？"意思是你我的婚礼尚未完成，我的身份还不明确，怎么能去拜见公婆呢？

周朝时期，从一而终的婚俗已为社会所提倡。当然，从一而终不仅仅是指女子对男子的忠贞不渝，对于男子来说，同样具有约束力。"死生契阔，与子成说；执子之手，与子偕老"，强烈地反映了人们要求配偶永不离异、白头偕老的美好愿望。为了强化社会需求，或者时刻提醒人们在家庭生活中的行为观念，古时婚礼中的"纳彩"，即男方向女方家送议婚礼物的这个环节中，就出现了具有"从一而终"属性的鸿雁（后用家禽白鹅替代），来表达对新婚夫妇未来的美好祝福。

"洞房"一词出现很早，不过最初并不是指结婚的新房，而是指幽深而又豪华的居室。直到中唐以后，洞房才渐渐引申为新婚婚房。"洞房昨夜停红烛，待晓堂前拜舅姑""洞房花烛夜，金榜题名时"的佳句流传后世，此后，洞房也就慢慢成为新婚夫妇新房的专称，一直沿用至今。而在东汉至唐代，还有在"青庐"中拜堂的风俗，"青庐"是用青布搭成的露天帐篷，一般设在住宅的西南角"吉地"，新娘从特备的毡席上踏入青庐，开始举行婚宴。汉乐府《古诗为焦仲卿妻作》中有"其日牛马嘶，新妇入青庐"的诗句，即反映了这种婚俗。

自古以来，婚礼主人的身份地位，决定了婚礼和婚宴的隆重程度。皇家的婚礼牵涉到江山社稷，往往提前一年就开始准备，而寒门小户家的婚宴，图的是喜庆和热闹，排场自然要小得多。同时，婚礼和婚宴也深受时代和社会条件影响，坊间流传的"五十年代一张床，六十年代一包糖，七十年代红宝书，八十年代三转一响，九十年代星级宾馆讲排场，二十一世纪特色婚宴个性张扬"的说法，也反映了婚礼形式随着时代发展的规律。

民国时期，市肆中营业性的饭馆等级由低到高大体可分为切面铺、二荤铺、饭馆和饭庄。饭庄一般很少接待散客，主要靠承办大规模的婚宴和寿宴为主业，代表性饭庄有地安门外的庆和堂，西单牌楼的聚贤堂、同和堂，什刹海畔的会贤堂，取灯胡同的同兴堂及金鱼胡同的福寿堂，隆福寺的福全馆等。这些饭庄一周能够承揽两三次婚宴或寿宴，生意就很不错了，服务对象自然是有一定财力的大户人家。

对于一般的市井阶层来说，大馆子自然是消费不起的，解决的办法是在自家的院子里起炉灶、宴宾客，这样就催生了一种特殊的行业——"行灶"。顾名思义，"行灶"就是流动的厨师，他们没有固定的工作场所，往往腋下夹着一尺多长、半尺多宽的粗白布包，这包袱皮其实就是围裙，里面裹着一两把自己使得顺手的菜刀。白色的粗布包是"行灶"们的招牌，让主顾们一眼就了解了他们的职业。每天凌晨五点左右，天还蒙蒙亮的时候，行灶师傅就到了茶馆，要一杯茶慢慢喝着；更有的连杯茶也舍不得要，蹲在茶馆的门口等着主顾的挑选。

一旦被选中，双方谈好了价钱，行灶就会带着一两个徒弟，在婚礼举办的头天下午来到主家的院子，开始重要的准备工作——垒灶、搪灶，即现用砖头和泥巴，砌几个足够支撑婚宴的炉灶。婚宴开始的当天，行灶们天不亮就开始采买，待原料备齐，大约八九点的时间，便开始了正式的烹制。那时普通人家的婚宴菜肴无非是些家常菜，四喜丸子、清蒸鸡、滑溜肉片、扣肉等八大碗之类，技术并不复杂，难得的是一个"快"字。行灶师傅和几个徒弟从杀鸡煺毛、择菜切配到菜品上桌，短短几个小时要弄出一二十桌甚至更多的菜，没有好手艺和多年积累的经验，是应付不过来的。

老北京人喜欢在自家院落里举办婚宴还有一个原因，就是在大饭庄子办婚宴容易冷落了四周的街坊邻居，而在自家的庭院里办则可以招待更多的客人，开着流水的席。1956年夏天，我家的邻居、原国民政府河南省主席李培基先生（也即是电影《1942》中李雪健扮演的人物原型）嫁女，就选在他东四二条宅子的庭院里，当时我家买下了他家的西跨院。他们从外面找来厨师办了十几桌酒席，还从我家借了许多套餐具。那时我还是个不足十岁的小孩子，记得他专门差人从东四明星电影院旁的冷饮店买了几大桶冰激凌，作为饭后甜品招待宾客，以至那顿婚宴吃了些什么我早已没了印象，却对可以肆意大吃冰激凌记忆犹新。

随着西风渐进，民国时期也有不少人选择了西式或中西合璧的婚礼形式。我的父母亲是1947年结婚的，他们选择了位于南河沿的欧美同学会礼堂举办婚礼，完全采用了西式婚礼的模式。婚礼那天，母亲身着婚纱，而父亲则是一身黑色大礼服。他们的婚礼从下午三四点钟开始，一直持续到晚上八点。

来参加婚礼的除了亲友之外，还有许多中学、大学时的同窗好友。用来招待宾客的晚餐是buffet（自助餐），代表了当时接受过西方教育熏陶的年轻人时尚。婚礼结束回到家后，父母亲又换上长袍马褂和旗袍绣鞋，重新照了一组传统中式的照片以作纪念。

1949年新中国成立以后，政府开始提倡节俭的生活方式。尤其是1960年前后的困难时期，受经济条件的影响，婚宴也越来越简约化，往往是大家每人出一两块钱的份子甚至当月的糖票作为贺礼。新郎新娘则置办些茶水、瓜子和糖，邀请领导、亲戚朋友坐坐，就算是宣告完成了终身大事。不过即便这样简单，婚礼带给人的快乐一点也没打折扣。在清贫的岁月里，一颗水果糖也足够让人产生幸福的感觉。1976年，我和太太的婚礼总共花费了不到二百元，从春明食品店买了面包和各种香肠，又买了三条中华烟（那时的中华烟是六元钱一条）和几斤糖，亲友们帮着张罗了牛肉红菜汤、沙拉和切好的香肠等几样西式菜点，就在我们并不算宽敞的屋子里招待了几十位宾客，却也宾主尽欢，其乐融融。

改革开放初期，社会餐饮还不像现在这么丰富，一些机关食堂由于人力充足，也开始承接婚宴。平时低调朴实的机关食堂，拉上几条彩纸就成了婚宴现场。说来有趣，由于来参加婚宴的多是一个单位的同事，大家彼此都很熟悉，每个桌上必有一个公推出来的"桌长"。这桌长必须是平时做事公道、没有私心的人。婚宴一旦开始，一个桌上的人会很有默契地先把汤汤水水的菜一扫而光，再刻意留下一些好带的"硬菜"。酒过三巡，临近婚宴结束时，大家纷纷拿出早已准备好的铝饭盒，在桌长的分配下，完全平均地把每样菜分装给在座的每个人，好让他们家里的孩子老人也跟着打打牙祭。这一幕是温暖而略带酸涩的，当属那个时代特有的记忆。

近三十年来，婚宴的形式越来越丰富，价位也越来越高，酒店的婚宴往往以口味相对平和的粤菜、潮汕菜为主，口味辛辣的川菜、湘菜比例要少些。菜名也很讨彩，比如"鸿运当头""浓情蜜意""喜庆满堂"等，以至于宾客很难通过菜名去揣测菜的内容了。婚宴的菜份必须是双数，上的果品也有讲究，枣、桂圆、花生、石榴都有多子多福的寓意，是婚宴中果品的主角，而梨（与"离"同音）、橘子（须分瓣儿吃）等水果就不能登上婚宴的台面了。

应该说，近些年人们再赴婚宴，很少是冲着"吃"去的。一场婚礼下来，新人和家属们忙着招待来宾，食不甘味；而宾客又忙着嬉戏和劝酒，因此婚宴上菜品本身的质量好坏，就并没有多少人去在意和关注了，导致了婚宴形式大于内容，排场大于实质。最近婚宴中还有一个现象，那就是浪费比较严重。由于婚宴往往是事先半年预定好的，主人很难精确估算出宾客人数，最后往往会空出几桌，退也退不掉。这样就造成即使桌子上只有几个人，或者干脆空着，菜也照单全上，最后则白白倒掉，实在让人痛心。另一种陋俗是有的人在婚宴中过度劝酒、嬉闹，造成当事者和主人都尴尬，使原本应该喜庆的婚宴大煞风景，这也是应该极力避免的现象。

一场好的婚宴能反映出主人的修养。现在的年轻人可以选择的婚礼形式越来越多，海岛婚礼、游艇婚礼、草坪婚礼等，无不时尚而浪漫。我个人比较推崇露天的自助式婚宴，在大自然的怀抱里，绿草如茵的草坪上，宾客们三五畅谈，随意选择自己喜欢的食物，既赏心悦目，又避免了浪费，还原了婚礼欢快、愉悦的本质。

在许多国家，人们重视营造婚礼喜庆的气氛更重于对宴席本身的关注。比如东欧和苏联，人们一边吃着简单的列巴、沙拉、烤肉，喝着伏特加或黑啤酒，一边在手风琴、曼陀林的伴奏下载歌载舞，祝福新人；我国西南、西北和东北的少数民族婚宴，也都很重视以歌舞为婚礼助兴，往往一个村寨的人都济济一堂，歌舞通宵达旦，吃的东西怎样倒在其次了。这些婚宴特点，都是更注重婚礼本身的凝聚、愉悦功能，而不流于炫耀和攀比，这无疑是值得当下借鉴的。

婚礼是隆重的人生乐章，是得到亲朋见证和祝福的重要时刻，而婚礼之后的生活却是需要两个人用尽毕生时间去慢慢经营的。高朋满座也好，二人世界也罢，婚礼的豪华和简约，与婚后的幸福程度并不成正比。所以年轻一代不妨理性地操办婚宴，为自己策划一个既温馨难忘、又不流于靡费的美好婚礼和婚宴。

旧京茶事

近三十年来，北京的社会结构与生活方式都发生了翻天覆地的变化，且不言大的方面，就是生活的细枝末节，也充分反映了时代的更替，风尚的变迁。

以喝茶为例，如今讲究的是乌龙系列，也就是半发酵茶。像福建的大红袍、铁罗汉、安溪铁观音，广东的凤凰单枞，台湾的冻顶乌龙、东方美人，等等。前几年又炒热了云南的普洱，弄得市易天价。就连中国人原来不太喝的全发酵茶，如滇红、福建的正山小种等，也是一时追逐的时尚。其实早在三十年前，江浙人最喜欢的还是洞庭碧螺春和西湖龙井，安徽人喜欢的是黄山毛峰、六安瓜片，而在北方人来说，最钟情的莫过于花茶了。

如今的花茶都被统一称为"花茶"或"茉莉花茶"，但在半个世纪前的北京，尚无这样的称谓，那时如果去茶庄买茶只道是"花茶"，伙计会对你发愣，不知道您到底要什么，你要说出是买"香片""大方"，还是"珠兰"才行。

花茶的历史不算太久，虽然在宋代就有用龙脑香熏制的茶，作为贡品送到宫中，但在民间饮用并不普遍。这种用龙脑香熏出来的茶是可以使用"熏"字的，但后来有了系统、规范的花茶制作工艺，就不好再用这个"熏"字，而应该用正确的"窨"（也读 xūn）字了，现在许多地方把花茶的"窨制"写成"熏制"，实际是错误的。宋代对使用香料熏茶也有不同看法，蔡襄在《茶录》中就反对使用香料，以为"恐夺其真"，建议"正当不用"。但到了明代，花茶就比较普遍了，顾元庆的《茶谱》中就记录了当时使用茉莉、木樨、玫瑰、蔷薇、栀子、兰蕙、木香等窨制绿茶的工艺，对取花用量、窨次、烘焙等也有详尽的记载。李时珍在《本草纲目》中也有"茉莉可薰茶"之说。

不过，北京人普遍喜爱喝花茶大抵是清代咸丰以来的事，彼时不但福建闽侯（福州）窨制的花茶进京，而且后来还在北京开设了许多茶作坊，前店后厂，在京窨制各种花茶。原来福建花茶进京都是走海运，先到天津，再转运到北京。后来逐渐发展为福建的原茶到北京窨制，节约了成本，也免得在途中变质。北京较早的茶庄有景春号、富春号、吴肇祥、吴裕泰等，很晚后才有了由福建人林子丹在前门外开的庆林春（1927），虽然东家不一定都是福建人，但花茶却都是来自福建的。

说到庆林春，想起一位老朋友，他就是北京人艺的老演员林连昆。他塑造的《天下第一楼》中的堂头常贵、《狗儿爷涅槃》中的狗儿爷，都给人留下了深刻的印象。我和他最后一次吃饭是在龙潭湖的京华食苑，他特地打电话来说已经请北京烹协的李士靖安排了老北京菜，要请我去吃饭，说明只请了我一人，另找了演员秦焰作陪。记得那天是李士靖特地为我们做的驴蹄儿烧饼，比马蹄儿烧饼要小些，做得很地道，是久违多年的北京特色了。林连昆原籍福建，庆林春的东家就是他的祖上，他给我讲了许多庆林春的旧事，对福建花茶如何进京开买卖道其甚详。可惜就在嗣后三天，他的夫人就来电话说林连昆患了半身不遂，直到大前年去世。

最早开设的老茶庄是西华门的景春号，不但销售市面，还供应宫中，后来景春号关了门，京城最好的茶庄还有朝阳门里的富春号和鼓楼大街的吴肇祥，从民国初年到三十年代，吴肇祥在北京的名声远大于吴裕泰，号称"茶叶吴"。吴家也是安徽歙县人，协和医院著名的妇科肿瘤专家、接替林巧稚任妇产科主任的吴葆桢教授（也是京剧演员杜近芳的丈夫）就是"茶叶吴"的后人。前两年去柬埔寨偶与他的堂弟同行，也聊过吴肇祥和"茶叶吴"家的往事。吴葆桢为人风趣，在医患之间的人缘很好，他也像林连昆一样，虽然祖籍分别是安徽和福建，但已经几代世居北京，早就是一口标准的"京片子"了。

至于现存的张一元和元长厚，都是开设于庚子事变（1900年）之后的，要是比起天津人开的正兴德，就要算是小弟弟了。正兴德最早开在天津，原名正兴号，乾隆时期就开业了，咸丰时改名正兴德，历史可算悠久。北京的正兴德是光绪时开的，因为东家是回民，信奉伊斯兰教，所以专做清真的生意，开在北京牛街菜市口附近。过去信教的回民是不喝汉民茶叶铺的茶的，必须是正兴德的茶叶才喝。

旧京的茶叶铺都会挂着各色各样的招幌和牌子，上写着什么"明前""雨前""毛峰""瓜片""毛尖""银毫""茉莉""珠兰"之类，看似品种的名称，却有不同的寓意。"明前"和"雨前"是指茶叶采摘的时间，南方采茶早，"明前"就是采于清明之前，"雨前"就是采于谷雨之前。"毛峰"和"瓜片"则是说品种了，"毛峰"是黄山毛峰，"瓜片"是六安瓜片，都属于绿茶类。"毛尖"和"银毫"指的是茶叶所取的部位，与炒制和窨制无涉。而"茉莉""珠兰"就是采用不同花色的窨制方法了。老北京茶叶铺销量最大的当属花茶，其次绿茶，乌龙、普洱、红茶又次之。察哈尔（冀北张家口）人在京开的茶叶铺多卖沱茶或砖茶，专供内蒙古拉骆驼的来京采购，带回草地做奶茶喝。

当时北京的茶叶铺因花茶的销量大，为了竞争门市，各家都有独特的窨制方法和不同档次，仅茉莉花窨的就有小叶双窨、茉莉大方、茉莉毛尖、茉莉银毫等十多个品种，为了适应下层劳动阶级，还有茉莉高末（实际就是制作过程中的碎茶，但也用同样的茉莉花窨制），十分实惠。茉莉大方也叫花大方，是安徽的出产，虽属茉莉花窨，但与茉莉香片又有所不同。至于珠兰花茶，则是用米兰窨出的，香味儿较浓，但没有香片的清芬，北京人喝珠兰的不多。那时买茶叶还没到茶叶铺，只从门口一过，就会闻到各种花儿的香气，加上茶的清香，真能让人舌底生津，身轻骨爽了。五六十年代我家住在东四，为了图近便，总是在隆福寺街东口的"德一茶庄"买茶。那是个黄颜色的两层楼，却只有一间门脸，柜台很高，架子上摆满了大大小小的锡筒或铁皮筒，满屋子都是茉莉花香。

那时虽有论斤称的，但多是论包卖的。一小包有多重？没人去打听，反正正好沏一壶。那时北京人喝花茶多是用茶壶沏，很少像现在用茶杯泡的，只有喝龙井、碧螺春才用杯子泡。用壶沏的茶多是作为茶卤，要是酽了就兑些水。一般人家一天就沏一壶茶，喝时兑上滚开的水。讲究些的上下午各沏一壶，也就够了。不过来了客人总是要新沏上一壶茶的。北京人买茶不会一次买很多，总认为放在家里会跑味儿，不如放在茶叶铺里能保持香味儿。所以一般一次只买十包，即够沏十次的量，最多也就买上二十包而已。茶叶铺里的伙计包包儿是一绝，你要是买十包，他会给你将十小包茶码放成下大上小的宝塔形，然后用绳子勒住，动作麻利迅速，绝对不会散包，你就放心拎着走吧。那时看着茶叶铺的伙计包茶叶真是在欣赏着一门艺术。现在茶叶铺的售货员基本都不会包包儿，不用说是码起来的小包，就是半斤一包的大包也包不利落，只会在秤盘子上称好，往纸筒里一倒，再用热压机一封口完事。

各种小包花茶也分不同的档次，在花铜板的年代分为几大枚一包的，后来花旧币的五十年代初大多是分三百一包、四百一包、五百一包（即三分、四分、五分），如果是一千（一角）一包的就是很高级的茉莉花茶了，一般人是不会买的，只有在过年过节时才偶然买一次。论分量称的多是最高档的茶，买的人少些，事先包好则会跑味儿，所以是现买现包。

北京人喝花茶讲究是杀口耐泡，尤其是吃得油腻了或刚吃过了涮羊肉，新沏上一壶酽酽的、烫烫的茉莉花茶，真是一种享受。用茶壶沏茶比较节约，茶卤兑开水又可以浓淡由人，不像泡在杯里，一旦忘了喝，茶就凉了。过去京津两地的京剧演员有饮场的习惯，就是正在演出中，跟包的也会走上台去，递上个紫砂小茶壶，于是这位"角儿"就会背过身对着壶嘴饮上一口。其实，这壶里的茶也多是用茶卤兑出来的，该饮场的时候，跟包的会将不凉不热的茶送上，如果是事先沏好的，只要兑点开水就行了。其实，与其说是怕口干，毋宁说是为了摆谱儿。

在家中喝茶与在茶馆喝茶则完全是两回事，甚至连味儿都不一样，同样的茉莉大方，在家里是一个味儿，在茶馆里又是一个味儿。我小的时候只是去过公园里的茶座，却没有去过茶馆儿，一个半大的孩子，人家也不会接待。当时北京较好的公园茶座首推中山公园的来今雨轩，彼时还在中山公园的东侧。那里留下了几乎所有中国近现代重要人物的足迹。其次是北海五龙亭（后来移至北岸仿膳的大席棚里）和双虹榭的茶座、太庙后河沿儿的茶座、什刹海荷花市场的茶座、颐和园鱼藻轩和谐趣园的茶座等等。每处都有不同的景致，每处都有最合适的季节。只是现在大都没有了，那种旧时的情趣都变成了记忆。惟独颐和园石舫的西面还有个小楼，登楼喝茶远眺还能找到些往日的情怀。我喜欢江南，尤其是苏州、扬州等地，还能找到园林里的茶座坐坐。不过四川成都的不行，茶桌和椅子太矮，很不舒服，且到处是打牌的人，吆五喝六，大煞风景。

北京的老茶馆儿是旧北京的一道风景线，老舍先生以此为依托创作了三幕话剧《茶馆》是不无道理的，不过像"老裕泰"那样规模宏大的茶馆儿毕竟不多，这种茶馆儿多在后门（地安门）桥至鼓楼一带，北城的旗人多，一早坐茶馆儿的习惯更盛，那里集中了北京最好的茶馆儿，像后门外的杏花天就是此类中的佼佼者。此外比较高档的还有前门外观音寺的青云阁、宣武门外的胜友轩、隆福寺街的如是轩等。据说有西安市场时，那里的茶馆儿最多。

我小时候对茶馆儿当然是没兴趣的，但对茶馆儿里说书的却颇为向往，远处的没去过，但离我家最近的那家，却在茶馆儿门口听过不少回"蹭儿"。当时东四牌楼东路南的永安堂药铺旁边有家茶馆儿，名字已经记不起来了，但是闭上眼睛还能想出当时的样子，恍如昨日。这家茶馆儿一直开到六十年代初，可能是北京最晚关张的几家老茶馆儿之一。那时每天晚上都有评书，好像赵英颇、陈荣启、李鑫荃等人都在那里说过评书。每次说书的内容都会事先写在红漆的水牌子上，大约一个月轮换一次。我不喜欢神怪书，只是喜欢历史演义和公案的评书，用行话说就是"长枪袍带书"和"小八件公案书"，记得听过陈荣启的《列国》和李鑫荃的《包公案》，当然都是倚着人家茶馆儿的门框"听蹭儿"，好在人家也并不驱赶。说书的一块醒木、一条手帕、一把扇子就是全部道具。每当这时，茶馆儿里就会人满为患，不太宽敞的小茶馆儿里飘着浓浓的茶香气，那种味道至今都挥之不去，一想到那个地方，就会闻到当时的味儿。

提到这家小茶馆儿，还有一件值得一记的事情。

五十年代中，恽公孚（宝惠）先生常来我家，他是清末常州进士、国史馆总纂恽毓鼎的长子，自己在清末也任过陆军部主事。民国后，他曾在袁世凯的北洋政府中任国务院秘书长。五十年代已经七十多岁，但身体还算健朗，彼时给了他一个文史馆员的头衔。我对他有很深的印象，我八岁出麻疹的时候，他常常趴在我房间的玻璃窗前看我。大约是1956年还是1957年，有天临近中午时他又来我家，稍坐不久，就要起身告辞，我的祖母留他吃饭，他坚持不在我家吃了，说"太子"在东四牌楼那儿等着他呢，要一起去外面吃。我们都知道他和袁家的关系，也知道他和袁克定都是"筹安会"的积极分子。他说的"太子"就是袁大公子袁克定，至于称他为"太子"，可能是背后的戏称。

我的曾伯祖虽然在袁世凯时代被尊为袁的"嵩山四友"，又以任清史馆长，但实际并不主张推行帝制，与袁的关系也是若即若离，至于两家的后人，则更是素无往来。恽公孚与他相约，他明知恽公孚是来我家，却执意在外面等候，也是我们素无往来的缘故。这位袁大公子是推行帝制的急先锋，曾经整天价弄张鼓吹帝制的假《顺天时报》骗他老子，以致袁世凯临死都说"克定害我"。后来他的钱被人骗光，十分潦倒，彼时是借住在表弟张伯驹的家里。

听说是"太子"，我殊为好奇，心里想着童话中的王子，一定是位翩翩美少年，也许还穿着铠甲，于是闹着要和恽公孚去看他。好在近在咫尺，袁克定与他相约的地方就在四牌楼那家小茶馆内。老远我就看见有个驼背的老头儿坐在靠门最近的地方，面前有一杯茶，可连壶都没有，大约是人家送他喝的。好容易等来了恽公孚，就急着要和他去吃饭。恽公孚指着我，对他说是次珊公的曾孙，袁克定只是"啊、啊"了两声，看了我一眼。这时我才看到是位老头子，哪里有半点"太子"的风光？他的衣衫倒还整洁，虽然瘸腿（他的腿是在德国骑马时摔伤的），但还真有点盛气凌人的派头。后来，我又在北海仿膳的茶座上见过他一次，只是印象不深了。这就是我两次见到"洪宪"太子的情形。尤其是在东四牌楼茶馆儿的那次，至今历历在目。

话扯远了。再说到喝茶，家里与外面的不同还在于烧水的燃料，一般家里的水是用煤火烧的，而外面茶座的水当时多是用柴火烧的，这两种不同燃料烧出的水还就是不一样。柴火烧的水沏茶更有味道，尤其是沏花茶，似乎更好喝。有次我在泰山上喝茶，好像就在中天门附近，茶是当地农民卖的，用柴火点火，茶虽很差，但沏出来却很香，有点烟火气。用它沏清茶可能不好，但沏茉莉花茶却很不错。

现在的茉莉花茶总觉得不如从前，大抵只能泡上两泡，第三道茶就几乎不能喝了，变得索然无味。有次外出开会，在火车的车厢里沏了杯茉莉花茶，因为房间小，所以香气弥漫着整个包厢，同屋的有位南方人，自称是中国最权威的香料学家，他立刻对我说："你这茉莉花茶不要再喝了，现在的茉莉花茶都是用茉莉香精熏的，不是过去传统的、用鲜茉莉花窨的。"他说曾对此提过不少意见，或许他的话是对的？

不过，多少年喝惯了花茶，就是好这一口，恐怕是改不了了，可惜别人送我那么多上好的乌龙系列，都是转手就送人了。爱喝花茶的毛病总是被雅人嘲笑，任他去罢。

薄辣轻酸潇湘味

湘菜落户北京已有很久的历史，但近二十多年来湘菜却发生了很大的变化，除"曲园""马凯"等几家老字号之外，湖南菜大多被"毛家菜"替代，红烧肉、酸豆角、炒腊肉、剁椒鱼头成了湘菜的代表，一席湘宴，非要吃出火辣辣的味道才算罢休，其实大谬不然。

传统湘菜能跻身八大菜系之列，绝非仅仗着山野之质、蒲柳之姿。三湘物阜民丰，洞庭盛产鱼米，加上湘文化千年传承，造就了浓郁的湘味。潇湘多才俊，尤其同光以来，从曾国藩、左宗棠、胡林翼、彭玉麟，直到谭嗣同、唐才常、王闿运、刘揆一，都是政界文坛上的风云人物，更兼有谭延闿、唐生明、俞秩华、萧石朋这样顶级的美食家，因此从酒楼食肆到私家庖厨，无不至精至美。

旧京有几家著名的湖南馆子，先后各领湘味数十年。

三四十年代最有名的湖南馆子当推东安市场的奇珍阁。奇珍阁本是长沙老号，极负盛名，在京开设的似是分号。旧日奇珍阁在东安市场北门内，坐北朝南的三层楼房，紧临东来顺。

五十年代中生意已不甚好，因此后来与另一家餐馆合用这栋楼房。奇珍阁在东安市场中是惟一一家湖南菜馆，除一般湘菜之外，有几样菜肴颇具特色。一是那里的清炒虾仁，既不同于淮扬菜，也不同于鲁菜，咸鲜适口，并俏以碧绿的豌豆苗，清香四溢。二是洞庭银鱼，长不及三寸，清淡可口，绝不像今日"湘菜"之重浊。此外，奇珍阁还有一种寒菌面，据说是长沙特产，菌生于松上，直径大约五分，采摘晾干后以茶油炸过，即成菌油，寒菌面内既有菌油，又有粒粒寒菌，其味鲜美无比。奇珍阁还擅用湘莲，甜食中的莲子羹因选料考究，也远非他处能及。

奇珍阁源出正宗，只是地处餐馆林立的东安市场，加上京朝派又不大识得湘菜，五十年代后期逐渐走向衰落，后来随着东安市场的改建，也就在京城消失了。

五十年代当红的湘菜馆，首推曲园酒楼。"曲园"开设在西单北大街路西，门面不大，弄堂且深，穿过一条窄长的过道，才能进入店堂。"曲园"意即"曲宴之园"，古时"曲宴"多谓私宴，曹植《赠丁廙》诗"吾与二三子，曲宴此城隅"即是此意。曲园于光绪年间开创于长沙，最早是设于长沙小四方塘的黄翰林公馆内，十分清幽。园中花木扶疏，亭台透曲，屋舍的楹联多嵌有曲园二字。如"几曲栏杆文结构，一园花木画精神"，"在城之曲，因地为园"等。后来搬出公馆花园，在长沙有很大的酒楼，高筑四层，能容纳百余桌筵席，不要说在长沙，就是在全国也是屈指可数的，可惜1938年长沙会战时毁于战火。

北京的曲园是1949年迁入的，牌匾为白石老人所书，昔时白石老人居西城跨车胡同，最爱在"曲园"饮宴。记得五六十年代在"曲园"吃饭，四壁有不少白石老人真迹，这在当时也算不得什么，此外还有其他湘中闻人的墨迹。在五十年代的北京，曲园常有当时在京文人的聚会，可见"曲园"与当时文化界渊源之深。

曲园的出品，也属湘菜正宗。东安子鸡是"曲园"的招牌菜之一，确是地道，据说早在唐玄宗开元年间，"东安驿"已创出此菜。"曲园"的东安子鸡是选用当年的母鸡或子鸡，宰杀放血洗净，煮至七成熟，将鸡脯带皮切成小长条，佐以麻油、甜酒、米醋、干辣椒丝、生姜丝等，用猪油在旺火上煸炒而成。其中葱是至要，传说近代湖南闻人萧石朋独创先爆葱须，待香味散出后再放葱段的办法。东安人唐生智家厨擅做此菜，"曲园"早年的厨师就曾专门向唐公馆的大师傅请教此菜并得其真传。唐生明一生好吃，是出了名的美食家，无论是在湖南，还是受戴笠委派，打入汪伪做卧底而寓居南京，甚至是在1949年以后从香港回到北京，他都酷爱请客，其家中饮食的讲究是出了名的。不但家厨做菜好，而且他还是北京几家湖南馆子的常客，尤其是曲园和马凯，他是经常光顾的。唐生明就是湖南东安人，他家厨师的东安子鸡自然是最正宗的。东安子鸡咸鲜酸辣，色艳香浓，但绝不燥辣酷烈。此外，曲园的奶汤蹄筋、红烧甲鱼裙边、腊味合蒸、子龙脱袍、左宗棠鸡、酸辣肚尖、发丝百叶等都很不错，都是不辣或不太辣的菜。

五六十年代鼓楼前的马凯食堂也属湘菜一脉，那里的豆瓣鱼、酸辣鱿鱼、干烧冬笋、糟辣肚尖等都很拿手。马凯初开业即称"马凯食堂"，那是1953年由几位湘籍人士集资开的，为顺应当时的潮流，谓之"食堂"。后来搬迁过一次，也只是向北移了两百多米。虽名为食堂，却是名流云集，冠盖踵至，其兴隆不亚于曲园。据说那里的狗肉成席，我曾去过马凯多次，但因不吃狗肉，也就不能领略了。

此外，从长安街迁至东四四条西口的四如春的炒鳝丝，珠市口西大街路南的湖南米粉，在五十年代也颇有拿手菜享誉京城。

印象很深的是五十年代离我家很近的四如春。今天知道这家小馆子的人已经很少了，如果提起坐落在其原址的"卤煮火烧"，倒是有三十多年的历史，尽人皆知。四如春五十年代在那里只开了两三年就歇业了，所以人们都没什么印象。因为住得近，彼时常去那里叫个菜，尤以炒鳝鱼丝为最佳，不同于淮扬的鳝丝，几乎不用芡粉，颜色也很淡，有点像现在曲园的"子龙脱袍"，做得真是很好，那时大约是每份四角钱，买回家来还是热的。此外，四如春也擅做银丝卷，那儿的银丝卷不同于北京的鲁菜馆如丰泽园等，银丝是包在皮里的。四如春的银丝卷如同花卷，但面是细如丝状拧在一起，用了脂油和白糖，轻轻一抖，顿时松散，其实比山东馆子的银丝卷好吃。

珠市口西大街路南的湖南米粉店也开了许多年，但只经营湖南米粉，味道很纯正，而且价格便宜。湖南米粉是辣的，但这里可以根据顾客的口味做成微辣或不辣的。北大历史系教授王永兴先生七十年代正在逆境中，他从山西来京，十分窘迫，住在珠市口附近中华书局的招待所里，那家湖南米粉店就成了他经常吃饭的地方。后来王先生总和我说起此事，他在那家米粉店用餐已经是当时很高的享受了。

1993年我去台湾，曾在台北吃过两次湖南菜，一次是在彭园的前身，一次是在罗斯福路。

彭园是湘籍名厨彭长贵经营的。彭长贵十三岁即入国民政府主席谭延闿家中帮厨学艺，拜了谭府私家名厨曹四（曹荩臣）为师。四十年代末李宗仁主持国民政府时服务于南京，后去了台湾。经陈诚推荐（陈诚的夫人谭祥，即谭延闿的女儿），任蒋介石的宴宾主厨。七十年代中去美国创建了湘菜酒楼，名为彭园。八十年代又回到台湾，办了两家湘菜馆。后来彭园红遍了宝岛，主打"新湘菜"。我去台湾时是十八年前，好像还没有"彭园"，也没有"新湘菜"之说。

另一家坐落在罗斯福路的湖南菜馆，我在《老饕漫笔》中有较为详细的记录，我记忆中叫"天湘台"。2002年，台湾京剧六十年代的当家青衣、刀马旦郭小庄来大陆，她是中华戏校"四块玉"之一白玉薇的亲炙弟子，也是台湾空军大鹏剧社的台柱。我在1993年赴台时她还在美国，未得谋面。2002年来时见过三次，她也来过我的办公室聊天，偶然说到罗斯福路这家湖南馆子，郭小庄也有很深的印象，但她坚持说不叫"天湘台"，可当时又说不上来正确的名字。回台湾不几天，她就为此专门给我打来电话，特地告诉我正确的名称。那时记下了，可现在却又忘了。这家馆子的湖南菜与彭园前身的"新湘菜"不同，比较传统，从装修到出品，都显得很"老派"。

台湾湘籍的军政、文化界人士虽很多，但更要注重当地人士的口味，因此台湾的湖南菜也是不很辣的。

湖南是内陆省份，过去并不以海鲜擅长，就是所用海味，也多以干货水发，如鱼翅、海参、鱼唇、鱼肚之类。湖南名厨的手艺绝佳，能置办风格不同的宴席。湖南人虽有"怕不辣"之名，但多指民间的饮食习惯，无论长沙、邵阳、溆浦，辣子的品种繁多，一般老百姓还是离不了辣椒的。如果就菜系而言，却是另一回事。常常一些高档的筵席，竟鲜见辛辣，可谓精致至极，浓淡荤素错落有致，海味山珍俱陈其间。

三四十年代的长沙闻人萧石朋是记者出身，也是出了名的美食家。专为长沙各大饭馆设计筵席的菜单，谓之"萧单"。他设计出的菜单搭配得当，主次分明，既有时令特点，又注意营养的调配，受到厨师和食客的交口称赞。那时一席上等的"燕翅席"要光洋三十元，但是萧石朋仅为人设计一张菜单就要两个银元。

有人说，"湘菜出自官府"，虽有褊狭，却是有一定道理的。三湘人文荟萃，文脉悠长，无不影响着饮食文化。谭延闿家厨之精，就对湘菜有着重要的影响。长沙"健乐园""玉楼东"的主厨无不是从谭府中走出的，就是前面提到的台湾彭长贵，也是谭府大厨曹四（曹荩臣）所传。湘菜之所以享誉全国，跻身八大菜系，绝对不是只靠民间的酸豆角、红烧肉打出品牌，一叶障目，是很难了解真正的湘菜的。

至今，许多湘菜馆中还有"组庵豆腐"（谭字组庵）等，都是得自谭延闿家厨的炮制。1930年谭延闿逝世，家厨曹荩臣曾有一联挽之，虽可能是代笔捉刀，亦足见厨师与他的感情："静庭退食忆当年，公子来时，我亦同尝甘苦味；治国烹鲜非两事，先生去矣，谁识调和鼎鼐心。"

君山之秀，洞庭之美，岂是"红烧肉"了得？

萝卜赛梨

不久前，一位年轻朋友送来本台湾陈鸿年先生写的《故都风物》复印本。陈先生是三十年代生活在北京的前辈老先生，后来去了台湾，如同唐鲁孙先生一样，都可以算是北京土著，年龄似也相仿。他们的后半生都在台湾度过，关山暌隔，海峡望断，世事两茫茫，怀乡之情油然可见。陈先生的书与唐先生的书非常类似，所记大抵是二十年代末到三十年代末的旧京往事和风物。准确地说，这一时期应该叫做"民国时期的北平时代"（1928年6月28日，国民政府宣布北京为"北平特别市"，直到1949年北京再作为全国首都之前，被称为故都或旧都），抗战胜利以后，他们作为政府工作人员，天南地北，实际上北平已成故乡。

陈先生与唐先生的书还有个共同的特点，行文完全是最标准的老北京口调儿，这种语言在今天的北京已经基本听不到了。我们现在去复原的许多老北京话其实并不准确，甚至有不少臆造的成分，或者说是六七十年代的北京话，包括影视剧中的对白，显得非常生硬造作。我去台湾时接触过不少老北京人，他们倒还保留了三十年代的北京语音和语汇。

《故都风物》中有一节"故都的冬夜"，说的是北京冬天夜晚的叫卖和物种，极为形象生动，包括这些平民化的享受，真可谓入木三分。余生也晚，但这些生活场景还是赶上了大部分。北京的巨大变化，大多发生在最近三十多年。就是五六十年代，很多东西还是在慢慢地消亡过程中，远没有今天之速。那时的社会结构虽已不同于三十年代，许多生活方式却还没有完全瓦解。

现录一段陈先生"故都的冬夜"里关于卖萝卜的文字：

> 掌灯不久，大家正在说话儿的时候，第一个吸引人的声音，是在小西北风儿的夜里，一声："萝卜——赛梨啊——辣了换来！"

> 北平冬天的这种萝卜，真是赛过梨，一咬一汪水儿，虽没有梨甜，可决不带一点儿辣味儿，而且价格低廉，一大枚可买一大个，真称得起"平民水果"。

> 卖萝卜来的时候，正是掌灯不久，饭后休息，睡觉之前，谁听见这种声音，都想买一个两个的，大家分着吃。

> 不管谁出去，一嗓子："卖萝卜的，挑过来！"您看一个穿老羊皮袄，戴毡帽头儿，穿着"大毡趿拉"的，挑着挑儿来了。一个长玻璃罩子，里面放一盏煤油灯，灯光摇摇。

> "挑两个好的，给切开了！"

"是啦！您！错不了！"

他拿起来用手指弹一弹，据说又嫩又脆的，它的响声儿是"当当"的，如果是"糠心儿"的便不同。

挑好以后，他用刀子把上面有缨儿的部分先削去，然后一刀一刀儿的，把皮削开，可都连在上面。最后是横三刀，竖三刀，把一个整个儿的萝卜切成一长块儿、一长块儿的，到家可以用手拿着吃。

这时想起吃这种萝卜，真是又甜又脆，不但水汪汪儿的，而且没有渣渣。

……

萝卜吃完了，剩下的皮和拿剩下的座座，可是也不必扔掉，当时可用水一洗，用刀切成丁儿，撒上一撮盐，明早吃稀饭时，临时加上几滴香油，真是最好的一碟咸菜也！

陈先生的这段文字是很纯正的老北京话，但在今天的读者读来，要费点儿劲，不一定能读得那么抑扬顿挫，那么合辙。陈先生叙述的这些，还是在使用法币的年代，1935 年之前，法币还是很值钱的，理论上说，是和银元等值，一块钱法币能换一百七十多个铜子儿，而一个铜子儿就叫一大枚。一大枚就能买个大萝卜，不能不说物价是十分便宜的。陈先生描述的这种萝卜绿皮红心儿，北京人当水果和凉菜吃，称之为"心儿里美"，水头儿大，又甜又脆，直到现在也能吃到。这种萝卜很少用来做菜，大多是生吃的。而做菜的那种多是大白萝卜和红皮白心的，北京人叫"象牙白"和"便萝卜"。这种"便萝卜"多产自东北的辽阳和海城，美其名曰"大红袍"。

时值刮着"小西北风儿"的冬夜，屋里生着炉子，虽暖而燥，削两个水头儿大而又脆的"心儿里美"，是何等惬意？剩下的萝卜皮和萝卜根儿切成丁儿，也就是陈先生说的撒上一撮盐，北京人叫"暴腌儿"，第二天早上喝粥（北京人那时叫稀饭）时，点上几滴香油，就着当咸菜吃，一方面是老北京人的节俭，一方面也确实很爽口好吃。如果点上几滴炸好的花椒油也是很不错的。

萝卜通气，学名应该叫莱菔，所以中药里有莱菔子一味，其实就是萝卜籽儿，开胸顺气，消除胀满。萝卜虽是粗菜，却也能细做，上海本帮菜里有鸡汁萝卜，虽仅萝卜一种，用砂锅小火煨制，做得好的会极其鲜美，那是用大象牙白萝卜做的。至于更上档次的干贝萝卜球，则是用小红萝卜削去外皮，将干贝拆成丝，调鸡汤来烧。拆干贝、削小红萝卜都是很麻烦的事儿，所以我家是在请老先生们吃饭时才做这个菜。"心儿里美"萝卜也能当凉菜，刀工好的，能切成极细的丝儿，用糖醋和香油拌着吃，大油大腻的桌上添一盘拌"心儿里美"萝卜丝儿，一定会被立时抢光。

天津虽距北京仅二百里之遥，但传统的东西却保持得多一些，我很喜欢天津的这种"老味儿"。每逢旧历年，天后宫的街上还卖大红的绒花儿，很多年老和年轻的妇女总喜欢在头上斜插上一朵儿，应个年景。可在北京是绝对没人戴的，以为"俗气"。其实这只是一种岁时的点缀，图个喜庆，何来俗雅之谓？天津有些馆子还有些旧时的味道，前几年去登瀛楼、红旗饭庄吃饭，还能找到些感觉。天津人喜欢吃一种青萝卜，是天津卫的特产，俗称"卫青儿"，是沙窝萝卜，极易储存，虽越冬而不变质。"卫青儿"是细长圆桶形，皮是翠绿色，尾部呈玉白色，亦如"心儿里美"一样甘甜爽口，但味道又稍有不同，水头儿更大，也很少有糠心儿的。

前两年偶尔专程去天津听大鼓，乘早车赴津门，中午在那里吃顿饭，然后去中国大戏院或谦祥益的曲艺剧场听回京韵大鼓，散场早就晚上回北京，晚了就在天津住一夜，第二天返回。票是预先打电话订好的，说来真是便宜，头等票仅二十元，是前排的沙发座，二等票只卖十元，茶叶自备，但开水是尽管喝的。天津是曲艺之乡，至今大鼓、单弦、坠子、时调等还有一批忠实的观众。我很钦佩那些曲艺演员，收入如此之低，却极其敬业，每次演出时间达三至四个小时。我一般是专挑京韵大鼓专场的，一场能汇集白派、刘派、少白派和骆派各家风格的流派，真是非常过瘾。北京人去天津听大鼓，也如同上海人去苏州听评弹，味道与在北京和上海听是不一样的。

剧场很小，最多容百十人，有时更少些。演出中可以赠送演员花篮，其实就是纸花篮，能反复使用，五十元钱一个，不过是给演员一点额外的收入，也是杯水车薪。头等票的沙发前安排了一溜儿矮长桌，稍加些钱，就会给你沏上一壶茉莉香片，摆上糖堆儿（天津谓糖葫芦为糖堆儿）、黑白瓜子儿。而最美的事儿是给你切上一大盘儿"卫青儿"萝卜，所费无几。那"卫青儿"又甜又脆，水头也大，就着香片，就甭提多好了。一场大鼓专场，或声如裂帛，高亢激越；或悱恻缠绵，低回婉转，会让人荡气回肠。时而喝口香茶，啖块"卫青儿"萝卜；时而和板击节，应曲慨叹，虽南面王不易也。猛然想起小时候听的儿歌："吃块萝卜喝碗茶，气得大夫（医生）满街爬。"如此胸臆抒发，岂非亦有"卫青儿"萝卜的功效也？只是这种真正的"卫青儿"在北京却很少见，尤其是一边听大鼓，一边大啖"卫青儿"，非天津卫而莫属。

萝卜中的精品当数山东潍坊的"潍县萝卜"。谓之精品，其实就是因为仅产于潍坊一隅，拿到其他地方种植都不能生长。一般品种的萝卜都是生长在土地之下，而惟有"潍县萝卜"仅有四分之一是生在土下的，其四分之三都是长在土层之上，颇为奇特。"潍县萝卜"长约六七寸，直径不到二寸，皮为青绿稍黑，内瓤也是青绿色的。汁多甘甜，少有糠花。当地人待客除有香烟、茶水之外，必切一盘"潍县萝卜"上桌。今年春节，有人馈我一盒"潍县萝卜"，包装颇为讲究，开始真没猜出是内装青萝卜一对。新春家宴，切了一根，果然不同，清香而脆嫩，极其爽口。后来听说，当地有俗谚"烟台苹果莱阳梨，比不上潍县萝卜皮"，也是萝卜赛梨之谓。

其实，萝卜是萝卜，梨是梨，各有各的风格，各有各的味道，何必非要攀比呢？

从满族的菜包说起

台湾的唐鲁孙先生曾写过一篇关于菜包的文章，是从台湾的生菜鸽松谈起的，只是稍稍涉及一点菜包的起源。梁实秋先生在《雅舍谈吃》里也说起菜包，说是满人行军中的食品。关于菜包，我曾请教过好几位满族的前辈，如已故的金寄水先生、启功先生、金启孮先生和健在的常瀛生先生，他们对菜包起源的说法基本是一致的，都认为是始于清太祖努尔哈赤。但对是源于狩猎还是军旅则略有不同。

说到菜包，今天知道的人已经很少，吃过的更是不多。可能今天在辽宁、吉林的一些满族聚集的地区还保留着这样的饮食习俗。我家虽非满族，但隶属汉军旗人，世居襄平，又是"从龙入关"的，所以早年还保留了吃菜包的风俗。大概在五十年代末，我还在家里吃过菜包，后来就再也没有吃过了。

菜包又称为"饭包"，或叫"吃包儿饭"，满语叫"乏克"，是用大白菜的叶子卷上米饭吃的一种食品，也是一种节令性的食品，大约是在农历七月初五的前后。

通常的说法是清太祖尚未定鼎中原时，屯兵山海关外与明军对峙，戎马倥偬，行围射猎，除了猎得獐狍野鹿之外，军中献呈"祝鸠"，"祝鸠"大抵就是野鸡、山鸡之类的飞禽，太祖以为是祥瑞之征，故以"祝鸠"称之。为了使扈从都能共享福祚，于是太祖命人将"祝鸠"煮熟，切成碎丁，和着炒米饭用白菜叶子包着吃，果然味道极好，既腴香又爽口，荤素相得益彰。祝鸠献瑞是在农历的七月初五，后来就将这一天定为秋狝郊天的日子。今天有人将"秋狝"写为"秋狩"是错误的，虽同是狩猎，古人有不同的称谓，春为春蒐，夏为夏苗，秋为秋狝，冬为冬狩。只有"冬狩"之称，何来"秋狩"之谓呢？

另一种说法则是清太祖攻打抚顺时军情紧迫，来不及造饭饷兵，只得给士兵带上干粮随时在马上充饥，于是就用白菜叶子抹上大酱，再裹上米饭团子，揣在征衣里食用，既有咸味，又有蔬菜佐餐，是军旅的方便食物。

可能是为了让子孙不忘祖先在马上得天下的艰辛，于是每年吃菜包就成了满人的定例和习俗。如果按第二种解释，也就成了满族得天下后的"忆苦饭"。

后来，满族吃"乏克"并无定日，一般是在大白菜上市以后。子孙们踵事增华，早就不满足于仅用白菜叶子抹黄酱包饭团子了。刚上市的白菜要剥去几层，挑里面鲜嫩的洗净，一张张剥下备用。酱是预先调好的，讲究的人家还用香油、甜面酱兑入调制。据说宫里自制的面酱更好，被称之为"宫酱"，除了贵戚、官员得到赏赐，外面是吃不到的。此外还要用三合油调好的蒜泥配面酱同用。用鸡蛋炒好的米饭和着各种香薹、炒野鸡瓜子、小肚、清酱肉等，一起包入菜包卷好、卷紧，两手把着送入口中，且有"包不离嘴，嘴不离包"之说。我家的厨子福建祥是满族，是会做这样的菜包的，除了他自己做的几样卷包的炒菜，那些熟肉大抵是从东四牌楼的普云楼里买来的。

我家从来没有旗人的习俗，吃菜包纯粹是为了调剂一下平时的饮食，也觉得很新奇。在许多当时的旧式家庭看来，我家是比较"新派"的，也是"离经叛道"的。所以自从福建祥离去，几十年从没再吃过菜包。

金启孮先生的《北京的满族》是他的三个题目的合集，即"北京郊区的满族""京旗的满族"和"府邸世家的满族"合成。金先生是宗室，祖上袭封镇国公，从小在没落的王公贵族环境中长大，也在已经溃散了的营房环境里住过。同时他又是一位奋发向上的学者，因此既对满族的生活十分了解，又能十分理性与客观地看待满族的兴衰和特性。由于后来满族的社会阶层不同，生活方式也有着较大的差距，尤其是清末的衰败和辛亥以后，绝大部分满族沦于社会的底层。金启孮先生在《北京的满族》的最后一节"辛亥后府邸世家的破败"中，对清末及民初贵族生活的窘迫描述甚详，就是原来的王公府邸也过着卖房子、卖坟地、借贷典当的日子。

其实，清代帝王中除了康雍乾三朝极尽享乐之外，自嘉道以来已是江河日下，尤其是宣宗尚节俭，袍子里子都打了补丁的，宫中的饮食也是大不如前，加上御膳房贪污、虚报成风，所谓的"食前方丈"实际形同上供。鸦片战争后连年割地赔银，国库空虚，除了少数官员贪污纳贿，中饱私囊外，大多数满族旗人京官的生活绝非富裕。近人何德刚在《客座偶谈》中就说："日食之需除朝贵及纨绔子弟暨南省京官盘餐兼味，食用稍丰外，其余上自闲散王公及疏远之皇亲国戚、八旗官兵及五省京官，一日之中，上者食面食，下者食杂粮。侑食之馔，羊肉、鸡卵一、二品已为异味。下者生嚼葱蒜，若调浆则已丰矣。"这里讲的还是清帝逊位之前的日子，辛亥之后则更是可想而知了。

说到菜包，我的老祖母有一家邻居，是清末一位满旗尚书的后人，原来有座三进的院落，后来前面的卖掉了，只剩了后面的一个中院，两边的厢房还都出租了，以补贴家常用度。那时家里还有个七十岁的瘸腿厨子，也是没地方去，仍然留在他家。这厨子倒是颇为清闲，每顿只做一个菜，除了过年过节，平时很少有荤腥。这家人家倒是经常吃菜包，而且是无论节令，只要有大白菜的时候，会常看见他们家吃菜包的。除白菜叶子，就是用大油炒的米饭，里面是绝对没有鸡蛋的。那厨子用提盒将白菜叶子和炒饭送到堂屋，一家人只是卷上一根大葱，抹上点黄酱包了吃，返璞归真，好像又回到了关外征战杀伐的苦寒年代。

清宫御膳房的菜单子上是有"祝鸠菜包"的，所用的原料除了大白菜和蛋炒饭之外，卷入的配料可多达十数种，但祝鸠是少不了的。所谓祝鸠，也就是用山鸡、野鸡代替。关外多此野味，尤其是猎物中，山鸡、野鸡最为旗人喜爱，《红楼梦》

中提起的野鸡菜肴有好几处，可见食用之广泛。第五回庄头乌进孝年底来磕头，所进的单子上就有野鸡二百对。一个荣宁二府尚且有如此之大的需求，宫里用山鸡、野鸡就更多了。

唐先生说广东的鸽松菜包是岑春煊从北方带入广东的，岑曾在慈禧、光绪西狩时护驾扈从有功，回銮后被赏吃祝鸠菜包，觉得十分甘美。后来开府广州，就创立了这道满族的肴馔。可粤中无山鸡，就用肉鸽代替。广东也没有大白菜，于是又将大白菜改为了生菜。唐先生在台湾吃到的鸽松菜包大抵是从粤又传入台省的。其实鸽松可以有很多替代品。梁实秋先生提到的菜包比较平民化，除了"蒜泥拌酱"一小碗和炒麻豆腐、切小肚丁和炒烂的白菜丝之外，还有加了大量葱花的"炒豆腐松"，这豆腐松就是代替鸽松的。

我自六十年代以后再没吃过正宗的满式菜包，但类似这种鸽松菜包却吃过很多，即现在各个菜系都做的"乾隆菜包"。其形式与鸽松菜包无异，只是里面是用鸡丁、肉丁、松子、玉米、香蕈之类，川菜也做，里面还放了辣椒。现在的"乾隆菜包"都是用的生菜，生菜松脆好吃，不似大白菜那样筋筋丝丝，很难一下子咬断，这样的改良倒是很聪明的。取名"乾隆菜包"大概是一下就会让人联想起乾隆盛世，又没断了和满族的联系，也算得体。当下用鸡丁、肉丁倒算老实，要是真用鸽肉，成本就太高了。最近在国贸三期香港人开的"福临门"吃过一次很标准的鸽松菜包，还真是用鸽肉做的，用生菜卷着，配料有酱和糖蒜末，味道确实不错。

祝鸠菜包本是主副食兼顾而充饥的东西，我所看到的满族吃菜包虽并不见得都穷得只是白菜叶子抹黄酱，卷米饭加大葱，但也很少有再卷野鸡瓜子的了。"乾隆菜包"颇有创意，无论生菜叶还是里面卷的料，都很精致。现在要是再卷炒米饭，一吃就饱了，饭馆子也不会干这样的傻事。所以真正的菜包或乏克那种"包儿饭"也就消失了。从"红米饭，南瓜汤"到"白米饭，王八汤"，都会有这样一个过程的。

满族入关后就不再吃菜包了，只是成为怀旧的形式，不过这个习俗倒是保留了下来。

清末旗人的衰败，并非完全由于辛亥的变迁，早在同光时期，不要说是一般旗籍官民，就是闲散宗室，也是过着入不敷出的日子，田产府邸卖了，首饰衣物当了，辛亥之后，旗地被没收，许多宗室甚至搬到祖宗的坟地园寝去栖身，更有下者沦为乞丐。可怜王孙泣路隅，如果真能在吃菜包时想一想祖宗马上得天下的艰辛，或许不致如此罢。

北京糕点的今昔

今天的北京，多见以奶油蛋糕、曲奇和各种花色面包为主的西式点心店。很多年轻人喜吃这种"洋点心"，更喜爱西式的舶来品，对中国式的点心就不大光顾了。以至于做中国点心的虽然还有一些老字号，反倒不如西点店更普及和受人欢迎了。

其实，以奶油制作的点心中国早就有之，这一点，大概也和旗人有些关系。满族旗人最爱的是奶制品。曾有人问过我，老北京有没有奶制品，我告诉他奶制品是真正的北京特色。有些可能是与元代遗风有关，有些也可能是满族的习俗。不算奶酪、奶饽饽、奶豆腐、奶乌他之类，就是糕点中，奶油也是不可或缺的重要原料。满族人最爱的"萨其马""奶油棋子"，原料都是纯正的奶油。酪和酥都是牛奶里提炼的精华，也是满族人的最爱。有人说"饽饽"是满语，但早在明代就有类似的称呼，杨慎的《升庵外集》中就提到"北京人呼波波，南人讹为磨磨"，"波"与"饽"同音，可见明代即有"饽饽"之谓。是否是元代大都的遗制，也未可知。北京满人对面食点心多称

"饽饽"，后来北京汉人也以饽饽称之，如"硬面饽饽""油酥饽饽""墩儿饽饽"等，至今承德等地还流行这样的叫法。满族人将饺子也称为"煮饽饽"。从前北京点心铺的幌子上都会写上"满汉糕点"，前门外的正明斋等就是专做满式点心的商铺。

五六十年代，我家附近住的曾有位"寿九爷"，是旗人贵胄的后裔，当时四十多岁，又矮又胖，肚子奇大，走路都不太灵便。家道败落后，生活无着，后来总算在街道工厂里当了工人，有了点固定的收入。寿九爷为人憨厚，虽然懦弱，又没本事，但人缘儿却很好，见人特别的客气。寿九爷是位孝子，对他母亲照顾得无微不至。每月发了三十多块工资后，第一件事就是到东四头条口的聚庆斋给他母亲买点心。人家对他说："你每月就那么点儿钱，还去买什么点心啊！"寿九爷就会笑着答道："不行啊，我奶奶（满族人把自己的母亲称奶奶）一看饽饽匣子里空了就掉眼泪，得买点儿，得买点儿。"

北京人讲究吃点心，说起点心，旧时北京的糕点铺向来有南案、北案之分。时至今天，北案的点心几乎都被并入了南案，数家旧日北案的老字号基本都是在大商场、超市里悬块匾额，而那种老式的北案饽饽铺却已在北京消失了。

南案的点心铺早在明代就落户北京。明成祖定都北京以后，南京、江浙的糖果商逐渐来到北京发展，带来了许多南式的糕点，当时被称为"南果铺"，像苏式的月饼、徽式麻饼、南式绿豆糕、椒盐烘糕等，后来也融入了许多北派的做法。像酥皮的枣泥翻毛、藤萝饼、玫瑰饼等，都是属于"南案"。民国以后开业的森春阳、稻香春、桂香村等属于更为新派的南案，继承了原有的南案风格。

北案的点心铺在清代多被称为"饽饽铺"，制作的就是上面提到的满人爱吃的点心。尤其奶制点心是其特色，如萨其马、奶油棋子、芙蓉糕、槽子糕等，也兼做大小八件、蓼花、提浆月饼、自来红、自来白等。后来保留下来的一些老字号的饽饽铺，多是以北案为主，也兼做一些南案点心的。

除了南、北案，还有素案，点心里绝对不放动物油，只用素油，专供寺庙和佛教徒，清真也能食用。还有专供穆斯林的清真点心铺，顾客主要是回民。一般来说，南案糕点比较清淡，有甜有咸。而北案偏于重浊甜腻，奶味较浓，油也大些。京中人送礼、上供多用北案糕点。

北京老字号的点心铺最著名者有瑞芳斋、正明斋、聚庆斋、宝兰斋、致兰斋、桂福斋、桂英斋、庆兰斋等，多在内城东西和前门外、后门（地安门）桥等地方。我小的时候住在东城，所以去得最多的点心铺是东四八条口的瑞芳斋、东四头条口的聚庆斋和王府井的宝兰斋。按近人崇彝《道咸以来朝野杂记》的说法，瑞芳斋是当年京城最好的点心铺、东四南合芳斋的传承，合芳斋于光绪庚子年（1900）歇业，全部师傅都转移到了瑞芳斋。我的两位祖母就是只认瑞芳斋的。北城最好的点心铺是桂英斋，是原来东安门大街金兰斋的遗制，也是金兰斋歇业后将人员和技艺都转到桂英斋的。不过据我所知，桂英斋多为北城旗人喜爱，更为旧式一些，我家是很少去的。宝兰斋地处王府井，又是金鱼胡同那家总管王联五的买卖，所以经营较为新派，尤其以起酥点心做得最好，我家倒是去得很多。

北京的点心铺最讲究的就是精工细作，工序、选料都不马虎，就以玫瑰饼而言，正明斋的鲜玫瑰花必在仲春精选京西妙峰山的玫瑰，绝不用他处或陈年的干玫瑰充之。宝兰斋的起酥盒子后来是用黄油起酥，吃起来很香，颇有西点的味道。瑞芳斋的蓼花（一种用江米面炸成的膨化点心，既酥且甜）所用江米面也是精选，油是只用一次的。

此外，不同的节令，点心铺会推出应时糕点，自暮春的鲜花玫瑰饼开始，接下来就是藤萝饼。到了端午节就供应"五毒饼"，这种五毒饼就是在点心上用模子刻上蝎子、蛇、蜈蚣、蟾蜍、蜘蛛五种图案，以应端午镇五毒的风俗。长夏销售自制的绿豆糕，北案的绿豆糕是绿豆细粉压成的方块儿，上面有红印记，里面是没有馅儿的；南案的绿豆糕中间夹豆沙，油也比较大。中秋月饼上市，北案多为提浆、翻毛、自来红、自来白；南案则有广式、徽式、苏州赖皮等。九月重阳之前，无论南北案皆有花糕出售，枣泥馅子两三层，中间夹上青梅、山楂糕、葡萄干等果料，此为细做的花糕。比较便宜的是糙花糕，就是两层间夹上小枣，花糕是应九九重阳登高之意。十月后又有黄白蜂糕和芙蓉糕。岁杪将近，蜜供数尺许，早就陈列在门前了。

旧时北京饽饽铺的门面是最讲究的，大多是雕花的牌楼式门脸，起码都有两开间，向外伸出的椽头上挂着各式各样二尺长木制的幌子，下缀红布条，牌幌上书"酒皮八件""满汉饽饽"等字样。除了前面提到的应时糕点，常年都卖的较粗的点心有桃酥、油糕、槽子糕、缸炉等，较细些的有枣泥饼、枣花饼、卷酥、酒皮八件、椒盐牛舌饼等。此外还可以定制结婚用的龙凤饼、合欢酥，至于寿桃则多在切面铺定制，一般点心铺是不接的。

民国后的森春阳、稻香春、桂香村都是继承了清末北京的南案点心铺风格。早年南味的点心铺较有名的有佩兰斋、馨兰斋、乾泰号、同泰号等，后来相继歇业。森春阳与稻香春的东家是张森隆，开在东安市场，而桂香村则是汪荣清、朱有清等几个人的合资买卖，最初是开在前门外的观音寺，后来只有西四北大街的分店。桂香村最初是北案和南案兼做，后来更突出了南味糕点的特色。而稻香春开业伊始就标榜是南味糕点，在老式南案的基础上又有更多的改良，在当时的北京生面别开。除了南式麻饼、桂花蛋糕、枣泥方糕之类，还自己研制了如小豆饼、起子饼、夹沙蛋糕、核桃方、咖喱角、改良月饼等，甚至兼做西点的奶油蛋糕。另外，桂香村、森春阳和稻香春还卖糟鸭、熏鱼、肉松、香肠、火腿和各类南方干果，成了较为新式的食品店。我还记得在东安市场北门内的稻香春玻璃橱窗里，总放着一座用糖做的四层大蛋糕，形似蛋糕，却不是奶油的，只是"糖花"工艺，否则早就坏了。那大"蛋糕"五颜六色，煞是诱人，好像摆了半年多。

每当走到那里，总是垂涎，其实小孩子不懂，那东西却是不能吃的。除了这几家大的南味点心店，还有东安市场的荣华斋、灯市口的安利等，性质都相似。

森春阳、稻香春和桂香村后来居上，使老式北案点心铺显得落伍，于是在五十年代末有好几家老式点心铺陆续关门。再后来的"借尸还魂"，也只是恢复和保留了老字号名称，建立了食品厂，但却没有独立的门市。

面包与饼干属于新式点心，过去老北京人很少吃，旧时的"法国面包房""石金"等"洋点心"是面向小众群体，大多数老百姓是不会问津的。直到1951年义利面包房落户北京，才使北京百姓对点心的概念有了更多新的理解和口味的更新。

义利是1906年苏格兰人詹姆斯·尼尔创办于上海，经营面包、点心、饼干和糖果，四十年代末由上海企业家倪家玺接手，并于1951年迁至北京的，从五十年代到八十年代初生产的面包、饼干，在北京市场上占有很大的份额。尤其是义利的果子面包、乳白面包、苏打饼干，给从那时过来的北京人留下了深刻的记忆，真可以说是一个时代的标志。前些时候又发现了用那种蜡纸包着的"果子面包"，设计与几十年前一模一样，真是久违了。

百年来北京糕点的变迁所反映的不仅仅是北京人口味的变化，也是社会的变迁。

雪　人

　　五十年代中期，北京东安市场南花园的最南端开了一家西餐店，叫做"和平餐厅"，是在原来的"国强"西餐店基础上翻建的，也是当时东安市场里惟一的一家国营西餐馆。开业不久，在西郊公园（后来的北京动物园）旁就建成了"苏联展览馆"（后来改叫"北京展览馆"），"莫斯科餐厅"继而开业，这是五十年代中期北京最好的两家西餐馆。

　　五十年代北京人尚有"城里""城外"和"南城"的概念，原来的东西两城被称为城里，内城的九门之外就是城外了，而外城的崇文和宣武两区则叫做南城，今天五十岁以下的人可能已经没有这样的意识。那时去趟西郊公园已经是很远的地方，莫斯科餐厅虽然菜很好，但毕竟太远了，去得不是很多，而和平餐厅就在东安市场内，还是比较方便。我在小时候和两位祖母去得最多的也是和平餐厅。

　　和平餐厅从五十年代中开到七十年代末，就是在"文革"时代也还在，那时东安市场被改名为"东风市场"，后来随着东安市场的改造才消失的。关于"国强"，现在知道的人更少。

和平餐厅建成后，它就搬到了西郊的翠微路商场旁边，不久正好赶上物质匮乏的那几年，虽还是以西餐为名，但只有一个菜，就是番茄猪肉烩黄豆，还要下午四点到店门口去拿号。我的父母在1960年搬到翠微路机关大院，我周六去看望他们，常常会去那里排队吃一次番茄猪肉烩黄豆，那时已经是很高的享受了，说来倒是真正的"英国风味"呢。

我在五六岁时，随祖母常去东安市场十字街北的荣华斋吃点心，就是西式点心和冷饮，都是他们自己做的，风格与吉士林和国强差不多。自从和平餐厅开业后，就常去和平，很少再去荣华斋了。1992年，我看见过吴祖光先生写的一篇《东安市场怀旧记》，是他给父亲寄来的手稿复印件，后来收入了他的回忆录。那时祖光先生还住在朝外东大桥，距旧东安市场的消失才不过十几年，有些事情他还记忆犹新。他在文中提到了国强、吉士林和荣华斋，但没提到和平餐厅。他特地提到"奶油栗子粉"，认为是"世界上最好吃的甜食"，还抱怨奶油栗子粉"长远失去踪影"。其实"奶油栗子粉"倒是还能吃得到，今天的天津起士林设在北京的分号也卖，但看看也远不如过去吉士林、荣华斋与和平的好。至于说是"世界上最好吃的甜食"，也得到不少人的认同。只是我小时候贪吃，以致回家闹了肠胃病，弄得至今五十多年不能再碰，于是不敢苟同了。

奶油栗子粉其实很简单，就是将熟栗子磨成粉，上面浇上厚厚的鲜奶油。关键是奶油要好，要新鲜，这种奶油要用纯正的动物酸奶油，在搅拌时放入糖，上海人叫做"掼奶油"，与那种"反式脂肪酸"的植物奶油（也叫麦淇淋，Margarine）是不相干的。

和平餐厅自开业一直很兴旺，与它不远处的日本餐馆"和风"形成了鲜明的对比。它的楼下是咖啡厅，卖点心和各种冷饮。顶头处也有架三角钢琴，与吉士林的风格差不多。楼上是西餐厅，临窗是火车座，在圆洞门内，比较幽静。大厅里是四人方台散座，也能临时拼桌，变成长餐台。我小时去楼下更多，为的是吃点心。七十年代初，楼下也卖正餐，但与"文革"前相比还是略逊一筹。

那时和平餐厅楼下的冷饮品种很多，除了各种冰淇淋之外，也有三德（Sundae）。三德现在多被译成"圣代"，实际就是在冰淇淋上浇鲜奶油和巧克力汁，也可以加一点白兰地、朗姆酒或是杜松子酒。直到今天，老式的西餐店仍然译为"三德"，洋人之所以称之为 Sundae，其实就是星期天吃的甜品，谐音才叫做 Sundae 的。中国人叫了一百年三德，叫了三十年圣代，其实也是似是而非。"圣代"之名是八十年代初，港台之风北渐才登陆的叫法。

此外那里还有奶油木斯（Mousse）。木斯的前面加奶油本来就是不伦不类，很多余，因为 Mousse 本身就是冷冻的发泡奶油，其做法也是将鲜奶油打搅起泡后，放入葡萄干等果料，再放入冰箱里冷冻，使其凝固。吃时最好在稍稍解冻时，有股鲜奶油的浓香。除此还有煮水果加奶油、奶油栗子粉、冰淇淋苏打和鸡尾酒等。点心则有他们自制的奶油蛋糕、克斯特饼、苹果派和拿破仑等，有种罗姆酒蛋糕最好，后来再没有吃到过。然而，最使我觊觎的就是"雪人"了。

雪人是所有冷饮中最贵的，当时要三元钱一份，可以说是天价了。因为那时两个人很奢侈地吃一顿西餐也超不过三块钱。雪人要三块钱的理由也有道理，那就是因为这一份的量很大，足够四个人吃。"和平"的雪人很漂亮，身体是四五个冰淇淋组成，头颅是一个冰淇淋大球，通体浇上雪白的搅奶油。雪人的头上扣了顶巧克力做的小帽子，有鼻子有眼，身上还有扣子，肩上插了两块饼干，当成是臂膀。盘子的四周摆满了各式水果，五颜六色，煞是可爱。雪人的可爱在于做得惟妙惟肖，真像是雪地里堆起的雪人，让我憧憬着童话的世界。

由于经常被两位祖母分别带着去和平，一般只有两三个人，是没办法吃雪人的。而去楼上吃西餐，饭后大家也吃不下雪人了，只是每人要个冰淇淋，最多给我要个三德，说是和雪人一样的。其实真的一样，不过是冰淇淋加奶油，就是形式不同罢了。但对我来说毕竟不是真正的雪人，没有雪人那样的诱惑力。那时虽然只有五六岁，我却觉得那一份雪人自己是完全吃得了的。后来有了一点价值观，我想大人不给点雪人终究是因为太贵了的缘故。

那时和平餐厅一进门正对面是一个大酒台，布置得非常漂亮，上面有些色彩斑斓的冷饮模型，还摆了些鸡尾酒的样子。最突出的就是在中间摆了一个和真的一样的雪人模型。有一段时间，不知为什么，在这些模型旁边摆了一个硕大的酒杯，里面泡了一只很大的蜥蜴，到今天我也想不通是什么意思。

1958 年左右，东华门里的西餐厅"华宫"歇业，那里的两个伙计调到和平餐厅服务，其中一个高个子的与我家的人都很熟悉，我的外祖父母、我的两位祖母对他都很好，虽然那时早已不兴给小费，但他们总还是偷偷地每次给他一点。有一次与祖母去和平，一进门他就迎了出来，与祖母说话，我趁机溜到大酒柜前，目不转睛地盯上了酒柜上那雪人的模型。那伙计特别献殷勤，想着我一定是对那大酒杯里泡着的蜥蜴感兴趣，于是费了好大劲儿将那酒杯端到了柜台上，让我仔细看。其实，他完全不明白，我真正感兴趣的是旁边那只雪人的模型。这件事弄得我十分没有面子，我只得用手抚弄着酒杯，眼睛却还是盯着酒柜上的雪人模型，同时发现那只蜥蜴也是假的。后来有好长时间我不愿去和平楼下吃点心和冷饮，可能就是在那儿丢了面子的缘故。

1966 年的 6 月，已是山雨欲来。有个星期六的中午我去老祖母家，门却锁着，门上给我留了张纸条，一看是外祖母的笔迹，上面写道："我们去和平了，你去那里找我们，一起吃饭。"老太太们不太关心政治，对她们来说根本意识不到血雨腥风即将来临，更不用说就在两个月后，她们的生活发生了怎样的改变？等我骑着自行车飞奔到和平餐厅的时候，两位老太太正悠闲地坐在楼上的餐厅里，要好了菜在等我。祖母和外祖母一起出去吃饭的时候并不很多，在我的印象中只有四五次，那次竟相约去和平餐厅使我很意外。因为周六下午不上课，学校里也都在写大字报，我对此毫无兴趣，难得有半日偷闲，所以这顿饭吃得很舒服。在老祖母和外祖母的身边，我觉得很温暖和幸福。由于天气炎热，她们问我饭后还想吃什么，我直言不讳地说想要个雪人。那时我已是十七八的大小伙子了，独自吃个雪人是不算什么的。叫来服务员，却说是上午曾经停电，雪人化了，现做来不及，店里已经下班了，最终还是没有吃成。

当我再去和平餐厅时，已经是七十年代初，外祖母在1972年谢世，老祖母也衰老，去不了和平餐厅了。和平餐厅的菜也不似当年，雪人还有，只是对我再也没什么诱惑了。

北展餐厅不知从什么时候被叫做了"老莫"，大凡是回忆"老莫"的，多是想起那里在"文革"时代的风光。其实莫斯科餐厅全盛时代是在刚开门时到物质匮乏年代之前，那个年代后再度复苏，已是明日黄花。刚开门时的冷饮单里也有雪人，只是叫做"莫斯科雪人"，与和平餐厅的差不多。当物质匮乏年代过去后，"莫斯科"三字多有忌讳，于是雪人也就一起没有了。莫斯科餐厅的雪人我也没有吃过，却不像和平餐厅那雪人给我留下了如此之深的印象。

《绿野仙踪全集》是美国作家弗兰克·鲍姆（Frank Baum）的童话集，有美国的《西游记》之称。早些年港台以此为名开了面向青少年的连锁休闲饮品店，叫做"仙踪林"，品牌标志RBT。九十年代初进军大陆，是中学生们喜欢的店，那里有麻绳做的吊椅，可以悠悠荡荡，泡沫红茶和珍珠奶茶都是它的特色。我在五十多岁时，走过它的店门口，曾对此很好奇，也很羡慕，当然是没好意思一试，否则与中学生一起坐在吊椅上，岂不是太滑稽了？几十年童心未泯，每于斯时，常想起五岁时背过的《千家诗》，程颢的那首《春日偶成》"云淡风轻近午天，傍花随柳过前川。时人不识余心乐，将谓偷闲学少年"。

每次在西餐店的冷饮单上看见雪人的项目，还是会想起孩提时代的往事，现在要点个雪人根本不算回事，也会有人帮着我吃掉，但我终没有要过，所以至今从来没有吃过雪人。我想，人的一生总会有些心中想望，却始终没有得到的东西，无论是大是小，留下点遗憾也许并不是坏事。

新韭黄黍春盘绿
——北京春节食俗杂谈

每到岁杪迎新之际，总有不少刊物相邀谈些旧时北京春节的饮食风俗，也真是个老生常谈的话题了。虽如此，也会有未曾谈到的方方面面。我想，不外乎有三个原因：一是不同时代的北京，春节食俗都会有些变化；二是不同社会层次，过春节饮食的丰俭程度不尽相同；三是北京历来是个人口流动较大的都城，各地的饮食习惯和年俗也不一样，互为影响。因此，谈到北京的春节食俗，也不能笼统地一概而论。

当然，饺子、汤圆、年糕之类，是在北京的汉族地区民众都必备的过年食品，非此，不足以显示过年的意义。就是杨白劳这样的最穷苦人家，称上二斤白面包顿饺子都是必不可少的，更何况是城市里的一般百姓了。

旧时的北京，物质远没有今天丰富，就是物资转运的艰难，也非今天能够想象。于是，一个春节的食物储备和加工，就非一朝一夕能够完成，必须有一个筹备的过程。这也就是"采办年货"和"忙年"的含义所在。同时，也是过年前最快乐的过程。每当上元节一过，年意阑珊时，人们就会想起过年前筹备的快乐，总会有无限怅惘和留恋。如今，物质极大地丰足了，无论天南海北的美食和原料，唾手可得，那种为过年而四处奔波采办的苦恼没有了，那种只有到过年才能得到一尝的美味期盼消失了，随之，年意也就远去而殆尽了。

一入腊月，各种食物的原料陆续运到北京，熬腊八粥的杂豆，山西的黄米，江南的糯米，东北的山货、野味，河北山东的大白菜，乐陵的小枣，湖广的腊味，东阳的火腿，福建的蜜饯，岭南的干果，京郊的时蔬洞子货，张垣的口蘑，等等，会源源不断地送到北京城。老北京人管猪肉铺叫"猪肉杠子"，管牛羊肉铺叫"羊肉床子"，都会上比平时多几倍的货源，以应日益红火的生意。除了鲜肉，各种猪下水、羊杂货都要多上几倍。此外，为了春节的祭祀，猪牛羊三牲的头也要备齐，以为大户人家和买卖家上供用度。

从腊月初开始，各家点心铺都应接蜜供的订货，这种蜜供是将油炸的鸡蛋合面切成二三寸的条状，用蜜糖粘在一起，一摞多高，分为尺高直至数尺高的不等，每五具为一堂，通体晶亮，中间夹着红丝。多是人家供神、佛、祖先的必备之品。当然，蜜供的优劣也不同，如京城的瑞芳斋、正明斋、秀兰斋、聚庆斋等都要技高一筹，价钱也略高些。所谓技高，无非是原料讲究，用的鸡蛋多，酥脆，有桂花的香味。人家定做的蜜供一时不来取，店家就摆在店堂里，一堂堂摞得整齐漂亮，小孩子无不垂涎欲滴。腊月中旬，每当蜜供摆出来，就像过年的信息来临，市面上已经是年意盎然了。新正一过，多数人家也就撤供了，那蜜供就由孩子们分开来吃了。这东西在今天或许没人喜欢，油重、糖多，与今天许多细腻的糕点是无法媲美的，但是在旧时，却是孩子们一年的企盼。至今，我都能回忆起那甜甜的、酥酥的，略带着桂花香的蜜供的味道，那是一种隽永的、挥之不去的年的味道。

腊月二十三是祭灶的日子，关于糖瓜儿的记述已经很多，况且关东糖今天已经被人们所淡忘，旧俗移易，祭灶已经成为了消逝的东西，市场上售卖的关东糖也已经绝少有人问津。就算是"应景"，也少有年轻人了解祭灶的礼俗了。

每当一入腊月二十三，就进入了过年的实质性阶段，也是最欢乐的时期。彼时天寒，虽无今天的电冰箱，但陆续做好的过年食物放在院子里十几天也不会变质，最要防范的倒是蹿房越脊的野猫了。无论是扣在盆中、放在缸里，都要盖上盖子，再压上石头，即便如此，也有时难逃倾覆的危险，一旦遭此不测，不要说物力维艰，就是功夫也白搭了。

过年的食品中，果盒的准备也是必不可少的一项。果盒也叫捧盒，一种是比较讲究人家的餐前凉菜装置，分成格子的瓷质或漆器果盒内分别放入各种冷荤，如广东香肠、松仁小肚、熏鸡、罗汉肚、素烩、酱鸭、口条、熏鱼、酱牛肉、酱羊肉、卤蛋等等，南方人家还有叉烧、火腿、胗肝、烧腊等，也叫八宝攒盒。而另一种果盒则是摆放在室内、过年时招待客人和零食的干果果盒，这也是惟独只有过年时才有的小食，特别富有年意。

这种果盒一般多用福建大漆描金的，或是剔红的漆盒，内有若干隔断不等，最多的可有十几个分格。虽都是果盒，但是不同经济状况的人家也有不同，一般人家，多是内装落花生、黑白瓜子、糖炒栗子、花生粘、干枣（也称啪啦枣，去核略脆）等，都是比较便宜的粗干货。而比较讲究的人家则放入干杏仁、琥珀核桃、干桂圆、香榧子、小胡桃、榛子之类。蜜饯果盒一般是与干果果盒分开的，不然蜜饯的湿度会影响干果的酥脆。老北京较为贫苦人家的蜜饯果盒多是蜜饯杂拌儿（也分粗细两种，粗杂拌儿多是杏干、山楂脯、瓜条等；细杂拌儿一般有蜜枣、杏脯、苹果脯等）、糖瓜条、山楂糕（北京人称金糕）等，而讲究人家则多用南货的蜜饯，如福建的橄榄、大福果、白糖杨梅，岭南的金桔、陈皮梅，湖南的糖莲子，北京的杏脯、青梅、金丝蜜枣，等等。关于蜜饯，北京人更喜欢炒红果、蜜饯棖楂（一种单核的山楂），这是不能放入果盒的食品，但都是过年必备的零食。蜜饯棖楂还可以用来拌白菜心，在一桌油腻中特别清新爽口，也是年菜一类。

果盒的置备大约从腊月二十三以后就开始了，果盒一摆出来，年就到了。

过年的零食今天则更为丰富，许多旧日没有的干鲜果品品种数不胜数，像开心果、所谓的美国大杏仁、土耳其的杏干，以及无花果、芒果干、蜜饯蓝莓、提子、进口的西梅、蔓越莓等等，从前是没有见过的。而惟一的遗憾是各种小食品放在玻璃纸的袋子中，在桌上乱七八糟地一堆，没有了果盒，没有那分装的愉快，过年的精致生活也就索然无味了。我盼望过年果盒的回归，那种精致，那种温馨，那种甜甜的韵致，将为春节带来多少美的享受？

北京市井的春节食品并非因其低贱而不受待见，其实，许多平民百姓的过年小菜更是美味。

酥鱼也是老百姓过年的小菜，要事先选用三寸许的小鲫鱼，开膛洗干净后烧熟，多用大号的砂锅，一层小鲫鱼，一层山东大葱的葱段，层层码放整齐，用大量的米醋闷制，一定时间后即可食用。旧时小鲫鱼价钱便宜，所费无几，一锅酥鱼即可食用。酥鱼要冷食，吃多少，从砂锅内取出多少，不必全都端出，可以分若干次食用。以此下酒佐餐，不但味道醇厚隽永，而且经过醋的闷制，鱼骨完全酥嫩，入口即化，就连鱼头都能嚼烂。此是一道过年时惠而不费的冷荤。

"豆酱"者，其实就是加了黄豆的肉皮冻，旧时的贫苦人家，平时难得荤腥儿，就算是过年，也要精打细算，既解了馋，也所费无多。豆酱即是这样一道过年的下酒佐餐的小菜。肉皮要经过较长时间的熬制，使其胶质溶于汤中，再将煮熟的肉皮切成小丁，加上胡萝卜丁、少许肉丁和煮好的黄豆，再次放入含有胶质的汤中收一下，然后放在室外冷冻起来。吃时将冻子切成方丁，浇上蒜醋，也是过年餐桌上的小菜。虽然是寒素之家的食品，做得好却是美味。过年一段日子，无论是下酒下饭，甚至是吃饺子，都可以上桌。

再有就是芥末墩儿了，现在许多以"北京风味"为号召的餐馆里都有，但是味道却是比较离谱儿了。很怀念那真正的芥末墩儿。说到芥末墩儿，令人想起几近消失的"辣菜"。"辣菜"没有辣椒，也与辣椒无涉，其实就是一种叫"蔓菁"的蔬菜。蔓菁要切成粗条，经过发酵闷制才能做好。我家从来没做过"辣菜"，不晓得这种小菜的制作过程，但是却吃过别人家做好送来的，那味道冲鼻子，一口下去，眼泪都会流下来，那叫痛快。几十年前的味道，记忆犹新，那也是过年的味道。

炸素丸子也是过年的一景，彼时许多人家一到过年就炸素丸子。几十年前，我的邻居每到过年总是要炸素丸子，面粉、胡萝卜、香菜、粉条，合着淡淡的五香粉的味道。他家的生活并不富裕，但是过年总会炸些素丸子分送邻里。我总是想，旧时的素菜荤做，大抵是物质匮乏、生活艰难的需要，每到过年，人们不惜费时费力，变着法子将便宜的食材精工细作，恐怕也是不得已而为之，价值也许远不如山珍海味，营养成分和饮食卫生更不在考虑之中，但是那种生活的追求和乐趣，也绝对不输于今天的奢华。其乐也融融，这些操作的过程或许更胜于食物本身的价值和味道。如今的素丸子多是在超市中现炸现卖，但是却再也吃不出那种过年的味道。

饺子的故事被人讲滥了，每年一到过年说饺子，不免令人生厌。但是过年吃饺子的习俗却依然在不少家庭中延续着，或许这就是今天存留的少得可怜的一点年味儿了。起码，在北半个中国，吃饺子守岁依然如故。我家没有半夜吃饺子的习惯，也几乎不守岁，但是大年初一的中午总还是要吃顿饺子应景的。旧时无论贫富，过年的饺子一定要有一种是素馅儿的，一般是以鸡蛋、粉丝、黄花、木耳等为馅儿。过去物质匮乏，难得吃荤，于是就在素馅儿的饺子里剁入油渣或是油条的碎末，这种饺子虽有素馅儿之名，却无素馅儿之实了。不过，信佛的人家或是佛教徒，就算是吃"花素"的，那就要严格多了，这样的素馅儿也是绝对不吃的。南方人是不吃饺子的，但是汤圆却是少不了的，意在团团圆圆，也是过年的食俗。长江流域和珠江流域的地区，大都有吃汤圆的习惯，或荤或素，或大或小，也是不太一样的。最小的要数酒酿圆子，是用糯米搓成的小球，下在酒酿里煮熟，有的还要将水磨年糕切成小丁，与小圆子一同放入酒酿中，既有"圆"，又有了"年"。而北方人大多是不这样吃的，汤圆被称做是元宵，用的不是水磨面，而是江米面，是将馅子用江米面摇出来的，只是到了上元节才吃。

年糕就不同了，南北皆食，取年年高之意。但是南北方的年糕却不尽相同。北方的年糕四时皆有，那就是切糕了，旧时多是穆斯林经营的小吃。在北京人的心目中，切糕是算不得年糕的。过年的年糕则又当别论，分为江米面和黄米面的，黄米面是产自山西的最优，也叫糜子面，就是古称的黄黍。北京从来都是个五方杂处的都城，南派的年糕在旧日的北京也颇有市场，尤其是过年时，大概是为了区别于一年四季都有的切糕，总会买些南派的年糕，比如脂油年糕、玫瑰年糕之类，吃的方法多是蒸或油炸，油炸时要裹上鸡蛋，这样就会外焦里嫩，口感非常好。但这种南派的年糕也就是在过年时应景的。

至于年菜，北京人从来没有定数，不像广东人要吃发菜，是为了讨口彩，有发财之意；无非是鸡鸭鱼肉之属。许多年菜是能放得久的，过年之际，煎炒烹炸就可免去，随时热了就能食用。类似米粉肉、南煎丸子、栗子鸡之类。至于海味，那就要视经济状况而谈，贫苦人家过年能吃上肉已经不错，何谈海味呢？北京人吃海味，看重的是水发的干货，如鱿鱼、海参、干贝等，都要干货水发，那时是没有人吃什么鲜鱿鱼和鲜贝的。对一般经济状况稍好的人家而言，过年的菜中必须有鸡有鱼，也是讨得口彩"有积有余"，而且是要整鸡整鱼。

　　再者，过年的宴席上，尤其是年三十的晚宴，多是一家团聚的最美满时光，有条件的，必须有个什锦暖锅。这种暖锅虽用炭火的铜锅，但又不同于涮羊肉的火锅，不用大家自取食物在锅中涮来涮去，而是事先在火锅中码放好肉丸、鱼圆、玉兰片、海味和蛋饺等，待开锅后共同食用。蛋饺是仅用鸡蛋为皮，里面包好肉馅和荸荠末，形似饺子，但是点缀而已。因为其形状酷似元宝，也是过年时讲究些的人家必须准备的食物。

　　每当暖锅端上，意味着年夜饭即将结束，意兴阑珊，红红火火地画上了圆满的句号。酒足饭饱，暖锅或许有些多余，但这一仪注却给餐桌带来了新的希望和肇始。岁末年初将交子时，一个暖锅，将亲情、友情推向了高潮。

　　咬春，是新年的肇始，是春天的将至，新鲜的蔬菜最能让人感到春天的消息，北京人有二月二吃春饼的习俗，但是在春节的餐桌上总会对春天期待。彼时的蔬菜很少，能有心里美的萝卜、嫩绿的韭黄、顶花带刺的黄瓜就已经十分奢侈了。绿色，是春的感悟，而最能带来春意的洞子货就是那时最珍贵的菜蔬了。

下馆子吃年夜饭是近二十多年才兴起的，生活的富足带来了极大的便捷，不能不说是社会的进步，但是馆子的味道永远是馆子的味道。或许，年的味道并不在舌尖上，而是在那一年的企盼中，在那挥之不去的美好记忆里。

烤乳猪与咕噜肉

顺峰餐饮有限公司的副总经理岑耀辉先生曾经告诉我，真正的传统粤菜其实并不以海鲜见长，倒是潮汕菜是擅长海鲜的。他说："说起来我都不好意思，现在我们北京的顺峰都添了水煮东星斑和水煮老鼠斑了，没有办法啊，北京房子租金那么贵，我们也要生存，那些有钱的煤老板要吃，为什么不做？"好好的东星斑和老鼠斑非要做成川味儿的水煮，真是匪夷所思。

我记得小时候尚无"粤菜"之名，我们都习惯称之为"广东菜"，也就是传统的粤菜。那时北京较好的广东馆子是恩成居，那里的名菜鸡茸玉米还不叫什么"粟米羹"。后来在华侨大厦开了大同酒家，厨师是来自广州大同酒家的，菜很正宗，点心做得也好，许多东西是在恩成居吃不到的。尤其是广东早茶，对五六十年代的北京人来说，可谓是生面别开，从售卖形式到丰富的品种，都是耳目一新。再后来老华侨大厦拆了，大同酒家也就没有了。

八十年代初，广州大三元在景山西街南口开业，嗣后，随着改革开放，港粤之风北渐，粤菜成为北京城菜系的主流，一时间明珠海鲜、香港美食城、阿静粤菜、烧鹅仔、陶陶居等等相继开张，大大小小的粤菜馆以"生猛海鲜"为号召，领时尚风气之先。今天的北京已是多元的饮食文化，丰富多彩，百花齐放，那种一系领军的局面是见不到了。

我总是将粤菜分成四大系统，即老式粤菜（也就是过去恩成居和广州的大同酒家、广州酒家、东江饭店、陶陶居、泮溪酒家、莲香楼一类）、港式粤菜、潮州菜和客家菜。港式粤菜是后来居上，香港是畸形繁荣的区域，在撷取许多外国饮食特色的基础上改良了老式的粤菜，且无所顾忌，将许多舶来食材和作料用于粤菜。不能不承认，香港的粤菜是非常不错的，远远超过了台湾的水平，甚至在许多方面也超过了广州。潮州的卤水和海鲜以及客家菜虽属粤菜的分支，究竟不是我印象中的传统广东菜。

烤乳猪应该说是广东菜中的经典，在恩成居是否吃过已经记不清了。大同酒家开业时去吃过，但那时也只是点一份而已，没有那么阔绰豪迈，一上就是整只的乳猪。直到八十年代末我到广州，才有幸在筵席上吃过整只的乳猪，因是现烤现吃，果然味道、口感完全不同于在餐馆中零点的。这种零点的则是事先烤好，临时加热而成，自然是不行了。后来在北京大三元也有整只乳猪，要事先预订。九十年代中，在北京阜成门内大街的广济寺旁，开过一家广式烧腊店，大概仅维持了一年多。那里的叉烧、烧鹅都很不错，尤其是烤乳猪外卖，只要问好出炉时间，当时切片，立时就吃，还真是很正宗。

我在广东的中山、肇庆、佛山也都吃过烤乳猪，上海的广东馆子新雅、美心也以烧乳猪为招牌菜，甚至在香港、台湾也吃过，都做得不好。除了技法，我以为还有原料的关系，也就是所用的乳猪不行。为此我曾请教过粤菜大师麦广帆，他也如是说。最有意思的一次，是在新疆石河子一家豪华酒店的宴会上，居然上过整只的烤乳猪，虽然做得很不行，却实在令人震惊，同时也慨叹万里关山，中华大同的非凡气魄。后来乌鲁木齐又开了一家很大的成都川菜餐厅，邀我为他们撰楹联，猛然想起在石河子吃烤乳猪的事儿来，故而拟就："挹朝露西来，杯底香醇飞锦里；望大江东去，盘中美馔度天山。"确是受了在石河子吃烤乳猪的启发。

常有人问北京烤鸭的历史，我都会告诉他是发源于烤乳猪。当然，"烤"字出现很晚，就像粤菜的"焗"一样，不但《说文》里没有"烤"字，连"烤乳猪""烤鸭"的称谓也是晚近的事。说到烤乳猪，远可追溯到西周时，"八珍"中就有"炮豚"，其实就是烤猪肉，是不是整只猪拿来烤，当未可知。南北朝时，贾思勰更有形象的描述："色同琥珀，又类真金，入口则消。状若凌雪，含浆膏润，特异凡常也。"清代满人嗜烤猪，原来是按照满洲的做法，比较粗糙。后来宫中吸取了广东的手艺，比满族原来的炙法更胜一筹，谓之烧猪。烤鸭最早也叫烧鸭子，当是来源于烧乳猪的办法。

烤乳猪的技法固然是关键，但乳猪的品种更为重要。我问过香港的师傅，他们那里乳猪的来源就是香港自养的，而不用内地供应。乳猪养到百天，可达十公斤，正好可以使用，烤出来的乳猪没有奶臊气。过去广州大餐馆的乳猪来源都是广东的南雄县，皮薄肉嫩，后来也用珠江三角洲其他地方的。但遇到乳猪的品种不佳，味道和口感就不可同日而语了。

旧时宴会要上烤乳猪，也是很隆重的，会称之为"片皮乳猪全体"，这种筵席要算是盛宴了。

去岁在广东顺德，假座顺峰山下的顺峰总店，主人欢宴来宾，有"片皮乳猪全体"一道。用盘直径二尺，是整个的乳猪上桌，可谓是"全体"了。那天的乳猪实在是好，刚刚出炉的，用贾思勰的话说，真是"色同琥珀"和"入口则消"了。顺德是粤菜厨师之乡，我认识的几位粤菜大师如龙仲滔、欧阳叶伟、连庚明等，都是顺德籍。那天我舍海鲜等不顾，竟自大啖乳猪，十分尽兴。顺德的美食确实甚佳，像姜撞双皮奶、大良炒牛奶、煎鱼饼、萝卜胸、凤城小炒等都极好，味道独特。除了顺峰，龙仲滔经营的龙的酒楼菜品也很好，很接近我印象中的"广东菜"。所谓"食在广州，厨出凤城（顺德也称凤城、大良）"，此言不虚也。

咕噜肉也是传统的广东菜，从今天人的饮食观来看，这道菜是不够符合新的饮食理念的。原料要用较肥的五花肉，又要挂浆油炸，加上很重的糖，实在是不健康的食品。然而它确是广东菜中非常经典的菜，且很要功力。在今天的粤菜大酒楼中如果点一道咕噜肉，就好像去高级饭店非要个滑熘里脊一样，很有点儿那个，服务员会认为你太不识相。有些粤菜餐厅将它归为"怀旧菜品"，我看倒是很确切，也给点菜的人下了台阶。我就属于那种不太识相的，从小喜欢吃咕噜肉，遗憾的是自从北京的大同酒家关门以后，就再也没吃过正宗的咕噜肉。几次在不错的广州的餐厅里吃饭，又实在不好意思点这道菜。

咕噜肉虽说是一道非常平民化的广东菜，但却很能检阅厨师的水平，就像北京的许多厨师虽敢招呼生猛海鲜，可连个滑熘里脊、酱爆鸡丁、干炸丸子都做不好。咕噜肉一要选材好，肉要新鲜，肥瘦兼有；二要火候好，炸得外焦里嫩；三要挂浆好，甜淡适度。用番茄酱就是大忌。咕噜肉的汁切不可使用番茄酱，而是要炒糖色，使之晶莹红亮。广东咕噜肉不能用酱油，而要用喼汁。喼汁为广东菜中特有的作料，类似上海的辣酱油。咕噜肉挂浆不能多，仅裹住炸好的肉球即可，盘中无余汁。辅料仅用少许红绿柿子椒和洋葱点缀。美国、欧洲的低档中餐馆中没有无咕噜肉者，做得糊糊弄弄，一大堆番茄酱，哪里是什么咕噜肉？可洋人吃得津津有味，用来拌米饭或蘸面包，给他少了汁水还不干，说你小气。近年国内有些馆子也是这样做，大概都是得了洋中餐的传授。

我上初中时数理化很糟糕，尤其是数学不好，于是经亲戚介绍，为我请了一位辅导老师，每周两次去他家里上课。这位男老师独身一人，却很会做菜，最拿手的就是咕噜肉。那时限于条件，绝无今天这样丰富的物质，只是些普通的原料。这位老师很会过日子，买两毛钱的半肥半瘦的猪肉，就能做出一盘很不错的咕噜肉来，味道还真的接近大同酒家，只是他没有熘汁，略逊一筹。那时学校代数课正在讲七个乘法公式，笨鸟先飞，我总是比别人先走一步，所以课堂上题做得很快，演算也很灵，那学校的代数老师以为我天生是数学好，居然让我去参加北京市的数学竞赛，结果仅得了七八分。如此混了两三年，中考考得还不错。于此期间，数学虽没多大长进，倒是吃了这位老师不少咕噜肉。

现在的咕噜肉也称菠萝咕噜肉，除了极少的红绿柿子椒和洋葱之外，还放一点菠萝点缀，有些菠萝的香气。但早年的咕噜肉是不放的，菠萝的汁水多，会影响肉的酥脆鲜嫩。挂糊也比现在更少。咕噜肉调汁一定要用透明的白醋或醋精，而不能用米醋之类。时过半个世纪，我还是很怀恋大同酒家的咕噜肉，总以为那是最正宗的。

咕噜肉也常常被写成"古老肉"，说到此想起一桩笑话。

我的姨公许揆若（宝骥）先生是俞平伯先生的内弟，也是《团结报》的第一任社长，为人很风趣，也很乐观，就是在"文革"的逆境中，活得也很潇洒。彼时每年春节，大家去给他拜年，他总会弄些小节目自娱娱人。春节中自己做些个灯谜，写成小纸条挂在屋里，让大家去猜，猜中者也有些小奖品。揆若先生文采甚好，旧体诗也做得不错，他的灯谜十分有趣，谜面、谜底绝对没有牵强。比如：小生幽会（打一国名）——约旦；枫叶未经霜（打一国名）——不丹；五金中莫较量金银铜铁（打一城市名）——莱比锡；等等。1972年，长沙马王堆汉墓出土，轰动了沉寂而灰暗的"文革"生活，为举国瞩目。是岁新正，去他家拜年，又是挂了不少小纸条。偶然看到一条"汉代女尸"（打一菜肴），我丝毫没有犹豫，立时揭下来去讨奖品——谜底果然是"古老肉"。这条谜语虽然有点恶心，但还算贴切。后来我也曾恶作剧，专在这道菜上桌的时候给大家讲这个故事，尤其是在座的女士，真的不肯下箸了。

我很怀念传统的老式粤菜。

土笋冻与蚝仔煎

闽南厦门与闽侯（福州）虽属同省，但风俗却迥然不同。以"八大菜系"之一闽菜而言，多少带有些"官气"。远的不说，自清中叶以来，福州可称是三坊七巷，官盖云集；市肆繁华，商贾踵至。尤其是鸦片战争之后，开放五口通商，福州更是成为对外交流的重要口岸。因此，闽菜除具自身的地方特色之外，同时也广撷博采，吸取了本省和其他地方的精华。

我对闽菜所知不多，只是在五十年代末吃过闽菜名厨双强（强木根、强曲曲）来北京交流时所做的菜，后来才知道双强在福州的名气是端的了得，门墙桃李，遍于榕城。彼时太小，没有更深的印象。五六十年代，北京王府井南口新华书店旁的巷子里有家福建馆子叫闽江春，倒是经常去吃，那里的红糟肉片、闽侯鱼圆和扁食燕皮都做得很好。因地处巷中，生意并不太好，在北京也只能算一家中低档的饭馆，而且价钱很便宜。尤其是燕皮，直到今天也为多数人不识。这些年常有福建的朋友带来，用其包肉馅做汤，鲜美无比。此物形同草纸，呈灰白色，折叠成沓，十分易碎，用时要先拿湿布洇了，方好包馅儿。当然，燕皮也可不包馅儿，直接下到好汤中食用。这燕皮是选用猪瘦肉在臼中捣烂，摊轧成纸状晾干而成的。

说到闽菜官气，最能代表者是"佛跳墙"。"佛跳墙"也名"福寿全"，已有百余年的历史，据说是清末福州官钱局请福建布政使周莲的筵席上初创；也有说是周莲私厨郑春发的发明，后来郑春发在福州开了家馆子叫三友斋（即今天福州名店聚春园的前身），因"佛跳墙"而名声大噪。"佛跳墙"将三十余种主辅料容于一坛，内有猪肉、鸡肉、鸭肉、羊肘、猪肚、蹄尖、蹄筋、火腿、鸡鸭胗、鱼翅、海参、鱼唇、鱼肚、鲍鱼、干贝、鸽蛋、笋尖、竹蛏、香菇等等，真可说是聚集了人间美味。煨制"佛跳墙"要用绍兴酒坛，原坛留部分好酒以和调料，装好用荷叶封坛，盖上坛盖，大火煮沸后要用小火再煨上五六个小时，用谷糠燃火，以使火势微缓。启坛时轻掀荷叶，立时香飘四座，正所谓"坛启芬香溢四邻，跳墙佛亦欲尝新"，"佛跳墙"之名由此而来。近年来闽菜的"佛跳墙"名声远播国内外，但偷工减料者却很多，品质多达不到要求，尤其是分餐制所用之小坛，绝非一坛坛煨出来的，根本没有香味儿，更谈不到绍酒之醇。坛中用料能有十余种就不错，且多汁浑汤腻，已非当年的样子了。"佛跳墙"因其贵而闻名，于是公私豪华盛宴多以此撑起门面。国外的高档中餐馆不管是否闽菜，都能事先预订，可惜大多为有钱的中国人摆阔，洋人对此却并不买账。其实，这么多的原料都一股脑地煨在一起，而又能保持各自的味道和口感，诀窍在于所用的绍酒。闽人嗜糟，绍酒煨制，即有糟香，如此才能汤汁厚而不腻，诸料烂而不腐。

两次去福州，品尝过不少闽菜，没有留下太深的印象。可能有小时候闽江春先人为主的印象，我很希望吃到红糟的菜肴，更希望有真正闽人做的燕皮。但遗憾的是宴席都是人家事先安排的，多是海鲜之类，却没有什么传统的闽菜，除口味偏淡之外，与其他地方的海鲜席面没有什么区别。后来朋友带我去寻些地方小吃，多是鱼圆之类，福州的七星鱼圆多是有馅儿的，个头儿也大，两三个下肚就很饱了，实在没有江浙的好。

2008 年去厦门，时间比较充裕，除厦门之外，还到了漳州、永定、连城等地。

要不是为了买黄胜记的"黄金香"肉松，真不愿意再踏上已经消逝了的琴岛。昔日琴音回荡，安谧清幽的鼓浪屿已被开发成旅游区，原来岛上的风物不存，人文沦落，百余座老别墅被拆装改造，变成了家庭旅馆和酒店。岛上人流熙攘，往来喧嚣，早已失去了昔日的宁静，破坏性的新建筑把鼓浪屿弄得不伦不类，面目全非。旧日的鼓浪屿也不尽是洋人的天下，从二十年代至三十年代中期，岛上有华人别墅一千二百多栋，占了岛上别墅的百分之七十以上。可是在 1941 年日本人控制时期和五十年代初，岛上精英两次外流，人去楼空。现在的外来经商打工的人数已超过了当地居民。想找些当地小吃，可寻觅半日，多是些卖鱼圆汤、羊肉串和麻辣烫的，烟熏火燎，令人欷歔慨叹，扼腕痛心。

在厦门的海边，近年开了不少环境优美的餐厅，临窗可以眺望海湾，包间装修华丽，只是菜品多为高档的海鲜，样子很漂亮，一席所费总要千元以上甚至更多，与别处的此类宴席也大同小异。只是冷盘中一道土笋冻，尚有闽南特色。

盘桓厦门数日，我是几乎天天要吃土笋冻的，实在不忍落下这等美食。主人见我钟情于此，特地吩咐经理单为我上一盘独享。届时虽已深秋，但厦门还是酷热，设坐临窗，海风阵阵，品着冰凉的土笋冻，听着此起彼伏的涛声，实在是享受。

土笋冻的原料就是一种生长在海边沙滩的环节动物，学名叫海星虫，当地人称之为土笋，形同蚯蚓，但是白色的。土笋长约二寸，内含丰富的胶质，将这种海星虫煮熟，其胶质就溶于水中，冷却凝结，就成为土笋冻。据传是郑成功攻打台湾时，驻扎在安海，一度粮草紧缺，于是命军士们在海滩上挖土笋煮来充饥。郑成功军务繁忙，经常忘记吃饭，土笋汤煮好后要经常反复加热，一日郑成功看到已经冷了的土笋汤凝固，又不想麻烦身边的军士，就舀出一块尝尝，味道竟比煮的土笋汤更好，因此就发明了这道土笋冻。土笋的形状是上锐下丰，好似笋状，在有的书中也写成"涂笋"，是因其仅存活在江河入海、咸淡水交汇的滩涂上，故名"涂笋"，我倒是以为写成"涂笋"更确切些。我见过一些人，不明就里时吃得很香，一旦告诉他原委，立时放下筷子就不吃了。土笋从沙中逮出，不能立即食用，而是要在清水中放养一天，使其吐出体内杂物，第二天开膛破肚，除净泥沙，再进行熬煮，晾凉后倒入大小不同的碗或酒盅里，待其凝固，就成了土笋冻。吃的时候要蘸着香醋、蒜蓉、酱油、芥末、辣酱等，味道奇佳。既有嚼头儿，且又酸酸凉凉的。土笋冻滑润，用筷子很难夹起，所以多备有消毒牙签扎着吃。

土笋冻仅产于厦门和安海、海沧一带，又以厦门百谷港为最佳，可惜这些年围海造田，百谷港已经不存，厦门的土笋仅靠高浦、海沧和安海供应了。除了在这几个地方，就是在福建的其他地方，也是吃不到土笋的，或是不正宗的。土笋冻吃起来软滑而韧，香糯可口，真是欲罢不能。那次宴会我被"特殊照顾"，竟然独自吃掉一盘。

福建还有一种沙蚕，形同土笋，也叫龙肠，福建的一些地方志中称其为"沙蟨"，体长可达五寸许，无首无目无皮无骨，肥软蠕动，也要开膛破肚去其杂质，不过这种沙蚕并无胶质，是熬煮不成冻子的。吃时可杂五味爆炒，或可清炖，口感都很脆嫩，并有清热解毒的功效。沙蚕与土笋绝非一物。明末清初文学家周亮工寓闽达十二年，居然没有搞清，在他的《闽杂记》中把两种动物混同，说是一物。沙蚕在闽菜的馆子里叫"炒龙肠"，我第一次去福州时吃过，以为就是沙蚕，后来人家告诉我，现在的龙肠都是以鸡鸭肠代替的，已不用真的沙蚕了。

在厦门的大小馆子里大抵都能吃到土笋，但却有优劣之分，土笋在冻子里是显而易见的，可以观察得到，优者整条土笋清晰可见，没有其他的东西；劣者给你混入些七七八八的辅料，以充土笋之实，看来土笋还是比别的贵些。但凡土笋纯净的，内含的动物胶原蛋白多，吃起来更有韧性，也更鲜香，反而则糟烂易碎。这次在海边餐厅所食的土笋冻是我在厦门几日中吃到的最好的。美哉，土笋冻。

厦门还有许多小吃，路边售卖的反而优于饭店，这些东西是万不可去餐馆和大酒店吃，不但价格贵上一倍不止，味道又远逊于街边。比如很平民化的沙茶面，小店和小摊子上的是用猪骨和整个的鸡鸭熬汤，越久越醇厚。关键是沙茶酱要好，很多人误以为沙茶与沙嗲是一样东西，其实不然。印尼、马来人蘸肉串吃的沙嗲酱是以花生为主要原料，和以多种香料制成，颜色为黄褐色。而沙茶酱的主要原料却是虾头，经腌制后磨碎，在油中煸炒，再与另外煸炒的蒜头掺和在一起，佐以五香粉、咖喱粉、辣椒粉和芝麻等，味道也很独特，大抵也是来自马来半岛。厦门沙茶面的诀窍一在汤头好，二是沙茶要醇，吃起来甜辣鲜香。那浇头可随顾客添加猪肝、猪腰、鲜鱿、大肠、豆腐干等。去厦门总要去吃碗沙茶面，不然就好像没有到过厦门一样。

再有一样独特的风味就是蚵仔煎了，如同沙茶面一样，是最平民化的小吃，也一定不能去大饭店吃。

要说普通话的"蚵仔煎"三字，厦门人可能听不懂，要说ō à jiān，人家方才会听明白。这种蚵仔其实就是去了壳的海蛎子，厦门人称之为蚵仔。虽与牡蛎同种，但绝没有法国牡蛎那样名贵，只是生在海边的小海蛎。厦门人吃蚵仔煎多在冬至以后，这是因为冬至后是海蛎盛产的节令。厦门最标准的蚵仔煎就是小摊子上卖的那种，原料就是蚵仔、鸡蛋、木薯粉、青蒜，先将木薯粉和鸡蛋调成糊状，再加入蚝仔和青蒜，在平底锅上摊开，用猪油反复煎成。也有后加鸡蛋的，更是外酥脆而内嫩滑。海蛎本可生食，所以实际上蚝仔煎里的蚝仔也只有八分熟。李调元在《南越笔记》中就曾说："蚝，生食曰蚝白，腌之曰蛎黄，皆美味。"做蚝仔煎的蚝是珠蚝，或称珠蛎，大小如指甲盖，饱满而无碎壳。

这种蚝仔煎是要现煎现吃的，冷了则有腥气。我在大饭店也要过，北京的厦门大厦也有此菜，但都远没有厦门街边的好吃。小店和摊贩也有生意经，往往是多加青蒜，这样可以减少蚝的数量，我在厦门吃蚝仔煎总是会事先和他讲好，多给他加钱，少放青蒜而多放蚝仔，时间略煎久些，果然更好吃。

闽南美食也不算少，但最忘不了的还是那诱人的冰凉的土笋冻和热气腾腾的蚝仔煎。

消逝的长江三鲜

随着生态环境的变迁，许多物种与食材都会慢慢地消逝，留下的，只是历史的记忆。

我在《老饕漫笔》中曾写过一篇"镇江端午鲥鱼肥"的小文，所记是1974年的事。彼时，无论是在哪个长江下游城市，大抵都可以吃到鲥鱼。只要是正当时令，也就是端午前后，要吃到鲥鱼都不难，而且价格还算便宜。八十年代在北京一些高档的餐厅里，也或可吃到真正的鲥鱼，但价格已是非常昂贵了。好像是在1987年，我在武汉的"老通城"还吃过一次鲥鱼，武汉是长江中游的城市，鲥鱼的品质略逊于下游所产，但那日宴会规格很高，鲥鱼还是蛮不错的，时值春末夏初，也属当令。在我的记忆中，这是最后一次吃真正的鲥鱼。嗣后，又吃过不少次鲥鱼，价格奇贵，却已不是真正的鲥鱼了。

鲥鱼之美，一直为人称道。苏轼曾有诗赞曰："芽姜紫醋炙鲥鱼，雪碗擎来二尺余。尚有桃花春气在，此中风味胜莼鲈。"不过苏轼的诗却略有牵强之处，桃花春气之时是吃不到鲥鱼的，何况江南春早，桃花初绽时鲥鱼还没有入江呢。

去岁在江阴考察了一个很有名的长江三鲜养殖基地，名为渔村，却建了个颇具规模的展览厅和类似会所的餐厅。基地的负责人陪我们参观展室，他实事求是地告诉我说野生的长江三鲜今天已不存在，目前所谓的长江三鲜都是人工养殖的，原来的野生长江三鲜已经完全绝迹，而不是基本绝迹。展室里有一幅很大的照片，由于原照质量不好，又放得很大，所以很模糊。照片是渔船撒网捕捞鲥鱼的情景，从服装和工具看，都很富时代感。可以看出，网里的鲥鱼并不多，船上筐中的鲥鱼也很少，远不是我们常看到的那种欢腾雀跃、喜获丰收的景象。图注上写的是"七十年代中期长江捕捞鲥鱼"，给我讲解的人说，这是那个年代留下的惟一照片。此后不久，长江鲥鱼就基本没有了，因此十分珍贵。我对基地的负责人说，如果起个更诗意些的名字，最好命名为"最后的捕捞"，把图注改为附题，这样更为确切。负责人说，现在他们养殖的鲥鱼实际上是非洲鲥鱼，与原来的中国长江鲥鱼是两回事。

鲥鱼生活在近海，每当农历四五月间，游入长江淡水中产卵，然后再返回近海。因其出入有时，故名鲥鱼。非洲的"鲥鱼"是不是有如此习性？负责人说它们只是非洲近海的鱼类，与中国鲥鱼在体态上很相似，也能适应于淡水，近年来引进，养殖也是成功的，现在所有市面上食用的鲥鱼均属此类。

鲥鱼的烹制仅有一法，即清蒸，几乎别无其他做法。因为鲥鱼的鳞片中含有大量的脂肪，且遇热即化，可以浸入鱼肉，使鱼肉更加鲜美，与所有烹鱼的方法都迥然不同，其名贵也正在于斯。蒸鲥鱼要带着鳞，而现在使用的代用品都是非洲鲥鱼，那鳞是蒸不化的，于是就有了两种办法，一是硬带着鳞蒸，保持了传统的做法；一是先去其鳞，貌似鳞已蒸化，这就总有点欺诈的意味了。怪不得近年来吃的鲥鱼都有不化的鳞片，原来还以为是蒸得不透，至此终于茅塞顿开。我问这位负责人，那怎么每年还有那么多人赶在端午前后来长江边品尝鲥鱼，而且价钱还卖得很贵，富而好礼者还以此炫阔？他只答称"养殖鲥鱼的成本也不低啊"，余皆笑而不答。

回想几十年前吃过的鲥鱼，肉质细嫩，味道鲜美，不要说是在长江边上，就是在北京卖的也不算贵。我上小学之前，1954年至1955年在北京大鹁鸽市的博氏幼稚园混迹过一年多，那家幼稚园干过一件很荒唐的事。某日中饭，竟给五六岁的孩子吃清蒸鲥鱼，鲥鱼多刺，大概有四五个孩子卡了嗓子，我也在其中，后来医务室的老师费了九牛二虎之力才帮孩子把刺弄出，有一个还是送了医院。由此可见，那时鲥鱼在北京也算不得是什么名贵之物。

长江三鲜之二，则是刀鱼。

刀鱼亦称"刀鲚"，全身银白色，晶莹剔透，体狭长而薄，酷似尖刀，其肉质细嫩，腴而不腻。当令时节则早于鲥鱼，所谓"春有刀鲚夏有鲥"，讲的都是农历，按节气论，吃刀鱼要在清明前后，正是仲春，而吃鲥鱼是在端午，已是孟夏了。刀鱼是夜行性鱼类，喜在幽暗的地方游动、摄食。过去长江里的刀鱼只吃活饵，也就是小鱼小虾之类，现在的养殖刀鱼却吃的是人工合成的饲料了。江阴的养殖基地也养刀鱼，但繁殖却属不易。现在市面上所见的刀鱼大多是湖刀、海刀与河刀，或是引进的非洲刀鱼，其味道、口感都远远无法和长江刀鱼相比。那位负责人告诉我，长江刀鱼其实也已绝迹，江阴养殖基地的刀鱼是人工繁殖的。

刀鱼的做法很多，不像鲥鱼只能清蒸（渔民也有将鲥鱼红烧的，但筵席之上却无此做法，以免客人生疑鲥鱼不新鲜）。白扒刀鱼、糖醋酥刀鱼、刀鱼扒菜胆等都很有名，但我最喜欢的还是刀鱼面和刀鱼馄饨。二十年前，在上海吃过很精彩的刀鱼面，是朋友领我去一家小馆子吃的，好像离襄阳南路不太远，上海日新月异，这家小馆子可能早就不在了。在其他地方也吃过，都没有上海的好。吃刀鱼馄饨更早，七十年代的一个仲春日，在扬州国庆路的菜根香吃的，也很不错，后来吃过的都没有太深的印象了。刀鱼面是先将刀鱼去鳞、鳃和内脏，切块儿在热油里炒成鱼松状，再在鸡汤里煮，过滤后调成白汁下面，面要煮得恰到好处，刀鱼汁要浓郁而不黏，那才叫鲜美无比。说是刀鱼面，其实是刀鱼汤面，上海人自己家里也会做，我在人家里吃过，也不错。刀鱼馄饨倒是比较实在，用刀鱼做馅儿，方法是去头尾和鳞鳃内脏，剁烂，用蛋清打馅，包成馄饨。我是北人，不善食鱼，对刀鱼这样刺多的鱼很怕，所以对白扒、清蒸之类的做法不太感兴趣，倒是对刀鱼面、刀鱼馄饨情有独钟。

江阴果然是全国百强县市之首，一个渔村养殖基地的餐厅都非常豪华，午宴设坐在这里的餐厅。主人真是很聪明，席上绝对没有鲥鱼和刀鱼，倒是有些江阴特色。有个砂锅豆腐极好，是卤水点的那种，却是南方的做法，粗中有细。还有个羊杂碎汤，令我惊讶的是江阴人居然会吃羊杂。主人介绍说，此地羊肉出名，羊杂汤也富特色，许多上海人专程开着车来吃。倒是我见识不多，只知西北、中原地区吃羊杂碎，还真不知道江南也有此好。当然，席上的河豚是少不了的，也是他们养殖所产。这次是专程为看他们的河豚养殖而来，由于是人工培育，河豚的食物链已经改变，其体内的毒素基本不存在了。

最后说到河豚，也属长江三鲜，正是我们此行的工作目的。

食河豚是个敏感的话题，近年来，食用河豚越来越普遍，但卫生食品监管部门却一直没有解禁的政令。2010年10月底，江苏的扬中、靖江、江阴三市联合申报了"中国河豚美食之乡"，受中烹协的委托，此行专为河豚事对三市申报进行考察和论证。

"拼死食河豚"的话人人皆知，河豚有毒，弄不好是会丧命的。古时，历来朝廷要颁布政令，禁食河豚。康熙时沿江各府县的府志、县志都有这方面的记载。国民政府和1949年以后卫生部也屡有政令禁食河豚。无论中国还是日本，过去每年都有冒死吃河豚而丢了性命的，最著名的事件就是1975年日本的"当代国宝"、歌舞伎演员坂东三五郎食河豚而死，轰动世界，后来日本也出台了很严格的禁令和相应措施。但另一方面，中国食用河豚又有着悠久的历史，起码春秋战国时就开始吃了。每到仲春，长江沿岸慕名来品尝河豚的人络绎不绝，尤其是江阴、扬中，更被誉为河豚之乡，珍馐美馔，不知倾倒多少饕客。吴王夫差就曾将河豚的精巢比作"西施乳"。宋代梅尧臣因有河豚诗，竟被称为梅河豚，苏轼的为惠崇题画诗更是脍炙人口，唐宋以后吟咏河豚的诗词不胜枚举。

"春江水暖鸭先知"的诗句谁都知道，但不一定都知道与河豚有关。这次在靖江的晚宴上，有道河豚肝的冷盘，花色拼得不错。因是分餐制的，每人一份，盘是平的，面积很大，每只盘子上都有苏东坡为惠崇和尚题画的诗句："竹外桃花三两枝，春江水暖鸭先知。蒌蒿遍地芦芽短，正是河豚欲上时。"字写得颇隽秀工丽，乍看以为是印上的，仔细看来，却是手书。我问是谁写的，道是厨师长。于是请出他来，是位非常年轻俊秀的厨师，他说自幼喜爱书法，凡有重要宴会，他都会拿出自己的技艺施展一下。字是用墨汁写的，同来的中国烹饪大师高炳义先生建议他以后在书写时使用酱油膏调制，这样既卫生又环保。

其实，江阴当地人吟咏河豚的诗词就有不少，乾隆时江阴人王苏在外做官三十余载，尤其是在河南卫辉知府任上颇有政声，晚年告老还乡，最得意之事就是自己烹制河豚招待客人，"登盘馈客列几席，百花苦露盈芳樽；老饕下箸声有啴，食罢膈俱和温"就是他请大家吃河豚的描述。诗中的百花苦露是江阴的名酒，最宜与河豚相佐。

扬中、靖江、江阴三市都可称是河豚美食之乡，各有高手，而又有不同。有次在全国政协礼堂的文化餐厅吃河豚，就听说过扬中有位烹制河豚的名厨蒋开和，此次扬中之行，他专程到市协会和我见面。江阴的仰振华师傅更是名满江南的"河豚大王"。三市河豚烹制的技法都有特色，难分伯仲。也许是先到扬中市的缘故，因此对扬中河豚印象最深。扬中烧河豚历史悠久，街上的河豚馆也比比皆是。有家做河豚的小馆子，专营河豚火锅，此类烹法，或言是创新罢？不过很有特色。先下河豚，用他们自己调制的作料，蘸而食之，待汤浓似乳，再下秧草。这秧草是江边生长的绿色植物，也是扬中特色，非常清香爽口，河豚肥腻，食后再吃些嫩绿的秧草会十分舒服。在扬中所食最高档的河豚是"长顺河豚馆"的全河豚宴，单是冷盘的河豚就有十几道，其中的卤河豚籽和河豚肝冻最佳，至今回味无穷。热菜和点心二十余道，也无一不与河豚有关，否则何以谓之河豚宴？"西施乳"确实滑嫩软腻，腴香满口，喻之不妄也。河豚目也是最具毒性的，但一盘河豚目炖蛋，却是七十五条河豚之目烧成，别具一格。长顺河豚馆的老板是闻名遐迩的河豚烹饪大师周长顺师傅，他曾东渡扶桑十余次交流学习，也曾以身试毒并中毒数次，获得了对河豚最直接的了解和最感性的认知，真是很了不起。时间仓促，无法应他之邀写点什么，倒是我回京后给他寄去了题词，没有食言。

"长江三鲜"的鲥鱼、刀鱼、河豚有个共同的特点，都为洄游鱼类，生活在近海而诞生于长江。今天，野生的三鲜都已不存，只有培育繁殖和引进繁殖的品种。直接导致长江三鲜绝迹的原因是生态环境的变迁，水污染和热发电都在破坏着长江的生态，特别是无毒含氮的污水排放，使得长江里的苔藓滋生，破坏了洄游鱼类的产卵地，一系列生态链因此受到严重的打击，不仅是洄游鱼类，就是长江中的淡水鱼也惨遭绝种。人类就是这样的竭泽而渔，饮鸩止渴。浩浩扬子，生生不息，也许在不久的将来，这样豪迈的语言会不再有现实的意义。

"长江三鲜"已经成为了历史名词，或曰名存而实亡。但是为了维护这一品牌，许多人还在做着不懈的努力和追求，他们的敬业，他们的执著，令人感动。

靖江汤包

汤包的品种虽然名目众多，但说到蟹黄汤包，我的印象中似乎只有镇江汤包和淮扬汤包。记得小时候在北京吃到的汤包以淮扬馆子玉华台最佳。其实淮扬汤包有两大类，一是个头儿较小的松针汤包，一是皮薄汤多的大汤包，玉华台的汤包则属后者。其共同之处是以蟹黄为馅儿，也就是所谓"轻轻提，慢慢移。先开窗，后吮汤"的那种。

北京的玉华台开创于1921年，先在八面槽，后来买卖好了，搬到锡拉胡同，有个带跨院的四合院，这是玉华台的全盛时代。再后来搬到西交民巷，公私合营后搬到西单北大街路西，停业一段后，现在坐落在马甸桥北的裕中西里。我小的时候，它还在西交民巷。

说到玉华台，就不能不提到"市长厨师"周大文，也就是京剧演员刘长瑜的父亲（刘长瑜五十年代末刚出科时还叫周长瑜，后来改名刘长瑜）。周大文是浙江绍兴人，一说是江苏无锡人，虽是南方人，却属奉系，与张学良关系很深。他做过天津和北平的市长，有的书里称他是伪市长，其实是不妥的，他在敌伪时期并没有任过伪职，而做国民政府北平市长时是1932年，也就是张学良主政华北五省之时。周大文一生好吃，开了好几次餐馆，玉华台就是他和扬州人马玉龙合开的，在天津和北京都有。玉华台之名虽取自隋炀帝在扬州大开筵宴的著名楼台，却又巧妙地嵌入了周大文（周字华章）和马玉龙名字中各一字，很有意思。后来周大文又开过新月餐厅，专营西餐，厨子是从天津起士林请来的。他也经营过中山公园的上林春和东单三条的鑫记，但都因他只会品尝和做菜，而不懂开餐馆的门道，不久就歇业了。1949年以后，他自食其力，在西单开过好好食堂，开餐馆也做厨师。他还写过专著《烹调与健康》，署名周华章。我在五十年代和外祖父就吃过他做的不少菜，也多次见到过周大文本人。他的拿手菜很多，尤其是清汤鱼丸，后来吃过的无出其右者。玉华台的菜以软兜带粉、烧马鞍桥、炝虎尾、扒猪脸、拆烩鲢鱼头、狮子头、水晶虾饼、鸡火干丝等为最佳。三十年代，周大文将自家的淮阳名点核桃酪传给玉华台，名噪一时，成为玉华台的看家特色。倒是玉华台的汤包秉承了淮扬菜的传统，一直成为保留品牌。五六十年代的玉华台汤包最好，皮薄汤多，蟹黄也多，我一直以为是最好的。近两年去玉华台吃，远逊于前，已不可同日而语了。

前几年去了镇江和淮安，专程去吃淮扬汤包。在镇江，人家还特地介绍了一家名店，结果大失所望，皮厚不说，馅子还腥气，蟹黄少得可怜，汤不充盈，温度也不够。接着又去了淮安，我们住在楚州，特地在雨中驱车五十分钟，到淮阴去吃晚饭，那家馆子的蒲菜倒是极好，又是当令，但汤包却是令人失望。从此以为小时候吃过的玉华台蟹黄汤包已成广陵散，再难尝到了。

去岁为考察河豚事到了扬中、江阴、靖江三市，在每个市居停约两天时间，长三角不愧是鱼米富庶之乡，经济发达，人民生活富裕自不消说，其美馔更是令人倾倒。除了尽享河豚之美，靖江的汤包给我留下了难以磨灭的印象。

靖江是考察的最后一站，从江阴到靖江只需半个小时，江阴大桥横跨南北，长江天堑即成坦途。临离江阴时参观了黄山炮台，昔日烽火硝烟已为历史陈迹。两岸高楼林立，晴空日朗，尽收眼底。刚入靖江界，就有硕大的广告牌高耸，上书"欢迎来到中国汤包之乡"。我孤陋寡闻，对靖江并不太熟悉，更不了解靖江汤包之名。同车的扬州大学邱庞同教授告诉我，这几年靖江汤包声名鹊起，可当淮扬汤包之领军。他用八个字形容靖江汤包，"皮薄如纸，汤如泉涌"。由于这些年吃汤包的失望，在路上对邱教授的话也是将信将疑。不过邱庞同教授是这方面的专家，近年还出过一部《中国面点史》，他的话总是不会错的。

当晚晚宴的最后一道点心即是汤包，每人一只，在此之前，先将其他餐具撤去，每人面前放上一个瓷质的高鼓，约有半尺许，上下粗，中间细，其高度大抵略低于座上客人的下颌处，为的是放盛汤包的瓷盘，便于低头吮吸汤汁。这个发明以前未见过，倒是极为人性化，吃起汤包来会便捷多了。那宴会桌极大，服务员只好将一只只汤包分送到客人面前，架在那瓷鼓上。从外观上看，汤包就远胜于我近年吃过的，皮子显然很薄，上端几乎看不到面揪儿。虽配有吸管，但在座的不是本地人士，就是此道的行家里手。哪有谁会用这劳什子去吮汤？经过上桌前的一通分发，汤包实际已然不太烫了，于是大家启齿轻开小窗，将汤慢慢吮入口中。那汤确实鲜美，蟹黄也有不少，堪比我小时候在玉华台吃到的蟹黄大汤包了。欣喜之余，赞不绝口。在座的几位市领导笑道："这家酒店的手艺，不算正宗，明早已经安排去外面品尝更正宗的汤包。"

果然，次日一早他们陪我们一行驱车到不远的南园宾馆酒家。这家饭店除了经营各种特色菜之外，每天早上是专营汤包的，远近闻名。我们到时，已是门庭若市，人满为患，所有人都在吃汤包，喝一种当地很有特色的麦粥，可谓别无二致。我们被安排在二楼的小厅，须臾，汤包踵至，是六个一屉盛在大笼中。笼盖方启，热气蒸腾，女服务员颇有绝技，戴着透明手套迅速将一个个汤包放在小碟之中。最令人叫绝的是那汤包并非端正放在盘中，而是略有偏移，如此更方便客人启齿吮汤。其动作之迅，叫人目不暇接，眼花缭乱。也正是有此速度，那汤包是极热的。略待，轻开小窗，真个是汤如泉涌，邱教授所言不虚。汤包的皮子说是如纸，虽略有夸张的成分，但也就最多有普通铜版纸那样薄，晶莹剔透，难怪汤包刚放在你面前时是颤颤悠悠的，像个浑身是肉的大白胖子端坐在那里。南园的汤包确实极佳，馅子不但汤汁饱满，而且蟹黄蟹肉很多，汤先吮净，用筷子挑开皮儿，里面都是蟹黄和蟹肉，很少看见有猪肉。据说那里出品的汤包馅子都是有比例的，每一百斤馅子只许放四斤肉，其他都是汤汁和蟹黄蟹腿肉。南园的汤包蟹黄虽多，却一点不腥，其香如啖河蟹，每笼六个，只售七十元，一般饭量的人吃一顿早点也就六个足矣。按照大闸蟹的市价，这种汤包确实不贵，真是物有所值。这里汤包之好还在于皮子，爽滑而韧，绝不黏腻。这与头天晚上酒店宴席所食又不可同日而语了，就是我五六十年代在玉华台吃的，也难以与之比肩。主人看我食之兴奋，说再次日带我们去一家更好的，据说只是环境条件差些。我确实难以想象还能有比此更胜一筹的汤包，自是期待。

在南园早餐后又去他们的厨房参观，包括备料、打馅、制作、上笼、配送等各个环节，有条不紊，卫生条件也是十分讲究。那位名声卓著的汤包大王年纪很轻，已经是中国面点大师，他非常详细地向我们介绍了汤包的工艺过程，尤其是馅子的制作，工艺要求很高，半点马虎不得，否则汤腻而腥，皮也朽烂。南园的汤包早点在三个小时之间要翻三四回台，许多人是远道慕名而来的。据说靖江人有外来贵客，必请吃汤包，我想这就是靖江的品牌和靖江人的骄傲吧。

主人不食言，再次日一早，果然带我们去了他们以为最好的汤包所在。

他们所谓条件差点的地方其时就是靖江市教育局的职工食堂餐厅，就在教育局后院，车也只能开到大门口。我们被安排在食堂二楼一个小包间内，要扶着钢管做的楼梯拾级而上，包间的布置大抵如八十年代的小餐馆，一张不大的圆桌上铺着块塑料台布，四周都是没靠背的凳子。落座后先喝茶，主人说要等半个小时，那做馅儿的大闸蟹是要现剥的，有三四个五十多岁的妇女正在剥蟹。并告诉说，无论什么贵客都是要等的，为的是蟹黄要新鲜。他们介绍说教育局食堂的汤包不同于南园，那里一年四季都能吃到，只要是营业时间，点汤包都是有的。而这里也对外营业，只是每年只卖三个月，也就是中秋至孟冬之间蟹肥膏满时，而且每天仅售七十笼，卖完为止。

良久，汤包出笼，热气腾腾。届时序属三秋，江北已有寒意，笼盖掀开，满室温馨益然。汤包个个肥胖，女服务员也似南园一样熟练，提起如囊，垂而不坠，放入碟中，立时瘫软，边缘略出盘际，稍待启齿开窗，汤似涌浪，忙不迭吮吸汁水。因为蟹是现剥的，鲜香之中还略带些甜，其鲜美的确又胜南园一筹。食六只后已是恰到好处，无奈主人盛情，催促再进两只。我身旁的靖江市常务副市长竟然也吃了八只，还说他调来靖江不久，也是第一次来教育局食堂吃汤包，是沾了我们的光。座中主人见我们怕吃多了，说起前几年靖江举行食汤包大赛，竟有位中年妇女吃过七十二只，还得了两千元奖金。是否讹传，当未可知，姑妄听之罢。不过比起能吃的，我们确算是小巫了。靖江教育局食堂餐厅之汤包，真可谓是我平生所食最好之汤包，就是当年玉华台，也难望其项背。当着在座主人，不免有些疑惑，我问他们是不是因为今天有市长等领导在座才能达到这样的水平？主人大笑，说让我到楼下去尝尝，如果普通市民吃的与此有半点差池，甘愿受罚。只是每天就卖七十笼而已，过时不候，但在品质上没有任何区别。

靖江食汤包，从酒店吃到教育局，层层递进，口味越吃越高，恐怕今后很难再去吃其他地方的汤包了。而靖江获"中国汤包之乡"的殊荣，也是绝非虚妄的。

沁阳驴肉丸子

说到驴肉，马上会让人想到河北河间和保定的驴肉来，几次去保定，必要去吃一次驴肉。

驴肉有很多人是不吃的，原因不外有二：一是驴属"小物种"，不似猪、牛、羊是通常所食的肉类；二是驴为耕作、运输、使唤的畜类，劳作一生，贡献一生，见其生而不忍见其死，闻其声而不忍食其肉。后者确是仁人之心，不食驴肉是完全可以理解的。不过河间、保定的驴肉馆所用之驴并非是宰杀劳作之驴，而是生来养着为吃肉的。那种用于耕作的年老力竭之驴就是杀了，肉也是不好吃的。

俗话说："天上的龙肉，地上的驴肉。"龙肉是没人吃过的，可驴肉确实好吃，味道不膻，肉质细腻，要比牛肉好吃多了。当然，做牛排的牛肉就又当别论了。据说眼下的许多驴肉馆以牛肉冒充驴肉，甚至用马肉混杂在其间，就是因为驴肉的成本要比牛肉高得多。用于食肉的汤驴毕竟不多，远比牛肉贵。在旧时代，驴肉多为下层社会的劳动阶级喜爱，但今天食驴肉却成了时尚，难怪近年北京的驴肉馆应运而生。

在保定、河间吃驴肉多在早上，全天营业的驴肉馆是不多的。早上，保定人喜欢吃驴肉火烧，两个火烧夹驴肉，再来碗小米粥，就着保定"槐茂"的酱菜，真是惬意之极。其实，冀中平原都有驴肉卖，但以保定、河间、徐水、定州一带的最好。夹驴肉的火烧要外焦里软，必须是刚烙出来的，皮是脆的。驴肉也是热的，分不同的部位，价格也不一样，好像是驴脸部位最嫩最好吃，价钱也贵些。肉要肥瘦相间，满满地夹在里边，肉糯软而嫩，香腴不腻。我是不喜欢夹芫荽（香菜）的，却要夹些驴板肠，与驴肉配在一起才好，那板肠也是单卖的。有人喜欢在火烧里再加些驴肉焖子，我却觉得焖子遇热会化，不如单吃好。驴肉焖子是用红薯粉与碎驴肉加作料同熬，待凉后切成块状，很筋道，冀中人喜欢拿它下酒。驴肉在保定也可以切了卖，吃完早上的驴肉火烧后总要买一斤带回北京，奇怪的是带回北京的驴肉就没有在保定吃着香了。因此，偶尔有事住在保定，绝对不会吃酒店的早餐，而是去街上找驴肉火烧吃。

1998 年，河南沁阳搞了一个李商隐学术讨论会暨李商隐墓修复落成仪式，我应邀和北京首师大的廖仲安等几位先生一起去了沁阳。

李商隐的祖籍是怀州河内，也就是今天的沁阳市或博爱县，而出生却在荥阳（今郑州）。他自称是李唐的宗室，并没有什么十分有力的证据，不过祖籍是怀州河内却是没什么问题的。关于李商隐的卒年问题一直有着很多的歧异，至于他最后是不是葬在沁阳，就更是没谱的事。他中年时曾把分散在各处的亲人墓葬都移到了荥阳，而自己却留在了怀州河内祖籍，也是有点说不通的。这个重新修复的李商隐墓原来到底有没有，原始情况如何都不清楚，却在沁阳搞了个落成揭幕仪式，本身就有点滑稽。北京去的一行都有同样的看法，就是河南社科院的同仁也有意见分歧。

搞这个讨论会的另一个契机则是沁阳雍店遗址的发掘。

唐会昌三年（843 年），河阳节度使王茂元奉命征讨昭义刘稹的叛乱，屯兵万善镇（即今沁阳山王庄万善村）。后来刘稹的大将刘公直南下太行，焚毁了王茂元的屯兵处和李商隐的祖居雍店（山王庄新店村南）。我们去时，正是雍店遗址发掘不久，因此我们还去了山王庄，看了很多地下土层中的大面积灰烬木炭，亲手触摸了发掘实物。而所谓的李商隐墓也就建在了今天山王庄新店村边。可以理解的是地方政府为了开发旅游项目，拉动地方经济，也是煞费了苦心。因此会上对这个问题并没有做过多探讨，主题则是集中于李商隐的生平研究与文学成就的讨论。

会期三天，沁阳市政府极尽招待，讨论会期间除了去山王庄雍店遗址外，还参观了天宁寺三圣塔、清真北大寺和朱载堉纪念馆等。说起沁阳的名人，我倒以为宣传朱载堉更为妥当，只是可惜知道朱载堉的人不多，但他对音乐的贡献却是为世界瞩目的。

朱载堉虽是明朝朱姓宗室，却是真正的怀庆府河内（沁阳）人，他的大量著作和研究成就也是在沁阳完成的。他精通算学和音律，早年因家族之累十分坎坷。后来恢复了郑王子的身份，他也是潜心著书立说，过着简朴的生活。他发明和创建的"十二平均律"被广泛地利用在键盘乐器上，巴赫就是根据它创造出世界上第一架钢琴，如果说巴赫是世界钢琴之父，那么朱载堉就应该被称为钢琴之祖了。他倡导七声音阶，"十二平均律"就是将八度分成十二个半音及变调，真是对音乐的巨大贡献。今天，外国人知道朱载堉的竟比中国人多，实在是令人遗憾的。朱载堉不仅是沁阳人的骄傲，也应该是中国人的骄傲。

沁阳有两件东西是我来到沁阳之前所不知道的：

一是山药。中国山药多产自河南，而河南山药又以怀庆府的出产为最佳，三十多年前我在医院混迹悬壶，开药方子常常将山药一味写成"淮山药"，其实也非我的发明，许多老中医也有此写法，以讹传讹，就这样写下来。这次到沁阳方知"淮山药"实为"怀山药"之误，其实淮河两岸是不产山药的。怀山药不仅入药作饮片，食用也是味道纯正，口感绵腻。沁阳三日，每天餐桌上有山药，或炒或炖，或蒸或炸，无不适口。尤其是桂花蜜汁山药一道，最是令人难忘。

再就是驴肉。过去只道冀中驴肉最佳，却不知沁阳也是驴肉之乡。在河南，提起"怀府驴肉"，确是远近闻名的。

十几年前的沁阳还比较落后，经济显然不太发达。沁阳人倒是质朴，虽是盛情款待，却不是那样铺张，每天的饮食多是乡土特色，而非罗列山珍海味，倒是让人感觉很舒服和坦然。除了一般的粗鱼笨肉、蔬菜豆腐之外，驴肉是少不了的。且驴肉的品种繁多，从冷盘、大件，到最后的汤菜，无不有驴肉出现。

据说沁阳食驴肉的历史悠久，从豢养肉驴到宰杀制作都很讲究，就连地名都有"杀驴胡同"。沁阳本是豫西北的县治，虽是千年古县，有过历史上的辉煌，也是怀庆府的治所，但还是能看出是不发达的地区。市区不大，纵横也就几条主要街道，但驴肉馆却是不少，名号众多，似以"董记"最著名。晚上闲暇到市内走走，驴肉馆比比皆是。

闹汤驴肉是沁阳一绝，其实就是我们平时所说的酱驴肉，但沁阳人是用三四年口龄的汤驴，切成大块，文火慢炖而成，所用的中草药汤料有特殊的配制，号称一绝。二百年来，闹汤驴肉一直为人称道。我们的许多老字号都喜欢抬出乾隆皇帝来做标榜，所以沁阳的闹汤驴肉也不例外，说是乾隆皇帝都吃过的。

筵席上闹汤驴肉是切成片作为冷盘上桌的，我觉得口感并没有宣传的那么好，较硬而咸，比河间、保定的差不少，也许吃刚出锅的会不同。席上还有烧驴板肠，吃起来无异味，也烧得很软烂，只是豫西北人嗜咸，口重了一些。惟有砂锅奶汤驴杂一品，确是以前没有吃过，真是很见功力。北方人多吃羊杂碎，尤其是北京清真小吃，大冬天来碗羊杂碎，和着芝麻酱、香菜，就着个热乎乎的芝麻烧饼，可是太美了。沁阳的砂锅奶汤驴杂是席中大件，可能是在砂锅中久炖，驴杂软烂，入口即化，非常好吃。这里的驴杂不用芝麻酱，驴杂的本味突出，却一点不腥膻，每种不同的部位有不同的口感和味道。同行的廖仲安先生是四川人，对驴肉也吃得津津有味。

如果说沁阳之行最难忘的，就要算驴肉丸子了。这种驴肉丸子的形象并不美，远没有鲁菜的干炸小丸子那么精致，既不小，也不圆，做得很粗，颜色也不诱人。初看像是炸了多时，有些干硬。但是吃到嘴里，却是外酥里嫩，咸淡适口，而且是越嚼越香。可以说是我吃过的丸子里最好吃、最香的。开始时还不以为然，可是吃了几次之后竟不能放下。怪不得沁阳满街都是驴肉丸子的招幌。听说某位大人物在几十年前下放河南时，经常到沁阳来买驴肉丸子，吃上了瘾，乐此不疲，我相信绝非妄言。沁阳的街头卖驴肉丸子的小店都是现做现卖，总会有人在排队等候，一买就是两三斤。此外，还有一种水汆驴肉丸子，盛在碗中，也是现做现卖。我们也吃过冬瓜汆的驴肉丸子。

驴肉丸子不但能炸好即食，或当酒肴佐餐，还能焦熘、红炖、做汤，席上也有砂锅驴肉丸子，类似陕西的小酥肉，却又是一种味道。

会议结束，沁阳市的主人送我们到焦作去乘夜车回京，从沁阳到焦作还有七八十里，所以晚餐吃得早些。临行时，每人送了我们一大袋沁阳的特产——驴肉丸子，似乎是沁阳名店董记的出品，好像比平时我们吃的更好。

从车站候车到列车夜行，那一大袋驴肉丸子竟完全告罄，一个不剩了。我真是很奇怪，从来没有什么吃的东西能叫人欲罢不能的，如此上瘾。如有，此驴肉丸子也。

徽州麻饼

安徽是人文荟萃之省，历来以文墨才情著称。尤其是宋代以来，仅是一甲进士和状元就不晓得出了多少。直到清中叶桐城文派的姚鼐、方苞、刘大櫆和乾嘉朴学的戴震，都是当时的文坛翘楚。再说到文人须臾不离的笔、墨、纸、砚，除了笔以湖州为佳，其他的宣城纸、徽州墨、歙县砚，也无不出在安徽。而徽州更是安徽的繁荣所在，尽人皆知的胡开文和曹素功，就是一个出在绩溪，一个出在歙县，都是徽州人。他们所制的徽墨，可谓是乾隆以来徽州的著名品牌，也是徽州的名片。

徽州古称新安，徽州之名始于宋，徽宗宣和三年（1121），改歙州为徽州，从此历宋、元、明、清四朝，都以徽州称之。旧时徽州辖一府六县（徽州府：歙县、休宁、婺源、祁门、黟县、绩溪），今天除婺源已划归江西省之外，基本都归属了黄山市。

2006年有幸登黄山，除了在山上的北海宾馆住了一夜之外，都是住在屯溪的黄山国际酒店。晚间无事，可以从酒店步行到老街走走。名为老街，实际上是新修复的建筑，甚至有些就是新造的。粉壁乌瓦马头墙，倒是徽派建筑，只是多为旅游商业，缺少了生活气息。满街的假古玩店最多，其次即是卖宣纸、徽墨、卖特色食品的。酒楼和茶馆倒是不太多，可能是旅游者行程仓促，没有闲工夫坐下来尝尝徽菜，品品黄山毛峰。

虽没有到过徽州，但从小就知道徽州麻饼。

北京旧时卖的徽州麻饼以森春阳最好。现在提起森春阳，可能已经没几个人知道，这是一家专卖南味食品的商店，东家就是在东安市场开森隆饭庄的张森隆。张森隆字春山，森春阳就是从他的名与字中各取了一个字组成的。张森隆是江苏丹徒人，熟悉南边的饮食习惯，森春阳的特色就是将南方的食品集中售卖，像平湖的糟蛋、南浔的大头菜、福建的干果、岭南的龙虱、上海的月饼、太仓的肉松等等，应有尽有，徽州的麻饼也是其中之一。森春阳最早开在东安市场里的东庆楼，后来在东四牌楼北路西和十一条都开了分号。我小的时候森春阳的生意已不太好，尤其是东安市场的森春阳几乎被他新开的稻香春取代，但东四牌楼北的那家却还开着，我记得和家人去过多次，直到五十年代末歇业。

森春阳的徽州麻饼是从徽州直接进货，十分新鲜。麻饼是装在一个纸筒里出售的，每筒有十个左右，麻饼很薄，两面都是芝麻，中间是枣泥松子的馅儿。饼的外部是松软的，只要掰开来，里面的枣泥松子就会发出香味儿。麻饼的直径虽有四寸许，但是微湿的。我小时顽皮，喜欢把麻饼在手中攥起来，于是烧饼大的麻饼就会被攥成个小球，其松软可想而知。要是买上两三筒，伙计会很熟练的用纸绳六道捆住吊起，一提就走了。稻香春也卖麻饼，和森春阳的一样，那纸筒上印的花花绿绿，好像还有个徽州的图案，我至今还能记得。

在屯溪老街上，以卖徽墨酥的为最多，这是一种黑芝麻和糖、油做的酥糖，比较甜腻，是徽州特色的茶食。无论是零售的、盒装的，大大小小不等，几乎每个去逛街的游人都会买两盒带回去。我去问了好几家店有没有徽州麻饼，年轻些的对我发愣，反而问我什么是徽州麻饼。好容易碰到一位年长的店主，看着像是当地人，我问他有没有徽州麻饼，回答很干脆——没有。问他为什么没有？回答也很干脆——早不做了。接着又补了一句——现在都什么年代了，谁吃那东西。他自己已经做了回答，我也就没必要问下去了。但仍然困惑不解，那么有特色，那么精致的徽州麻饼怎么就不做了？

在黄山顶上，承北海宾馆经理和总厨盛情款待，吃了很正宗的徽菜，像黄山臭鳜鱼、毛豆腐、笋干炒腊肉、板栗烧土鸡、石耳石鸡、清炖马蹄鳖等徽州名菜几乎一网打尽。席间，我又向他们问起徽州麻饼的事，主人也说现在不做了，至于为什么不做，回答是没有市场。虽说如此，但我看得出他们也颇有怀恋之情。主人们的岁数都不算大，当我提到当年在北京也有正宗的徽州麻饼时，他们很惊讶地说道："不知道徽州的麻饼还那么出名。"

说到徽州的麻饼，他们却对我讲起另一件事来。

主人问我在屯溪看没看到老街上卖的徽州油纸雨伞？徽州的油纸雨伞出名，我是早就知道的，经他们一问，我倒是想起黄山附近到处都有油纸伞卖。仔细想想，却也奇怪，这种油纸伞基本上是手工制作的，伞面是绵纸覆盖，上涂桐油；伞骨架是楠竹（毛竹）削成；伞柄或为竹竿，或为木制。旧时不但徽州人使用，几乎全国都用这种样式的雨伞。"文革"时期刘春华那幅极富想象力和"浪漫主义"的油画《毛主席去安源》中毛泽东手里拿的，就是一把油纸伞。这种伞当然不只徽州做，很多地方都生产，但惟徽州所产最佳，原因就是安徽盛产楠竹，工艺讲究，而且用的桐油质量好，经久耐用，防雨性又强。可是这种油纸伞在当代已经失去了实用价值，自从有了钢架的折叠伞，无论遮阳挡雨，都很便捷，谁还会用这种沉甸甸的油纸伞？虽说是徽州的特色工艺，毕竟实用性不大。

关于油纸伞的兴衰，主人慢慢道出原委。前些年，不知通过什么途径，徽州将几把油纸伞送给了英国女王，女王十分喜欢，很欣赏这种古老的传统工艺，于是回赠了黄山市一辆小轿车。嗣后，已经是行将没落的徽州油纸伞忽然火了起来，再后来又与徽宣扯到一起，纳入了"徽州纸文化"的范畴。此事不可全信，姑妄言之，姑妄听之罢了。不过屯溪满街卖油纸伞倒是事实。其实，这种油纸伞倒是颇能让人怀旧，五十年代大多数人还都是用这种伞的，尤其是刚刚撑开时，会散发出一股桐油味儿，会让人想起旧时岁月。可惜英国女王没吃到过徽州麻饼，不然也许会火起来。

我在扬州、上海都吃过"徽州饼",但与徽州麻饼完全是两回事,那种徽州饼是饭后的甜点。皮子是油酥的,也有枣泥馅,面上没有芝麻,个头也比麻饼大得多,要用刀切开来吃。这种徽州饼是不能买回去当点心吃的,因为油大起酥,冷却后就会变硬。徽州饼与徽州麻饼虽只一字之差,失之千里矣。北京稻香春后来的徽州麻饼不再从徽州进货,而都是自己加工的,味道、形式与徽式无异。桂香村也做过徽州麻饼,但较之森春阳和稻香春的就稍差一些了。

去岁在杭州的清河坊,看到居然有徽州麻饼卖,是装在透明食品盒中出售的,赫然印着"徽州麻饼"四字,看看包装,却是杭州生产的。盒子透明,所以能一览全豹,那麻饼的直径大体同徽州麻饼的大小,确是两面都有芝麻的,只是厚度却是原来的三倍。杭州生产徽州的麻饼?实在不解。想想,徽州已不做,杭州来做,礼失而求诸野,也未可知。只是这麻饼也忒厚了一些,或许内中枣泥、松子充盈?总之是买了一盒,回酒店忙不迭打开尝尝,实在是太难吃了,皮子是干的,还有一股子碱味儿,用手一捏,能像桃酥一样掉面儿。里面几乎就没什么馅,枣泥只是薄薄一层,似有似无,根本就没有枣泥和松子的香味儿。奈何冠以"徽州麻饼"?实是"李鬼"而已。

不久前偶然看到一篇题为《中国徽州麻饼市场现状分析及前景预测报告》的文章,共分了十七章八十七节,洋洋数万言,是属于产业发展研究的报告,同时还附有二十余个图表。看到徽州麻饼受到重视,自然很高兴。我不懂经济,也不研究市场营销，只是个普通的消费者，但看到一个徽州麻饼能做出如此花团锦簇的大文章来，却是没想到的。不过报告通篇没有涉及麻饼的历史文化和制作工艺，不能不说是个遗憾。

我们现在最喜欢搞集约化、规模化、产业化，非如此不能体现经济效益和社会效益。但于饮食行业来说，是不是都有必要这样搞？徽州麻饼也好，桐油纸伞也好，本是产生于农业社会的手工生产，有没有必要都纳入规模化生产？现代化社会也是多元的，有大众的，也应该有小众的。很多传统的生产方式一旦纳入了规模化生产，原有的工艺和韵味就会丧失殆尽。或可两者并存，也多少保留些原有的生产方式？欧洲不可谓不发达、不现代化，但是人家还是保存了许多小作坊生产形式。荷兰的奶酪行销全球，但荷兰人还是最钟情一些他们所熟悉的手工生产的品牌；英国和法国的许多食品老店也还在维持着他们原有的手工生产方式。我在荷兰参观过奶酪作坊，那里的许多品种还保留着一百多年前的做法，确实比在超市买的好吃多了。徽州麻饼就是做得再好，也就是地方特色食品，不能指望行销全国。

在苍翠欲滴的黄山脚下，细细品一盏毛峰，慢慢嚼一块徽州麻饼，也许才能体味到徽州的人杰地灵。

巍山印象

有人说，巍山是一座"未被打扰的古城"。原来还不太相信，但不久前去了一次巍山，才真正体味到她的宁静、和谐与纯朴。

巍山在云南大理的南面，虽然距大理下关仅五十多公里，但毕竟是要翻过两座大山的坝子，特地去巍山的人并不多。巍山有过曾经的辉煌，西汉即于此设邪龙县，尤其是唐代时期，六诏被蒙舍诏统一后，这里是南诏国的发祥地和南诏初期的都城。明清之际，彝族左氏土官对巍山进行了长达五百多年的经营，几乎终明清两代。于是巍山人文蔚起，古韵征流，是清代册封的云南四个"文献名邦"之一。

此次巍山之行，正好赶上巍山举办的两项大活动，一是申报上海吉尼斯"中国最长的面条"纪录；一是巍宝山彝族祭祖大典。虽然来的客人多一些，但也绝不像那些早被开发的古城、古镇熙熙攘攘，人头攒动，而大多是穿着漂亮彝族盛装的滇桂川黔彝族头面人物，更为小城增添了节日的喜庆气氛。就像一家人在办喜事，来的都是亲朋好友，主人与客人，客人与客人之间都是熟识的，却没有太多外人的围观和干扰。

巍山曾是茶马古道的重镇，往来于滇西和东南亚的马帮会在这里歇息交易。其境内有著名的道教名山巍宝山，更有世界上惟一被命名的"鸟道雄关"的碑石，每年仲秋，会有数以万计的候鸟在此飞越迁徙，它们凌空穿越茫茫的哀牢山，到暖和的缅甸和印度去过冬。巍山又是多民族的聚居地，这里有彝、回、白、苗、傈僳等二十多个少数民族和睦相处。美国芝加哥艺术学院院长文森特·麦克曾道，这里"是中国乃至世界上民族文化生态最为和谐的古城之一"。

我到巍山的第二天上午，有幸作为贵宾观看了他们那里万人同拉一根面的活动，真是蔚为壮观。那根面条在当地厨师董师傅的手里像变魔术一样迅速抻出，在几个漂亮姑娘的交替传递下摆放在一张四米长的条案上，绵延不断，竟然长达1704米（原计划是1390米，象征古城建成1390年，这次打破了原来的纪录），嗣后，鼓乐齐鸣，祥云缭绕，数千名身着不同民族服装的人，甚至是过往的客人，排成看不到头的长龙，在古老的北门（建于明洪武的拱宸门）广场上伴着欢快的彝族歌舞，手捧着同一根面条缓缓移步。民族不同，服饰各异，长幼无分，职业有别，每个人的脸上都是那样真挚、欢快，此境此景，我真的为之感动。

接下来是古街上的长桌盛宴。

竹编的矮桌和绳缠的矮凳从拱宸门摆到文笔楼（又称星拱楼和鼓楼，始建于明代，现为清代重建，楼在城中央，四面悬挂的匾额分别为"瑞霭华峰""巍霞拥鹤""玉环瓜浦"和"苍影盘龙"），长约两华里，摆放了一百多桌，几近千人共食素席。虽为豆腐、木耳、面筋、山药、蔬菜之属，但做的却是鱼肉形象，颇为精致。来宾和当地百姓、地方领导不分座次，以米酒盈樽，频频共祝，欢声笑语，热闹非凡。那矮墩只有尺许，对我这样大腹之人来说实在是坐不下来，那位热情的高副县长特地从街边的小店中借来一张平时用的高凳，让我坐下，于是百丈长街中只有我一人"鹤立"，好在所有人都沉浸在欢乐之中，又不拘俗礼，哪有人会注意到？过去曾在电视片里看到过这种千人同宴的场面，而身临其境却还是第一次，我相信每一个人在如此祥和的气氛中，都会有一种发自内心的愉悦。

这里没有为外国人开设的酒吧，没有小资情调的餐厅，更没有洗脚屋、按摩房，一切都还是那么原生态，一切都还是那么质朴。我曾去过许多被过度开发的古城、古镇、古村落，虽然旅游给当地带来了经济的繁荣，但那些城市的畸形与病态也同时破坏了原有的生活气息，好像是进入到一种人为布置的场景，是那样的做作与不协调。

小城的人是阳光的。走过去经常看到小街上许多居民和县里的"父母官"亲切地打着招呼，就如同邻里间那样无拘无束。长街上的千人宴并不是每个人都被邀请入席，但街上的店铺照常做着生意，人来人往，他们没有羡慕，也没有妒忌，因为他们都是小城的主人，他们为小城骄傲。

小城的人是纯朴的。陪同我们的小王主任告诉我：小城里有两家老式的茶馆，每天早上都会有许多人去那里喝茶，聊天。偶尔也会有几个外地过客或游人去那儿喝杯茶，于是会和当地茶客聊起来，天南地北，小城闻见，品着普洱茶，嗑着瓜子儿，会消磨一两个时辰。等到你起身去结账，老板会告诉你，茶钱早就有人替你付了，这在巍山的老茶馆中是很平常的事儿。

巍山向有"小吃之乡"的美誉，品种繁多，特色各异，既有汉族饮食文化的传承，也有不同少数民族饮食文化的影响，与云南其他地方又不尽相同。

"炮肉饵丝"是巍山很有名的小吃或早点，无论是店面或小摊子上都有卖的，早上路过一条街，都会看见有人捧着一大碗"炮肉饵丝"在吃。饵丝的汤里有很大块儿的猪肉，浇上作料，撒上芝麻、香菜。据说巍山的饵丝特别好，又滑爽又筋道，汤浓味香，用料纯正。我们去吃的当地名店"王二饵丝"，是改良过的"炮肉饵丝"，取名叫"过江饵丝"，所不同的是饵丝另置一个大碗中，放在离自己稍远的地方。而另一碗浓汤放在面前，也是浮面漂着芝麻，里面却有一大块猪肘子。饵丝要先从清汤中挑出，放入浓汤中拌一下，就着肘子吃。边吃边添，慢慢和着浓汤与肘子吃完，食量大些的还可以另添饵丝。至于作料，是可以随意而为的，不像"炮肉饵丝"都是事先放好的。配着"过江饵丝"的还有几样小菜，像辣味的皮萝卜，酸甜的泡菜等，也很解腻爽口。不过，一大早来一大碗油腻的饵丝，还是不太习惯的。

青豆小糕是我的最爱，这也是巍山特有的小吃。据说青豆小糕来源于茶马古道的马帮，是马帮在艰苦的长途跋涉中容易制作的食品。青豆小糕有些像过去北京的甑儿糕，都是用大米面蒸出来的。这种青豆小糕是以青蚕豆为主料，和以大米面、糯米面，放入大锣锅中带眼儿的锅盖里，每个眼儿中都有个拳头大小的木甑，盛入事先和好的米面和青蚕豆面同时蒸，然后在两个甑糕中夹上红糖和芝麻，一个青豆小糕就做成了。那小木甑很轻，上圆下尖，用两道铁丝箍起来。我问制作青豆小糕的女主人一个小甑能用多久？她笑着说能用四五年。青豆小糕是时令小吃，只有在结青蚕豆的季节才能吃到。也正因为掺入了青蚕豆，这种小糕才颜色碧绿，蓬松绵软，香气扑鼻，入口又糯又甜，真是太好吃了。母亲在世的时候常常提起她小时候吃过的甑儿糕，听她的描述，就是这样的东西，那时街头巷尾都有卖的，一大枚（即一个铜板）一个，很多年都没有了，她一直以为遗憾。我想，那些常年在外奔波的马帮汉子们当吃到那绵软、香糯的青豆小糕时，一定会对家乡有种浓浓的牵挂和思念，也一定会得到最温馨和甜蜜的慰藉。

　　巍山的小吃太丰富了，巍山人也太热情了，以至于我只吃了一次青豆小糕，直到临走都引为遗憾。

　　北京小吃有一种"驴打滚"，是用糯米面夹上红豆沙卷起来，再裹上豆面做成的。而巍山人吃的却是"牛打滚"，只是形状不太一样，样子更像是汤圆，却没有馅。外面也是裹上黄豆面，吃时要浇上红糖熬制的糖稀，再放上当地的蜜饯果料，香甜滑软，巍山人常以此为早点和夜宵。北京的"驴打滚"和巍山的"牛打滚"都是回民的清真小吃，同根同源，我想应该是同出一辙吧。

巍山油粉有些像各地都有的凉粉，是用豌豆浆凝固后做成的，吃的时候切成条状，码放在盘中，浇上鲜红的油辣子，撒上碧绿的香菜，再兑上酱油、麻油、蒜泥、香醋、姜汁调和起来吃。据说做油粉的豌豆粉要新鲜的，一般都是半夜就起来磨豌豆，十分辛苦。不加凝固的油粉也可以当做粥来喝，有些像北方喝的面茶，但要细腻多了。巍山人喜欢在早上来碗油粉，也和上那些作料，再拌上切成小段的油条当早点。

说到巍山的棠梨花粑粑，那就只有在巍山才能吃到。每逢仲春，棠梨花骨朵是最多的时节，采摘下来去其梗，用水煮开晾凉，用猪油炒熟，冉和上糯米面煎烙成金黄色，又香又脆，还有些棠梨花的清香。据说在过去的大旱之年，人们曾用棠梨花和野菜充饥，但今天已成为宴席上的稀罕物了。巍山的各种粑粑很多，像荞面粑粑、死面粑粑等，有些很像我在丽江吃过的粑粑，甜咸皆宜。

冰粉凉虾却不是虾，只是形似小虾的凉粉，比北方卖的粉鱼要细小得多了，据说这种凉粉要在用石灰水兑出的沸水中煮成，具体的做法就不得而知了。但那细小的凉虾要比粉鱼更为晶莹剔透，也滑润得多。吃的时候要浇上红糖汁和自制的玫瑰卤，撒上桂花，尤其是夏天来碗冰粉凉虾，那些"小虾"会顺着甜甜的、凉凉的汤汁，从嗓子眼里滑过，有种说不出的爽滑，沁人心脾。

巍山的小吃品种真是数不胜数，像卷粉、烧饵块，以及自成一格的月饼，还有当地饶有特色的酱菜和蜜饯，都很出名。巍山的蜜饯主要是用当地出产的蜂蜜制作，糖的用量远远少于蜂蜜，要更为健康。

我更爱小城巍山的宁静，暮色降临，街道上人很少，那些还保留着明清时建筑风格的房屋中透出昏黄的灯光，每一扇门扉中都有一种温暖。小城的居民并不富有，但他们却很质朴和友善，也是那样的快乐，用句时髦的话说，"幸福指数"真是很高。我曾在暮色中步出小城的南门（巍山已经没有南门，只有一堵开了洞的墙），一个人走到南薰桥，也就是当地人称之为"链子桥"的河边，回望小城，没有灯火辉煌，显得如此的安谧与宁静。当地的一位县委副书记是搞艺术出身，他曾很诗意地对我说，他最喜欢每当公务完毕的午夜，独自走在古城里那青石板铺就的小街上，这里没有那么多的夜生活，一切都是静的，皮鞋会在石板上发出呱嗒、呱嗒的响声，他感到一种静寂，也感到一种安详。

是啊，"未被打扰的古城"，巍山真的很美。

南浔双浇面

南浔古镇，向往已久。去岁仲春去杭州之前即做了转道去南浔的安排，一是要领略"阛阓鳞次，烟火万家；苕水碧流，舟航辐辏"的江浙名区；二是为去嘉业堂看看藏书。因此，特请当代藏书家韦力先生为我做了安排，事先打电话给浙图的老郑主任，请他领我参观一下嘉业堂楼上不对外开放的藏书。

南浔自古繁华，且不言有清一代丝业的发达，就是在南宋时，已是耕桑之富，甲于浙右了。清末民初，南浔商贾向有"四象、八牛、七十二墩小金狗"（大姓家族实力排名）之说，足见古镇的富庶。更有小莲庄园林的岸柳塘荷，环廊庭榭；鹧鸪溪畔刘氏嘉业堂的插架古籍，自刊珍善，南浔就更富有人文气息了。南浔比起其他的古镇，还有个好处，就是游人尚不像周庄、同里、甪直、乌镇那样多，多少还有些生活气象，不完全像舞台布景和摄影棚。

寻访美食，自然也是此行少不了的，事先了解到的，不过是网上的介绍，千万不可以为指南。此外，在不太熟悉的地方打问有什么好吃的，也颇有些技巧，绝不能去找那些时尚的青年，尤其是问不得那些帅哥靓女，这些孩子追逐的是穿着时尚，对当地的"土造"全然看不上。记得前些年去烟台，问了许多人，不是给你介绍韩国烧烤，就是粤菜海鲜，到了烟台有谁要去吃这些东西？最后还是找到当地一位出租车司机，他拉我们去了烟台的老字号"蓬莱春"，还算有些当地特色。此次在南浔也如是，问了几个年轻人，全然不知，能告诉你的就是外表排场能办席面的大饭店。最后找了一位中年男子，他推荐我们去离张静江故居和百间楼不远的东大街上的一家馆子，这块地方离南浔开发旅游的中心区域尚有一段距离，十分安静。

那家店好像叫做"长兴馆"，店面不大，两侧却也有十几张桌子，很具旧时风貌。老板是当地人，很风趣，也很健谈。我们点了清炒虾仁、熘鱼片、面筋烧肉、蟹粉豆腐、雪笋汤等六七个菜，从美国回来的朋友夫妇还要了一小坛花雕，最后结账才两百元，真是非常实惠。旁边有家唤作野荸荠的小店里还有卖橘红糕、豆沙绿豆糕和定胜糕的，做得都不错。这家长兴馆的面也做得挺好，但老板很谦虚，他告诉我们要是在南浔吃面，还要数"状元楼"和"五福楼"的最好。

其实，东大街上的这家长兴馆我们就已经很满意了，菜做得颇精致，量不大，却只只都可吃。以至于我和内子从南浔去湖州，而我那位在美国的朋友回上海后，又邀了几位朋友特地返回南浔，再去吃长兴馆。

面条在中国可谓是到处都能吃到的东西，而且历史久远，起码在晋朝已经有了面条的记录，那时叫做"汤饼"。《东京梦华录》所记东京汴梁卖汤饼处甚多，已是当时非常普遍的食品。马可·波罗在他的游记中说，中国人到处都在吃"一种绳子一样的东西"，可见那时意大利还没有面条，说意大利面条是从中国传过去的，大概是不会错的。

中国虽然地幅辽阔，但无分南北东西，几乎没有吃不到面条的地方。西南多吃米粉，其实也是面条一类，只是所用材料不同罢了。中国的面条种类繁多，花样各异，有人说，要想尝遍各种不同的面条，就算每天吃一种，也得一年的时间。世界上只有中国和意大利是面条之国，但中国面条的种类可要比意大利多得多了。就连通心粉也不是意大利的专利，中国河北的藁城就素有空心面，名字叫"宫面"，几乎与意大利的通心粉无异。前几年有人送来两盒，类似挂面，是干的，码放在纸盒子里，比意大利通心粉还要细巧。

一般认为北方人多爱吃面，南方人吃面少。其实不然，我倒以为南方的面比北方的好吃，花样也多，只是南方人很少以此作为正餐，而多当作点心罢了。面的特色南北不一。北方的面条，功夫多花在了面上，像山西人做面食是出了名的，花样品种数不胜数，但浇头却是一般。南边人相反，吃面重在浇头，也就是汤要好，面则次之，面汤的花样也更多些。李笠翁于是中和了一下，他将五味八珍都放在了面里，研制的八珍面，把香菌、竹笋、海味捣汁和面，面味浓郁，汤却是清的。像这类混合的做法还有湖北的鱼面，是以草青或鲢鱼刮肉和面，用香菇肉丝做汤下来吃的。我在意大利的佛罗伦萨还吃过墨鱼面，是将墨鱼汁兑入面中，面条筋道，颜色却是黑色的，吃起来别有一番风味。

在苏、杭、上海各有一家最出名的面馆，可惜质量都已不如前了。苏州是朱鸿兴，也就是陆文夫笔下的朱自冶每天坐着黄包车，去赶着吃头汤面的地方。前些年我住在苏州，也特地一早赶去，结果是令人失望的。上海是沧浪亭，十年前去就不太好，现在的情况不十分清楚，但很少听人提起。还有家老半斋，在天蟾逸夫舞台对面，我在八十年代去上海时几乎每天去吃，真是很不错。可是九十年代再去就不行了，最近倒是听说又有起色。杭州则是奎元馆，名声大得很，八十年代曾来北京西四开过分号，当初的虾爆鳝面和片儿川都有特色，后来不晓得为什么关掉了。现在杭州的奎元馆不知道如何，不过杭州的朋友都劝我不要去，说是当地人都已经不常光顾。

有此经验，对南浔的面并没抱太大的希望。

不过，机会不可错过，上次去甪直就是中午在太湖上"三白"吃得太饱，错过了"奥灶面"，一直以为遗憾。后来听说昆山的奥灶面最好，也就释然了，只是期盼什么时候能够尝尝。这次南浔的双浇面到得眼前，是一定不能错过的。

因为要去嘉业堂看书，所以一早就去寻状元楼。

状元楼与五福楼比邻，据说过去人家生儿子，就要到状元楼去吃面；而生女儿则到五福楼去吃面。我本来以为，如此出名的店一定是屋舍宏丽，哪里想到竟是坐落在石桥头一间门面的老屋，已是门斜窗歪，不远的五福楼也大抵如此。里面只有四张白茬木头的桌子，桌上用玻璃罐头瓶子当筷子筒，插着一把筷子，另有酱油、醋瓶放在桌上。吃双浇面要先去买票，买好自己去窗口取面。时间虽早，这里已是排起了十几个人的队伍。

如果你不懂得什么叫时光倒流，那就去状元楼或五福楼看看，要是拍个六十年代的电影，表现当时的小饭店，真可以说是惟妙惟肖，完全不用再加工，准比美工设计的要更贴近生活。我真的希望这种半个世纪的反差在古镇保留下来。南浔及其周边地区，可谓是现今中国经济很发达的地方，古镇的风貌应该如何保存？历来有着歧异。我想最好能保存它的原生态。历史不是凝固的，而是流淌的，每个不同时期都会留下不同的印迹。原汁儿原味儿的生活状态就是延续昨天的历史，所以与其去搞什么仿古建筑，倒不如留下一些像状元楼、五福楼这样的地方，留下一些曾经的和延续着的生活气息。

一碗双浇面吃到嘴，从买票到取面大约要十几分钟，面是一锅锅现煮的，放在碗中，再浇上浓汤，上面放上一块大肉排，再放上一块熏鱼，每碗只要六块钱，真可以说是出奇的便宜了。要在北京、上海，这碗面最少是要二十元的，所以受大众欢迎可想而知。我们吃的功夫，小小的店面人去人来，挤挤砑砑，几张桌子从来没有闲过。小店不多的几位伙计大概也是对早上的繁忙司空见惯，虽然忙得抬不起头，倒也是从容不迫。

在南方吃面，讲究也很多，比如软硬、汤的多少等都可以事先声明，"重青"就是多放青蒜或青葱；"免青"则是不放"青蒜"或"青葱"。我在取面前声明"免青"，盛面的也不说话，只是会意地点了一下头，果然给了我一碗不放青蒜叶的面。过去苏州、扬州的面店里有放猪油的习惯，如果不要，也可事先说一下，如愿吃油多的，则说一声"重油"，也不另加钱。有人喜欢面不放在汤中，只要说声"过桥"，伙计就会给你一碗"光面"，一碗汤和浇头，自己去按意愿吃，这些都是面店里很人性化的服务，在南方习以为常。

状元楼的面没有朱鸿兴、奎元馆那么多花样，大抵只有一个品种，所谓双浇，也就是一大块肉、一大块熏鱼，当地称之为"酥肉"和"酥鱼"。肉是肥瘦相间的"大排"，熏鱼很像是上海熏鱼，是用草青做的。汤便用原来的肉排汤配上当地的腌芥菜，这种腌菜咸中略带酸头，吃起来脆嫩适口，不放味精，味道自然鲜美。面也很筋道，煮得火候恰好，因为汤是浇上的，所以面显得很爽。且是刚刚盛起，热气腾腾，早上来一碗双浇面，保证能到中午都不饿。我在日本的札幌吃过地道的"札幌拉面"，面是抻拉出来的，比南方的面要粗些，但汤和浇头却有异曲同工之妙，不过汤要重浊些，可能是放了"味噌"的缘故。肉是差不多的，只是日本没有上海熏鱼，多半是放大虾和煮熟切开的鸡蛋。

南浔的双浇面当然比不了早年苏州、杭州面馆的精细，但可爱之处是它的平民化风格，可能是几十年味道不变，镇上的人，过往的客，都会感到是那样的亲切。无论是状元楼，还是五福楼，都是没有楼的，只一间门面的老屋，歪歪扭扭，风雨斑驳。于晨曦中，在暮色里，桥头河畔，天天那样人来人往，做着一样的生意，或许这就叫本分罢。

小憩湖州

　　江南有许多富庶而安静的小城，不但有着悠久的历史人文传统，更可贵的是至今尚保持了一点平和闲适的生活环境，湖州即如此。

　　今日湖州所辖的面积不小，有三县两区，人口逾百万，但城区却并不太大，且布局紧凑，建筑规整，依太湖而援水；傍莫干而择阴，历来是吴越文化的交会处，也是居浙北而临苏南的典型江南城市。从南浔到湖州，只消五十分钟的车程，却已是古镇与名城的两重不同境界了。

　　湖州灵秀，出过不少与文学艺术有关的性灵之辈，如沈约、张僧繇、陆羽、钱起、皎然、张先、钱选、赵孟頫、王蒙、沈铨诸人以及近现代的沈尹默，而吴昌硕、钱玄同、俞平伯虽分别为吉安、吴兴和德清籍，但以今天的行政区划来说，也算是湖州人了。加上智永在湖州永欣寺苦修三十年，苏轼曾出任过湖州太守，姜夔隐居在弁山的白石洞，说湖州人杰地灵，是一点不夸张的。

　　湖州的书画家众多，也带来了湖笔的兴盛，因为久慕善琏瑚，所以到湖州安顿下来的第一站，即是去小莲花庄旁的湖笔博物馆看看。这座博物馆的仿古建筑倒是歇山卷棚，飞檐翘鱼，与整个城市的风格和谐匹配，展陈布局也算不俗，出来前在博物馆的售品部选了七支中、小楷的狼毫与七紫三羊，回来用用也确实不错。

与湖笔博物馆几步之遥，即是赵孟頫的别业所在——莲花庄了。唐时谓之白蘋洲，白居易的《白蘋洲五记》即是此地。赵孟頫的莲花庄别业早在清末就废圮荒芜了，八十年代初重新修建的莲花庄是在原址上连接了清代藏书家陆心源的潜园，二者合成了一片，面积不小。园中亭台楼榭，洲屿曲廊，格局布置得当；疏密安排有秩，更兼花木扶疏，诚为较成功的新城市园林。

散步至松雪斋后的敞轩，已近下午六点，临水平台上的茶座行将撤去，抱着侥幸的心理问问可否沏两杯茶？女服务员非常客气地说可以，并让我们随意坐到什么时候都行，如此态度，在北方是不太多见的。两杯新绿，四面汀洲，风和云淡，气朗神清，于是又消磨了一个小时。湖州有种悠闲的味道，只要不是在特别繁华的闹市，街头巷尾的人都不很多，旧城的改造多采取了苏浙与徽派风格的结合，白墙乌瓦，围栏花窗，让人感到宁静。我们第二天一早也散步到飞英塔，沿途的居民也显得步态安闲，恬然自得。

中午在南浔吃得过饱，晚上只想在湖州吃些点心了，最佳的选择当然是湖州必要尝的三样东西：一是丁莲芳的千张包子，二是诸老大的粽子，三是周生记的馄饨。好在三样小吃的店面都相距很近，不用跑路就能一网打尽了。在莲花庄泡到近七点，才起身去寻这三样美食，斯时已是华灯初上了。

千张包子的始创者名叫丁莲芳，二十多岁时即在湖州集市上卖菜为生，每日半夜起床，趸菜挑来贩卖，十分辛苦。后来看见人家卖牛肉粉丝头、油豆腐粉丝头的，于是想出在粉丝头里加上千张包的办法。这种千张包是用豆腐千张为皮，里面包上精肉、开洋（海米）和干贝，卷包成两寸多长的长方形小包，放在粉丝头的汤里，他的千张包子皮薄汤鲜，里面的精肉是剔过筋后斩碎的，尤其加入了上好的开洋和干贝，味道格外鲜美。丁莲芳开始做千张包子是在光绪四年（1878），当时是每天白天加工，黄昏时挑出去卖，到午夜收摊，总能卖出一百多份，在那个时代已经是很不错了。到了光绪八年（1882），已经从摊商成为坐商，在黄沙路开了店，字号就取了自己的姓名，唤作"丁莲芳"。他在摆摊时人缘儿就不错，一旦开了店，老主顾都来捧场。店里明档支起一个大紫铜锅，整天不断煮着粉丝头汤和千张包，热气腾腾，于是名声不胫而走，特地来品尝的络绎不绝。

丁莲芳的成功是能在众多的原有小吃基础上另辟蹊径，他的千张包子在最开始时只是用精肉、笋衣为馅，后来听了别人的意见才加入开洋和干贝的，有了海味自然不同，馅子立时就鲜了许多。又将原来长方形的千张包加大，改为方形的大包，馅子更为充实。其实，江浙一带用千张包肉早就非常普遍，我家的几代女主人都是南方人，这种千张包肉本来就是家常菜肴，不算是什么新鲜的东西。千张不像是面皮容易黏合，故而包好后是要用细线来捆住的，丁莲芳的千张包子也是如此。

多少年前就听说过湖州丁莲芳的千张包子，却没吃过，没想到与家中常吃的千张包肉没有太大的区别。过去江浙人视粉丝为稀罕物，因此粉丝牛肉汤、粉丝油豆腐就成了平时的点心。丁莲芳于是又变通原来的细粉丝为粗粉，剪成三寸长的粉丝头，吃起来更为便捷。其实对北方人来说，细者称粉丝，粗者则称为粉条了，粗粉倒不如细粉精贵。这就如同大白菜在北方是不值钱的东西，可到了南方就成了比较名贵的"黄芽菜"；而茭白在北方被视为细菜，在南方却是遍地可得，但凡茭白有一点儿黑点，就被称为"灰茭"，早就用来喂猪了。丁莲芳千张包子改为粗粉头的底汤，大概也是区别一般南方常见的油豆腐粉丝汤之类。不过，千张包的精彩之处就在于千张皮是他特制的，既不糟不烂，又有咬头，千张包的形制也较大，有别于家中做的样子。

一碗粉丝头汤里只有一个千张包的叫"单件"，放两个的自然叫"双件"，一般湖州当地人当点心吃，最多要个"双件"。"双件"之外如再加包子，每个五块钱。那日每人先要了个"双件"，果然味道很好，尤其干贝清晰可见，绝不是有名无实。粉丝头汤也是骨头汤熬的，虽清爽却有味儿。一时吃的口滑，我竟额外又加了两件。

那天去得太晚，诸老大的粽子已经所剩无几，出名的豆沙粽早就卖光，只剩了几个鸡肉板栗的，赶紧买了两个，与千张包子同啖。这诸老大本名诸大昌，也是小贩出身，后来买卖做得好，于光绪十三年（1887）自己开了一家茶食店，店名就叫"诸大昌"，可顾客叫惯了诸老大，对"诸大昌"并不买账，于是干脆又叫回了"诸老大"。湖州离嘉兴近在咫尺，嘉兴粽子是几百年来就出了名的，尤其是嘉兴五芳斋的粽子，远近闻名。诸老大要和嘉兴粽子竞争，确实不易，诀窍就在于他精工细作。诸老大的粽子是细长方形的，紧而不散，无论甜咸，剥开都是油亮的。甜者为玫瑰豆沙，且豆沙多而糯米少，南方的豆沙确比北方的好吃，打皮澄沙后很细，又用猪板油炒过，甜腻适口。诸老大在豆沙中又加了他自制的玫瑰卤，以区别一般所常用的桂花，特色突出。粽子包得恰到好处，即要做到糯米靠近豆沙处不夹生；靠近粽叶处不粘连，这看似简单，做到确也不易。

除了豆沙的，诸老大的咸粽似乎更好，他的猪肉火腿和板栗鸡肉的都是肉质鲜嫩，晶莹红亮，入口不柴不腻，所用的板栗是上好的长兴板栗，都精选过，绝没有发黑变质的。很多年前我就吃过诸老大的粽子，是南边的亲友带来的，因为诸老大粽子呈细长形，样子特殊，既不同于北方的三角粽，又不同于五芳斋的斧头粽，因此留下了很深的印象。遗憾的是时间太晚，豆沙和火腿的都已卖完，只是吃了鸡肉板栗的，也算不虚此行。

四件丁莲芳的千张包子，一个半诸老大的鸡肉板栗粽，早已是撑得很饱，到了周生记的店里，实在是心有余而力不足了。周生记此时倒是人气蛮旺，看来不少人是将馄饨当晚饭吃的，不像那千张包子和粽子只是当点心，在饭口时间反而过了气。内子不太爱吃海味，所以刚才丁莲芳的千张包子只吃了一件，粽子也仅啖半只，到了周生记却来了精神，要了一大碗鲜肉馄饨，我是眼馋肚内饱，勉强吃了两个馄饨，做得确实是好，不但上海的菜肉大馄饨难以与之相比，就是香港的净云吞也比不上，虽然有些相似，皮子也差不太多，里面又有鲜虾，终不如周生记的更传统。至于北京的"馄饨侯"，就更是无法望其项背了。

相比"丁莲芳"和"诸老大"，"周生记"的历史虽短些，从 1940 年开业，也有七十年的历史了。现在周生记馄饨有七八种不同的馅，但只有最传统的鲜肉馄饨最好吃，皮薄馅大，晶莹透亮，滑润鲜香。肉馅内汁水浓郁，又无肉的腥气，怪不得有"水晶元宝"之称。那里还有油炸馄饨，看着别人在吃，色泽金黄，外皮酥脆，也颇诱人。

湖州的几样小吃至今还能保持着原来的特色和传统，我想可能得益于小城生活节奏的相对缓慢，不像北京、上海这样的大都市，一切都是日新月异，总是希望创新和超前。就连许多手工业和餐饮业也期待着"做大，做强"，希望"规模化"生产，很多传统工艺和美食就是在这样的洪流中渐渐地被淘汰，慢慢地消逝。大都市的外来人口在逐年增长，被服务的对象和群体在"异化"，于是就很难再留下些往日生活的遗迹了。

离几家店不远，就是湖州有名的"衣裳街"，最初形成于宋代，明清时是老湖州城的主要商业街，也是沿河最具传统风貌的古建筑群，过去因有许多估衣店而得名，旧时叫卖估衣之声此起彼伏，热闹非凡，虽距湖州府治不远，又是去往府衙的必经之路，却一直兴盛不衰。只是近百年来随着通衢新商业的繁华，小街才黯然失色，成了阴暗潮湿的危房，我们经过此地时，正在进行着保护性的改造和修缮，外面的照壁已经造好，颇为精致，远望其中，已见两层的江浙风格古建筑雕梁画栋，老湖州的缩影初露一角。真希望衣裳街不会被搞成城市盆景，而是与小城的历史文化同在，多一些旧日的生活气息。

入夜，从华亭宾馆的玻璃窗前俯瞰灯火阑珊的湖州城，有种静谧与安详之感，浩浩太湖，缓缓苕溪，长菰盈泽不再；人文风物犹存，美哉，湖州。

临安春笋

我在《老饕漫笔》中曾写过一篇"九华春笋",这次想说说浙江临安的春笋。

去年仲春,有幸陪内子去了一次临安。她的祖籍是临安,但出生在杭州,两岁时随父母来到北京,却从来没有去过临安。先岳父吴震声(京)先生是老一辈的中国煤炭科学家,四十年代在美国宾夕法尼亚大学获硕士学位,八十年代被该校誉为"世界最杰出的校友"。他学成归国,一生致力于中国的煤炭能源事业,应该说是从临安走出的名人了。

从杭州到临安不过五十分钟的车程,车子快到临安的时候,经过一片很大的水域,陪我们来的内子的两位堂兄说,这就是青山湖。

青山湖其实是一个面积很大的人工湖,地处南苕溪下游的宽谷盆地,本来是丘陵环绕的平原,从1964年开始造湖蓄水,引天目山之水形成了人工湖,他们的祖居早就沉落在这片湖底。青山湖距现在的临安市仅九公里,自从祖居沉落,他们在临安的亲友就搬迁到地势较高的地方,离临安市更近了。

说到临安，人们自然会想到南宋的都城，那个"暖风熏得游人醉"的地方，也就是西子湖畔的杭城，那才是真正的临安。高宗为了不忘沦陷的中原，将杭州改名为临安，即临时安居之意。而今天的临安市则是原来的临安、於潜、昌化三县合并而成。临安虽是丘陵地带，但却水网致密，南苕溪、中苕溪、天目溪、昌化溪都流经境内。因为沾了昌化的光，所以临安满街都是卖"昌化鸡血石"的，哪里来的那么多昌化鸡血？真是匪夷所思。

先在市内参观了五代十国时吴越王钱镠的陵墓，规模不大，门口有块很大的木牌，攀扯上江浙两省钱姓古今名人数十人，钱姓宋元以降确是江南名门望族，这倒是不错的。

临安还有内子八十多岁的堂兄及他的子女，他们都是善良本分的农民。虽然早已离开了老宅，住在离临安不远的乡下，但现在住得都很宽敞。只是仲春时节，乍暖还寒，坐久了真的寒气逼人。因为我们的到来，内子堂兄的几家子女都在厨下忙碌。堂屋的后面就是灶间，案上摆满了乡间的土鸡、腊肉、香肠和各种新鲜的蔬菜。清晨掘春笋，新蔬间黄粱，炊烟袅袅，子侄辈们都在准备着午饭，很热闹，却也很让我们不安。

临安的春笋是出了名的，听说今年那里还举办了春笋节，也申报了"春笋美食之乡"，在杭州还搞了百笋宴，经名厨烹制，品种竟有一百多种。我们在临安乡间当然没有那么奢华的口福，只是农家的粗茶淡饭，但春笋之新鲜却绝不亚于百笋宴，那春笋是亲戚们一早现采挖的，用不完的还放在庭院中的筐子里，湿湿的带着露水，淡淡的发出泥土的清香。

临安是"中国竹子之乡"，也是著名的"菜竹之乡"，春笋之美甲于江南。当地人又将春笋称为"雷笋"，意即每年春雷爆响之后出土的笋，每年春天，成千上万的新笋破土而出，是农民挖春笋最忙的季节。春笋从立春以后即开始掘挖，出笋期大致分三个阶段：初期在二月中旬到四月上旬，中期在四月中下旬，而后期则在五月以后了。中期出土的春笋个头最大，健壮肉多，又无虫害，是最好吃的，我们去时正当逢时，只是那天上午有些阴冷，不如晴天一早挖得更好。据说要晴天一早挖的笋没有露水，笋壳脱毛，质地也软。宋人刘敞有写笋诗，对挖砍竹笋的描述颇为生动："龙孙春吐一尺牙，紫锦包玉离泥沙。金刀璀璨截嫩节，铜钱不与大梁赊。"农人大抵是清晨到竹林里去挖砍春笋，除了自己食用之外，还可以拿到菜市去卖钱。白居易有食笋古诗道："此处乃竹乡，春笋满山谷。山夫折盈把，把来早市鬻。"春笋在北方视为珍馐，价钱不菲，但在南方，尤其是出春笋的地方却很便宜了。

时值中午，堂屋里摆桌吃饭，对于农家饭来说，已经是过于丰盛了，除了土鸡和各色新鲜蔬菜，春笋当是最主要的大菜。一大锅热气腾腾的"腌笃鲜"，随吃随添，实在过瘾。这"腌笃鲜"本是苏帮、杭帮和上海本帮菜都少不了的名菜，也是一般江浙人的家常菜，是用猪肋骨肉和自腌的咸肉切成两寸见方的大块儿，和着春笋一起炖出来的，色白而鲜亮。春笋本无味，但经鲜、咸肉的煮炖，就更加鲜美了。反之，肉的油脂被春笋吃净，也就一点也不腻了，二者相得益彰，可谓是绝配。做"腌笃鲜"不但不能放酱油和其他的香料，甚至连盐都可以不放，因为咸肉里的盐分经过煮炖，早就溶于汤中，鲜的猪肋肉和春笋吮吸了汤里的盐分，也就滋味全有了。"腌笃鲜"里的笋是主角，在北京的时候，吃到新鲜的春笋不容易，多是做些油焖笋和里脊丝炒春笋之类，要是做"腌笃鲜"，起码要两三个大笋，就算比较奢侈了。每当一锅"腌笃鲜"上桌，最先被抢光的一定是笋。临安乡间人实诚，一只巨大的锅中在炖着"腌笃鲜"，春笋管够，足可尽兴。

新笋是极嫩的，还有些微微的甜，笋质鲜嫩，色泽雪白，从出土、剥箨到入菜、上桌不过几个小时。那春笋是脆的，顶尖部分简直就是酥的，那汤是鲜的，不用任何调味品，原汁原味，鲜得又如此醇厚天然。连汤带笋，吃下去两大碗，刚才的寒气顿消，浑身暖意融融。虽有其他的菜肴，但比起那肥美的新笋，顿时黯然失色了。

饭后，忽然天色放晴，浮云渐散，早就听说过内子祖父在南苕溪上修造的"吴公桥"，既到此，是一定要看一看的。于是子侄辈陪我们步行三四里，去往村外的南苕溪河床。

内子的祖父讳瀛，字步洲，是前清秀才，又通医理，清末民初是乡间医生，兼营药材生意。其实，吴家并非世居临安，是步洲先生的前几代从安徽迁徙至此。步洲先生为人笃厚，急公好义，在乡里也是热心公益的。南苕溪每当夏季水泛，虽不深，却流湍，乡中人往来溪上，必涉水而过苕溪，年年都有被湍溪急流冲走的人。吴公患之，自筹银洋，又在乡中募集善款，终于在苕溪水面最窄的地方修了一座石板桥。从此每逢苕溪涨水，行人再也不会绕路而行，或是涉水而过了。如此泽被乡里、功德无量的善举一直为人传颂景仰，因此即名此桥为"吴公桥"。步洲先生有三子，先岳父第三。步洲先生去世较早，先岳父求学期间不断受到两位兄长的照顾与资助，又被保送去美国留学，这是他一生感念不忘的。后来成就斐然，想来也许是吴公的荫泽。

现存的吴公桥还坐落在苕溪干涸的河床上，桥头有碑，是民国年间立的，虽字迹漫漶，大体还能辨认。碑文记述建桥始末缘由，并有捐助钱财人的名字，吴公领衔，以下数十人众。石碑和桥现已标明为县级文物保护。修桥补路，历来为中国农业社会的传统美德，在中国的无数乡村都会发现这种旧时的遗迹。尤其是宗族社会，乡绅不但是农村的精神领袖，更是造福乡梓的带头人，本来就是很平常的事。不过，经数十年风雨沧桑，吴公桥及碑尚能保存至今，也属不易了。

石桥的四个桥墩上分别雕刻有四只蚰蜒，至今清晰可见，据说一来是为避邪镇煞，使得桥墩永固；二来也是谐音"吴公"，以志存念。干涸的苕溪枯草离离，荒原漫漫，不远处即是青山湖，吴家老屋早已沉沦。只有堤柳青青，毛竹苍翠，还在守望着圮桥残碑。

从吴公桥回来的路上，顺道去看看竹林，也就是出笋的地方。竹林在小山坡上，中有杂树，新篁老竹间或其中，也能看到刚破土的新笋。据说挖笋时不能伤害到竹鞭及鞭芽，此外，一处的笋不可掘尽，必须每亩山竹要留五十株春笋做养竹之用，还要间隔有秩，挖笋之后还要立即覆土填平笋穴。每年出笋初期和后期的春笋成竹的概率很小，可以全部采挖，而中期的春笋品质最好，个大健壮，就要留下一部分养竹了。可见即使是挖掘春笋，也是不能竭泽而渔的。

大抵凡是出笋的地方，都是潮湿些的。我在九华山看笋、听笋、食笋都是伴着毛毛细雨的。临安一日，却是阴晴互见，不过走在竹林丛中，就几乎是辨不出阴晴了。"苍翠欲滴"这个词其实很难准确地解释，但要是走在南方春天的竹林里，你就马上会找到这样的意境了。据说天目山里的竹更多更好，尤其是雨后，满山的笋都在蠕动，发出声音，不知道有没有人创作过这样的乐曲，于静谧中去聆听生命之音，也许这就是大籁罢。

最爱是干丝

淮扬菜之精细，当在其他菜系之上，此说并不为过。江淮形盛，千百年人文环境的滋养，加上京杭漕运的发达，通衢市肆的繁荣，官场文苑的熏陶，造就了江淮美馔，维扬佳肴，上至国宴盛典，下至朋俦尽欢，淮扬菜无不是首选之席。

我虽北人，但家中三代女主人都是江浙人，因此饮食习惯早已南方化。家中宴客也颇能做几个淮扬菜，成为了保留节目，如蟹粉狮子头、水晶虾饼、清炒鳝丝、干贝萝卜球、核桃酪等，除了扒猪头和拆烩鲢鱼头不敢问津之外，再有就是原料不可得，如淮安的平桥豆腐、虾籽蟹黄扒蒲菜。不过经过变通，也能做三丝豆腐羹、蟹黄虾籽豆腐之类。蒲菜是找不来的，前几年在淮安饭店吃饭，企图带回些蒲菜，可时令已过，那些罐头和抽了真空装袋的就不会好吃了。其实，淮扬菜中有个最简单的菜，就是大煮干丝，虽非名贵，但实在是淮扬菜中最有特色，且最为讲究的。

近二十年来，大小筵席吃过无数，无论是号称正宗淮扬菜的名店，还是标榜为主理淮扬菜的大师，所做的大煮干丝几乎没有一个是对的，或是豆腐干品质低劣，或是刀工粗鄙，再或是用料不精，甚至是胡来。为什么一个原本是非常普通的菜肴，就是做不好，真是百思不得其解。更可气的则是不少宣传淮扬菜的图片，煮干丝的样子极其丑陋，粗如绳线，有的一望而知是用豆腐片切成的，哪里是什么干丝？一看也就没有食欲了。

偶然看到江苏陶文台先生的一首题为"大煮干丝"的诗作，倒是对干丝有较为确切的描述："菽乳淮南是故乡，乾嘉传世九丝汤。清清淡淡质姿美，缕缕丝丝韵味长。水陆并陈融饮食，荤素合馔利荣康。维扬独味称奇制，近悦远来争品尝。"陶先生所说的"菽乳"即是豆腐。传说豆腐是汉代淮南王刘长所发明，今天的苏北一带也是淮南王的治所，故有此说。大煮干丝历史久远，只是乾嘉时有"九丝汤"之美誉。"水陆并陈"则指配料的鸡汤、鸡丝和虾仁、干贝之属。

大煮干丝在扬州人来说，不应该算是菜肴，而是点心。扬州人有喝早茶的习惯，这种早茶不同于广东早茶，品种没有那么繁多。但是喝茶时间之长，又在喝茶时聊天会友的嗜好却是差不多的。三五好友相约茶社，每人泡上一杯绿茶，除了可供选择的包子、汤面之类，一客"烫干丝"是绝对少不了的。所谓"烫干丝"实则是拌干丝，扬州人认为只有烫干丝才能保持干丝的真味。烫干丝是用沸水煮好的干丝浇上卤汁，拌上细如发丝的姜丝和开洋（海米），再淋上芝麻油，不凉不热，就着一杯绿茶，边吃边聊。旧时扬州的茶社甚多，许多老茶客都有固定的座位，长年到此，三节结账，是不用每天付钱的。如果觉得不饱，还可以再来一笼杂花色的包子或一客虾仁两面黄（两面焦的虾仁炒面）。虽丰俭由人，但一客烫干丝总是开场白的。

清代惺庵居士有《望江南》词为证："扬州好，茶社客堪邀，加料干丝堆细缕，熟铜烟袋卧长苗，烧酒水晶肴。"所谓"水晶肴"即是"肴肉"（此处"肴"应读做 Xiāo），本出镇江，扬州的也很出名，也是可当点心吃的。这里所说的干丝就不是烫干丝了，而是大煮干丝，这种大煮干丝又称鸡汁干丝，要是用了火腿，则是鸡火干丝了。所谓加料，即配以虾仁、冬菇丝、笋丝、火腿丝之类。茶社邀客，就不能只点一客烫干丝，而是要上加料的鸡汁大煮干丝，以示对客人的尊敬和款待。

干丝的原料是无味的豆腐干，扬州人称之为"干子"，旧时扬州豆腐店仅城里就有近百家，优劣有别，最负盛名的不过三四家。豆腐干制作源于安徽，也叫徽干，到了扬州就有了专为做干丝的白豆腐干，专供茶社饭馆做干丝用。现在的干丝做不好，我想原因也不能都怪厨师，干子的品质好坏关系很大，豆浆不细腻，工艺不讲究，是做不出好干子的，就是天好的刀工，如果干子没有韧性，煮出来也是糟朽的。

过去扬州到饭馆茶社学徒的伙计，第一等要事即是学片干子，其次是切干丝。这片干子的技巧远比切干丝更为难得。一方豆腐干要先横着片出十余片，据说娴熟者能将一方干子片出二十片来。片好的干子再摞在一起，切成长短粗细一样的细丝。但凡质佳的干子，无论切得多细，在汤里如何翻滚，都不会碎，不会断，更不会粘连到一块儿。吃到嘴里无豆腥味儿，又糯滑爽嫩。老扬州说旧时北门外的绿扬邨和东关街的金桂园的干丝最佳，后来富春茶社的东家陈霭亭、陈步云父子更是精工细作，再胜一筹。

我在"文革"中曾两到扬州，每次都住过十来天，虽然那时的政治气氛很浓，连富春茶社里都贴着标语和语录，小辫子服务员都穿着"国防绿"，但每天一早的富春茶社还是照样人来人往，第一次去时好像富春改了名称，叫了个什么革命的名字，早就记不得了。第二次去时倒是恢复了富春的名字。我有入乡随俗的爱好，凡到一处，必学着当地土著的生活习惯，也体味一下当地的风情。彼时悠闲，总是早晨去富春吃茶点，下午到冶春去喝茶。即使在那样疯狂和愚昧的日子里，扬州不少人还是过着老样子的生活，"关心政治""把无产阶级文化大革命进行到底"的面子总是要做足的，可茶还是要喝，烫干丝和杂花色包子还是要吃的，时不时要去"小雅一下子"。每当我坐在茶社里听着街头闾巷的家常琐事，真有种超然世外的感觉。

无论再怎么"轰轰烈烈"，大煮干丝的品质却还没变，有时来一客烫干丝，有时来份鸡火干丝，价钱是很便宜的。那干丝做得是真好，既松散又爽滑，绝不像这些年吃的，不是粗如杠子，就是粘成一团，要用筷子拨弄半天才能散开。那种年代不许搞特殊化，于是没了"加料"的，不过细细的火腿丝和细细的冬笋丝还是有的，烫干丝里的海米也没有被取消。"加料"的干丝我没有吃过，想来不过是火腿丝和海米之类的东西多加一些，其实喧宾夺主，也未见得很好。乾嘉时代的"九丝汤"即是在干丝之外再加火腿丝、鸡丝、冬笋丝、香菇丝、银鱼丝、木耳丝、口蘑丝、蛋皮丝和海参丝等，是进贡给皇上吃的，如此踵事增华，我想干丝的清爽和鲜嫩也就吃不出来了，似这样的创新还是不做为妙。不过旧时确也有许多花样，可供顾客选择，最奢华的是用到鱼翅丝。不同的季节，干丝的配料也有所不同，一般春季用竹蛏；夏季用脆鳝（扬州人多称长鱼或鳝鱼）；秋季用蟹黄；冬季用时蔬。扬州干丝所用的虾仁是剥出来的小河虾，味鲜而香。可时下馆子里的大煮干丝竟然用碱水泡发过的冰冻大虾仁，不但不好吃，那亮晶晶的样子看着也可怕，就更别说味道了。

过去扬州馆子里或茶社里的鸡火干丝，所用的火腿并非金华火腿，金华火腿虽很香，但毕竟有些柴，肉质略硬，与干丝相配并非首选。鸡火干丝的火腿多是用扬州本地火腿庄自制的腿，虽没有金腿那样醇厚，但腌制的时间较短，肉质是比较软嫩的，与干丝相配最佳。香菇味冲，一般也多不配。煮干丝的鸡汤绝对要用土鸡，如用肉鸡则腥气异常。就是用土鸡也要滤去油脂，只用清汤来煮。淮扬菜选料精到，即是好材料，也要有取舍，不可随便取代的。

扬州人拿干丝当点心吃是有道理的，早上在茶社沏上一杯清茶，慢慢地品着烫干丝，才能尝出干丝的妙处，否则一桌盛宴，七荤八素，无论是烫干丝还是大煮干丝，滋味为诸味所掩，也就不过尔尔了。

近些年吃过的煮干丝，无论是淮扬馆子、本帮馆子，还是北京几家有名的杭帮馆子，可以说都是粗制滥造，名实不符，就是再到扬州的茶社，那干丝做的也实在不敢恭维，再难寻觅当年的烫干丝或大煮干丝了。"食不厌精，脍不厌细"，夫子的教诲奈何于茫茫人海乎？

上个世纪八十年代末，南京夫子庙刚刚修复，虽然二期工程还未竣工，却已先开放了一部分。沿着秦淮河开了十多家小吃店面，仿古建筑，古色古香。那日我从南京博物院拜访梁白泉先生出来，安步当车，一直步行到夫子庙，已是将近黄昏了。彼时秦淮河的夜市好像还在筹备中，故而傍晚游人稀少，几家刚开业的馆子也要打烊了。问了几家都说已经下班，最后终于有家接待了，厅堂里十几张桌子，只有两三桌有人。于是要了一份白斩鸡，一份鸡火干丝，一份鳝丝面。那白斩鸡倒是很一般，但那鸡火干丝却是十分地道，干丝切得极见功力，汤也清醇而鲜，火腿丝鲜红，开洋细小，发得不干不硬，恰到好处。真是没想到在此能吃到如此正宗的干丝。店里不忙，于是请出做干丝的师傅，已是六十开外了。听我赞扬他做的干丝，非常高兴。听他的口音，我起先认为他就是扬州人，后来他告诉是仪征，曾在扬州干过许多年，现已退休了。问他干丝切得这样好，为什么不多带几个徒弟？他笑笑说，都什么年月了，有哪个年轻人还愿学片干子？拉拉家常，他说儿女四五个，连孙子孙女都有了，可他还是愿意干老本行，最后他用极有特色的苏北话对我说："儿孙自有儿孙福，不替儿孙做马牛。"

这位师傅告诉我，干丝做不好，刀工自是一方面，但干子的质量还是第一的，现在哪里有细浆做的韧干子了，能切得好吗？

淮扬菜在创新时，最好还是多保持些传统。这种传统就是精致，没有了精致，淮扬菜也就没了魂。

东关街，得胜桥，北门内的石板路，扬州茶社里冒着热气的煮干丝，多让人怀恋的生活场景，多让人难以割舍的旧时风貌。维扬美馔，最爱是干丝。

天水呱呱

今天的天水已经是甘肃省的第二大城市了，从照片上看，天水颇有中等城市的气象，高楼林立，绿水青山，但我在二十五年前去时，却全然不是这样的景象。

1986年秋天，为了去看麦积山，特地从西宁到天水，路途虽不太长，但火车走走停停，一误再误，竟走了十几个小时。待到天水时，已是次日的凌晨了。夜半，从车窗向外看，似是在落雨，俟天水下车，果然已是秋雨涟涟。从火车站发往麦积山的汽车要在早上八点才发车，只得在车站熬上两个多小时。

西宁虽然较天水气温要低，但在那儿的两日却是晴空万里，中午只一件单衫即可，早晚温差大，加件外衣也就行了，不过这也就是我的全部行装，哪里会想到天水是如此的阴冷？下车仅半小时，已是冻得瑟瑟发抖了。今天的天水车站想来一定是城市的脸面，但那时的天水车站条件简陋，周围竟找不到个可以栖身的暖和地方，仅此而言，天水也要落后当时的其他同类城市十年左右。

因为怕耽误去麦积山的汽车，不敢走得太远，车站附近只有几个小摊子，支着把大伞在卖粥和咸菜大饼，伞的四周还淅淅沥沥地滴着水，伞下的凳子都是湿的，也还是有人坐下来喝粥吃饼。看看实在不敢问津，只得再往稍远处走走，终于看到一家小店，店里有两三张桌椅。天早，没几个人，都在吃着一碗碗紫红色的东西，这是我从来没见过的一种食物，猛然看去，有点像西安的酿皮子，却又不太像，里面是不规则的一块块半透明、类似面筋的东西，上面浇满辣子和其他的作料。店里虽没几个人，却都吃得很香。与我同来的一位上海朋友拉着我就往外走，道是此物绝对不能吃的。我问店家是何物，回答了两字却完全听不懂，或者说只闻其音而不得其意。我倒是什么东西都敢吃的，不过总不能坐下来自己吃而让别人看着，便只得和他一起在小杂货铺中买了个面包充饥。

麦积山距天水车站还有七八十里之遥，是典型的丹霞地貌，又处于秦岭山脉之中，是秦岭西端小陇山的一座奇峰，孤峰突起，因形似农家麦垛，故名为麦积山。四周直壁如削，所以也称麦积崖。麦积山素有秦地林泉之冠的美誉，加上周围峰奇林郁，溪石联映，风景也是很美的。"麦积烟雨"不仅是天水八景之一，就是在全国也是很知名的。恰巧那日秋雨蒙蒙，虽然寒气逼人，衣衫尽透，但能领略烟雨中的麦积山，也算不虚此行。

麦积山是四大石窟之一，开凿于后秦，历经北魏、西魏、北周至隋唐五代宋元，有数千造像，不过大多为泥塑或石胎泥塑，东西两崖有洞窟近二百个，蔚为壮观。环山栈道逶迤，又兼雨天湿滑，再加上手中雨伞的累赘，只能尽半日之游。杜甫有诗曰"野寺残僧少，山圆细路高"，即谓麦积山的栈道，可见唐人也是通过这陡峭的栈道攀登的。不过杜甫来麦积山的那天可能天气晴好，不然如何能"上方重阁晚，百里见秋毫"呢？我在烟雨中的麦积山上四望，只见白茫茫一片，不要说是百里，就是山下的路径也看不清楚。

由于来时路上只吃了一个面包，早已是饥肠辘辘。幸好下山不久，小雨稍歇，接着天色转晴。因为下了大半天的雨，原来的小摊贩早就收了。那时麦积山的景区尚未开发，游人稀少，道路都很泥泞，不得已只得乘车去天水市内解决吃饭的问题。

天水市内即是秦州，彼时的天水实在是不很发达，不要说与兰州相比，就是较之西宁，也稍有逊色。由于天色放晴，街道两侧倒是摆出不少小摊子。本来想找一家好些的饭店慰劳一下自己，缓解一天的疲劳，尤其是要驱散周身的湿冷，无奈此处人生地不熟，看看也没有可取之处，于是先找到一家茶馆坐下，要了一壶茶驱驱寒气。那茶馆的主人是位年近七十的老者，戴了副二十年代的圆形眼镜，一侧还是用布条拴住的，替代已经坏了的镜腿。老先生是读过书的，对天水极为熟悉，问我们从哪里来？听说是北京、上海，肃然起敬。又听说是专程来游麦积山，老先生更是有种自豪感。说话间看见茶馆外面有几家小摊子，又在卖我早晨在火车站上看见的那种红红的、一碗碗的东西，趁便问问老者。他怕我们听不懂，马上找了张纸，写上"呱呱"二字，再问他何意？回答却似是而非，看来约定俗成，也是讲不清了。他说到了天水，不吃呱呱会很遗憾，出了天水，则找不到这样东西了。又说此物是荞面做的，好吃的不得了，天水人无论早点、宵夜或饿了时的点心，都要来碗呱呱。

听他如此夸赞，我马上要出门去买上一碗尝尝，被老先生一把拉住，道是此处做得不好，并告诉我们，吃正宗的呱呱要到某某处去吃。后来竟不容说，将茶馆交待给个小伙计，亲自带我们去到一家店面。果然，这里比较干净，也像个饭馆的样子。有趣的是他进得门来就大声叫喊："北京、上海的同志来吃呱呱了！"似乎他是这里的常客，与店家都很熟悉，倒弄得我们十分尴尬，也惹得店里的客人注目。拣一处座头坐定，邀他一同吃，老先生坚决不肯，却又不走，说要看着我们吃。我看着那位上海的朋友面有难色，知道他是不能吃辣的，于是向老先生说明。老先生说：这有何难？不放辣椒就是了。那时天水的规矩还是先付钱，老先生争着要付，还说应尽地主之谊，终被我们拦下。像如此热情的萍水相逢，确是少见，也可见天水民风的纯朴。

这家店里呱呱的吃法果然与摊子上不同，碗里的呱呱是没浇作料的，不似街头都是摊贩事先兑好的。随着呱呱送来七八样作料和黄瓜丝、胡萝卜丝，作料中我只记得有辣子和芝麻酱、蒜汁和醋等，要将这些作料依次倒入呱呱中，再放上黄瓜丝和胡萝卜丝一同拌上，只有呱呱里的芝麻粒是事先和着呱呱在一起的。这些作料且不言，只那呱呱却是从来没见过的，呈半透明的黄褐色，撕扯的一块块，完全不规则，都是用手将荞面撕碎的，这是吃呱呱的一大特色。如果有人嫌不卫生，非要用刀去切碎，用锅铲去捻，那他最好就不要去吃呱呱，味道也就全然不对了。就像陕西的羊肉泡馍，总要自己用手去掰碎的，这些年也有用机械搅碎的，就完全不是那么回事了。很多传统的东西不要总想用机械化代替，其实是劳而无功的。就像呱呱，是用荞麦做成，以现在的观念看是健康食品，绿色食品，低脂、低糖，可是天水秦州人吃了一千多年却没想那么多，谁管它低糖还是高糖，低脂还是高脂？

这呱呱确实是好吃，好吃之处完全不在作料，却在口感。呱呱是陇南出产的荞麦粉熬煮成浆，取其淀粉，再在锅里摊成厚厚的呱呱后，取之入盆冷却回性，食用前要用手撕捻成块状。有人说，呱呱是指缝里捏出的食品，也不为过。据说前些年也改良过，改用锅铲捻压切碎，结果天水人不买账，还是恢复了老传统。

呱呱吃到嘴里颇为绵软，肉头儿，又很筋道，拌上作料特别入味儿。北京有样小吃叫扒糕，属夏令食品，是将蒸好的荞麦面切成象眼块状，也是用作料拌着吃，与呱呱类似。所不同的就是质地，扒糕光滑而实，不会很入味儿，但呱呱就不同了，表面虚虚实实、坑坑洼洼，薄厚不均，作料拌上很容易渗透入味儿。又兼绵软肉头，却不糟烂，恐怕与荞麦面的品质和出于手工制作有很大关系。

呱呱的历史十分悠久，相传西汉末年陇右成纪人隗嚣割据天水，自称西州大将军，筑官府于天水。呱呱是官府里的饮食，隗嚣之母对呱呱极为钟爱，每三日必有一食。东汉初隗嚣兵败刘秀，竟自投奔公孙述。厨子逃出皇宫，在天水开了一家专卖呱呱的店铺，呱呱的做法也就得以留传至今。如此算来，天水人吃了将近两千年的呱呱了。

那位老先生从始至终看我们吃呱呱，那位上海的老兄起先不肯吃，后来看我吃得香，于是放弃了他要的打卤面，转而又要了碗呱呱，尝了一半，剩下的那一半也被我吃光。老先生说，天水人吃呱呱多在早晨，像我们这样拿呱呱当晚饭的却是不多。他说呱呱还有用豌豆粉做的，却没有荞麦面的好吃，天水人还是爱吃荞面做的呱呱。

天水秦州是秦的发祥地，更是与伏羲氏有关，所以天水素称是"伏羲故里"。唐代以前天水出了不少名人，像赵充国、赵壹、姜维、苻坚等，好像李渊、李世民的祖籍也是陇西成纪（今天水秦安县北），不过自唐代以后比较沉寂，虽地处西安与兰州之间，却略显闭塞。

也正如此，天水人过得散淡，宁静。记得三十年前我第一次在西安大差市吃过酿皮子，觉得挺新奇，曾几何时，这酿皮子已经遍布全国。可是天水的呱呱却正如那位老先生所说，自从离开了天水就再也没有吃到过了。后来听说天水常记的呱呱最好，现在已经颇具规模，还注册了商标，不知道是不是当年老先生带我去的那家？

时隔二十五年，呱呱的味道已然淡忘，但老先生那一嗓子"北京、上海的同志来吃呱呱了"，却是记忆犹新。

从樊楼说到河南菜

今天开封的樊楼是 1988 年新建的一组仿古建筑，由东西南北中五座三层高楼相连而成，中有庭院，坐落在开封御街的北端，这与史料中描述的樊楼位置差不多。只是今天的"御街"与北宋汴梁已有差距，以龙亭为中轴标志的御街并非是北宋御街，龙亭不过是清代在开封发掘的六朝（五代时后梁、后唐、后汉、后周和北宋、金朝）皇宫遗址上建造的，并非是北宋禁苑的中轴。北宋的开封历经兵燹与黄河决口的逐层沉积，至今不能判断出宫城的准确位置。宋太祖尚节俭，北宋的宫城大致只有唐代宫城的十分之一，但无论是人口的增长、经济的发达和城市的繁荣，北宋却都远远超过了汉唐。

樊楼是北宋汴京最大的酒楼，又称矾楼或白矾楼，《东京梦华录》《老学庵笔记》《能改斋漫录》《齐东野语》等宋人笔记中都有记载，诗词中更是经常提到，政和进士黄彦辅酒酣樊楼，曾有"望江南"词十首，吟咏樊楼之月，引得都人聚观。朱熹的老师刘子翚也曾有《汴京纪事诗》记樊楼："梁园歌舞足风流，美酒如刀解断愁；忆得少年多乐事，夜深灯火上樊楼。"足见那时汴梁的繁盛，樊楼营业彻夜不歇。南渡以后，临安仿樊楼起丰乐楼，刘克庄曾讽喻道"吾生分裂后，不到旧京游。空作樊楼梦，安知在越楼"，樊楼显然已是南宋人对故国怀恋的一个重要标志。而南宋以后，樊楼甚至已经成为了酒楼的代名词了。

至北宋末年，包括樊楼在内的大型酒楼在东京汴梁就有七十二家之多，这还不包括一般的脚店，这些大酒楼多有自己的特色，但要其他的小吃，还可以另外让人去外面购买，《东京梦华录》记"其果子菜蔬，无非清洁，若别要下酒，即使人外卖软羊、龟背、大小骨、诸色包子、玉板鲊、生削巴子之类"。关于《东京梦华录》里提到的饮食，邓之诚先生多有考证，但"软羊"与"炊羊"却无特别详细的注解，我想抑或软羊就是嫩羊肉，炊羊则是蒸羊肉了，而"乳炊羊"当是蒸羊羔了。

樊楼还自酿美酒，名曰"眉寿""和旨"，樊楼仅一天上缴的酒税就达两千钱，此外还有下属的脚店酒户三千家，据《宋会要·食货》称，樊楼"出办课利，今在京脚店酒户拨定三千户，每日于本店取酒沽卖"。东京之繁华，消费之庞大，由此也可见一斑。

小说中关于樊楼的描述大抵来源于《大宋宣和遗事》，《水浒》中陆谦计赚林冲去樊楼吃酒和后来宋江在樊楼遇李师师，都是以樊楼为创作背景的。据《大宋宣和遗事》说，樊楼的西楼"上有御座，徽宗与李师师饮宴于此，士民皆不敢登楼"。《水浒》中宋江在樊楼与李师师邂逅大概即是以此杜撰出来的。

樊楼不仅是吃饭，也是娱乐冶游的地方，有妓侑酒是肯定的。《都城纪胜》说"娼妓仅伴坐而已，欲买欢，则多往其居"。可见樊楼的妓女仅是陪酒，在樊楼是不做"生意"的，她们都有自己的下处，不是可以随意"出台"。《醒世恒言》有"闹樊楼多情周胜仙"一回，虽是明人冯梦龙的作品，也是根据宋代话本为蓝本创作的。元代以后，汴梁的繁华已是历史的陈迹，但樊楼却给人留下了不可磨灭的记忆。

1993年3月，我自广东到洛阳，转赴开封。途中得知北京大雪，开封虽无雪，却是细雨，阴冷异常。一日之内独自一人游龙亭、铁塔、繁塔、古吹台、延庆观、大相国寺，已是鞋湿衣透，更兼广东温暖，随身没有几件御寒的衣物。时近黄昏，走到樊楼，本想好好吃顿饭。虽然知道此樊楼非彼樊楼，但总觉得多少有些怀古的情调。那日樊楼门前颇为冷清，车马稀少，在门口有服务员，对她言明吃饭，问我是否有预订？有几个人？告诉她后，立即冷淡地回复我只接待包桌，不接待散客。无奈只得回开封宾馆，去餐厅看看菜单，几乎都是大件。一个人实在不好叫菜，索性去夜市，选了一个煎焖子、一碗羊杂汤，最后看见有卖小碗蒸羊羔肉的，买了一份尝尝，只是里面的粉太多，肉太少，不知北宋的乳炊羊是不是此等东西？

倒是2006年再去开封，在开封宾馆订了一桌开封特色菜，好在人多，不愁吃不完。其中的鲤鱼焙面做得尚可，只是今天的黄河鲤鱼已不似旧时，略有些土腥味儿，是不是黄河的出产，也不好说。

北京的厚德福应该说是比较标准的河南馆子，最初开在前门外大栅栏内路北，原来是家大烟馆，实行禁烟后，改成了饭馆，名叫衍庆堂。后来因经营不善而易主，改名厚德福，专营河南菜。掌柜的叫陈莲堂，是河南杞县人，对豫菜很有研究。厚德福是光绪二十八年（1902）开业，不久袁世凯重新复出，这位袁项城喜欢用家乡菜宴客，因而厚德福也走红当时，名噪京城。辛亥以后，袁氏当国，京城河南菜更是一时时尚。过去看梁实秋先生的书，很奇怪怎么会提到"吾家之厚德福"，梁先生家是杭州人，与河南菜完全没有关系，后来才弄清，原来梁家是厚德福的大股东，梁实秋先生的祖父梁咸熙曾在广东做官，卸任回京后就为厚德福投资。梁实秋从小就经常在厚德福吃饭，对厚德福的菜品、掌故颇为熟悉，在《雅舍谈吃》中多次提及这家京城惟一的河南馆。

厚德福在大栅栏的时代我没有去吃过，但在六十年代初搬到月坛三里河及后来的礼士路，却是吃过多次。"文革"中还一度更名为"河南饭庄"，再后来又搬到了德胜门内，前年还去吃过两次，去年再去，又歇业了。厚德福命运多舛，总是开开停停，数次迁徙，就连民国初年曹锟兵变，大栅栏数家店铺遭抢都有它的份儿。

河南菜的构成实属多系，洛阳、开封、南阳、安阳都有其自身的特色，五十年代初郑州成为了省会，又是全国的交通枢纽，更是兼及南北西东。厚德福的菜可以说是融汇了中州特色，集其大成。在河南只有分在几个地方才能吃到的特色，在厚德福几乎可以一网打尽。例如瓦块儿鱼焙面，在洛阳就吃不到，而洛阳的牡丹燕菜在开封也是吃不到的，这些在厚德福却都有。旧时厚德福还以扒熊掌著称，后来保护野生动物，改为了驼掌。我很怀念那里的瓦块儿鱼焙面、核桃腰子、白扒广肚、铁锅蛋、罗汉豆腐等，他们的牡丹燕菜虽然做不过洛阳，但在京城实属少见，也就聊胜于无了。真是希望能再恢复厚德福字号，光复豫菜。其实，厚德福后来的生意不好，也怪不得他们不努力，而是今天的食客多追逐时尚和创新，对传统菜兴趣不大。加之我们的媒体都醉心于宣传时尚，追逐高档消费，好像非如此就不能体现时代特色。于是老字号多被冷落，传统技艺濒于失传，这也是我们在宣传当代饮食文化中值得思考的问题。尤其是那些装神弄鬼的所谓新派菜，除了将消费对象定位在"高端人群"之外，又能有几多实际的社会价值？

几年前，六大古都曾假座北京全聚德金色大厅搞了一次传统技艺展示会，颇为隆重，我也赠了一副对联："鼎鼐调和真技艺；金炊玉馔大文章。"会后设宴，六大古都各自出品了一两个拿手菜，但如此南北菜肴交错，拼凑在一起，有点不伦不类，最后是北京烤鸭，也算是古都北京的特色了。因为是六大古都，所以没有安阳菜，然而安阳菜也有其特点，在豫菜中也是不可忽视的。

2004年去安阳殷墟、袁林，中午在安阳找了一家老字号的河南本地餐馆，只记得有两层楼，倒也洁净，名字却是记不得了。我们是先去了汤阴的岳庙，再转道安阳的，时已过午，所以餐馆内人已不多。安阳接近河北，菜品倒是更似燕赵，记得我们要了不少菜，其中的豆腐、粉皮之类都很不错，尤其是一个焦熘丸子，做得极好。其实这只是过去北京二荤铺的菜，要真正做好却并不容易，一是丸子要外焦里嫩，炸得恰到好处，肉不能不新鲜，且咸淡适口；二是汁要调得好，稀稠得当，挂汁即可，汁多则糊糊弄弄，这几点倒是都做到了。再有一个炸紫苏肉，类似北京的烤鸭，也是外皮酥脆，蘸甜面酱，但是夹在荷叶花卷中吃的。另有一道"三不沾"，基本能达到北京同和居的水平，也很难能可贵了。最近朋友请客，发现北京有家安阳馆子，那里的胡辣汤、大刀羊肉和高炉烧饼做得都不错，比起别家饭馆，地方特色算是突出的。

河南菜还有两大特点，一是汤，二是刀工。俗谓"唱戏的腔，厨师的汤"，汤在豫菜中算得独树一帜。洛阳水席就是离不开汤的，可谓是道道有汤，汤汤不同，酸咸甜辣，浓淡有秩，绝对不是千篇一律。水席分高中低档次不同，能从燕窝鱼翅做到白菜豆腐，虽是道道汤菜，却不会让人生厌。据说洛阳的水席发源于武则天时代，那时武则天长期住在东都洛阳，最爱水席。刀工也是豫菜一绝，无论荤素原料，都能切得至精至细。牡丹燕菜即是有此二绝的菜品，也是水席中足具代表性的菜肴。

2009 年的世界邮展在洛阳举办，又值每年的牡丹花会期间，可谓是盛况空前。我对洛阳颇为熟悉，大概去过八次之多，但在如此热闹的时节去，却还是第一次。展览是在刚建成的会展中心举办，早在半月前，洛阳的车辆就已分成单双号限行了。

展馆周围戒严，车辆只能达二里之外。那日从早晨的开幕式至下午五时一直呆在展馆，水米未进，临走还拎了五大册德国灯塔公司的最大型邮册，本来说好可以邮寄，但临时邮局又不收，只得自己拎着走。还好抄小路叫了辆三轮车，到了允许出租车通行处才换了车到酒店。稍事休息，觉出饥饿，于是和一位朋友去找"真不同"饭店。一路上司机抱怨堵车，并发誓赌咒说我们此时去吃真不同是绝对吃不上的。俟到了"真不同"，果如他所言，那里早已人满为患，仅胸前挂牌的（展览期间，中外有关人员均要带胸牌出入）就占了一半左右。不要说包间，就是能在大厅与他人拼上一张桌子已是万幸了。我们那天真运气，不知怎么就能很快地坐下，忙不迭地叫了好几个菜和一屉小笼包子。那牡丹燕菜确实做得好，在如此纷乱的情况下，难得刀工一丝不苟，又漂亮又精美，酸辣的味道浓郁却又爽口，确实比厚德福胜过许多。另外几个汤菜也甚好，没想到看着吓人的一桌子水席竟被我们两人吃得干干净净，几乎没有浪费。

牡丹燕菜的主料原料其实就是萝卜，由于刀工精细，形同燕窝，原来的名称就叫"假燕菜"。加上辅料的海参丝、鸡丝、鱿鱼丝，可谓荤素得宜，清淡之中又有鲜香。尤其好的是汤，酸辣沁人，那辣是用的胡椒粉，但难度在于掌握得恰如其分。先吃上个牡丹燕菜，能让人顿时胃口大开，更何况我们那日已是饥饿难耐了。事后想起这一席真不同，令人回味无穷。

河南菜虽不在八大菜系之中，但于中州饮食来说，确是独具风格的。

浓油赤酱话本帮

还是在很小的时候，吃过上海冠生园做的牛肉干，这种牛肉干与后来吃过的所有牛肉干都不同，起码有五十年没有见到过了。那是封在小袋子里卖的，里面一层是透明玻璃纸，一袋中没有几块，薄薄的片，颜色很深，呈红褐色，晶莹剔透。牛肉干的外面裹满了甜甜的蜜汁，很黏手。味道是浓郁的，口感不像一般牛肉干那么硬，只要嚼嚼就烂了。那时只有东安市场的森春阳有卖的，连稻香春都没卖过。五十多年过去了，但那浓郁的味道至今不忘，我想，或许这就是真正的上海味儿。

从小跟着祖母长大，她最喜欢油大糖多的食品，我的口味不可能不受影响。她自己做的徽州黑芝麻酥糖可谓是重油多糖，谁吃了都说甜腻，浅尝辄止。但我却觉得好吃，放在福建漆盒中的酥糖不久就被我们两人吃完了。母亲和岳母也是江浙人，因此，我家的菜几十年来都是江浙苏锡的风格。

也许是现在人们的生活条件太好了的缘故，饮食都偏于清淡，注重健康，可奇怪的是，谁到我家来吃饭，似乎都一时忘却了这样的理念。我家最传统的保留节目——南乳方肉，每块都是肥瘦相间、三寸见方的五花肉，体积不小，味道浓郁而甜。年纪轻的不消说，就是那时八十九岁的丁聪先生来，也能吃掉两块。

按照上海复旦大学朱维铮教授的说法，上海是个"难民城市"。此前，人们常说上海是个移民城市。2002 年我去上海，住在庆馀别墅，和朱先生谈到北京文化与上海文化的比较问题，他的观点很明确，以为自太平天国东进长江下游，上海就成了难民从南、北、西三个方向汇聚的地点。南是杭州，北是苏北，西是安徽、江宁、苏锡。三个方向的难民向刚刚开埠的上海集中，形成了上海文化。朱先生是反对"海派文化"的提法的，恰恰我也是不同意"京味文化"的理论。

上海既有着洋泾浜的一方面，也同时有着很传统的一方面。就饮食而言，一般老百姓并非都是喜欢浓油赤酱，也是以清淡家常为主。何况这几个方向的移民口味并不相同，杭州人的饮食很复杂，既有受到北方影响的南宋遗风，又尚湖鲜竹笋时蔬。苏北是淮扬懿范，精致细腻，又兼运河漕运，盐商汇集，自然是珍馐锦绣了。安徽人吃苦耐劳，早年就有"徽骆驼"之称，虽饮食自成一派，又入"八大菜系"，但毕竟崇尚节俭，不事奢华，以清淡为主。可是江宁苏锡就大不同了，自明清以来即是应天府、江宁府所治，又是人文荟萃之地，官宦往来之区，尚重味甜腻。有此诸多影响，上海菜的形成也就变得殊为繁杂了。

上海菜有着弄堂菜和本帮菜之分，所谓弄堂菜，也就是多年来形成的普通百姓的饮食，从鸡毛菜、马兰头、草头圈、野蔷菜到腌笃鲜，从河蟹湖鲜到鸡鸭鱼肉，无所不包，但味道并不太浓重。三餐之外，上海人能随意在街上找到些可口的点心，无论是大排面、生煎馒头、咖喱粉丝牛肉汤、鸡鸭血汤、菜肉大馄饨，还是煎糍粑和糕团，都是惠而不费的小食，即便是当成一顿饭吃，亦无不可。在凭粮票供应的年代，惟独上海有半两面额的粮票，一块鲜肉月饼只收半两粮票，上海人能只买一块，托着块纸就地消灭。弄堂里也有小馆子，叫上荤素两个菜，清清爽爽，精精致致，所费无多，又吃得舒服，上海人称之为"小落胃"。这些年上海的弄堂菜颇为走红，前几年在进贤路茂名路口，有家叫"春"的小馆子，实际就是弄堂菜，每次从北京去吃，都要事先打长途电话预订，不然是吃不上的。

本帮菜就不同了，所谓"帮"，是指厨师行当的范围和圈子而言，如山东的"福山帮"、浙江的"杭帮"、安徽的"徽帮"等，这些都是旧时留下来的叫法，也代表了从业厨师的师承与风格所在。"本帮"即上海本地菜，换言之，即是上海餐馆厨师的技艺风格，以"本帮"称之，也只有上海一地而已。

我对上海的弄堂菜兴趣不大，原因并不是它做得不好，而是与我家的菜太接近了，平常吃惯这些，总想换换口味罢了。所以在上海每当有人提议去吃什么弄堂菜，我总是持反对意见。虽清淡有加，但总不过瘾。如今的高级白领和企业老板们吃的膏粱厚味太多了，喜欢去体验民情或返璞归真，我非富人，更遑论富到那份儿上，也就不能脱俗了。所以还是对真正的本帮菜感兴趣。

本帮之说还有个原因，那就是清末民初，上海逐渐兴旺发达，有全国十六帮的菜系汇聚沪上，为了以示区别，于是将上海的本地菜叫做本帮菜，其实，本帮的形成也是吸收了江南各个菜系的营养，尤其是更多地借鉴了苏锡菜的风格。

本帮菜中有几道是家中做不好的，一定要到馆子里去吃，像青鱼秃肺、虾籽大乌参、糟钵头、红烧鲴鱼等，也许真正的上海人家能烧，但我家是不敢尝试的。说到这几道菜，让我想起了上海的老字号德兴馆。在今天令人眼花缭乱的上海餐饮世界中，德兴馆几乎被人遗忘，但我在二十多年前去时却还很红火。

上海开埠后最先发达起来的地方就是十六铺码头一带，德兴馆就是在光绪九年（1883）选中了这里的洋行街开业，也就是今天的阳朔路。我在二十年前去普陀山时还是在这里上的船，但问过上海的朋友，今天十六铺码头已经废弃不用了，成为江边的观光区。旧时的十六铺非常热闹，不但销售不成问题，就是原料的采购也很方便，而且新鲜。后来生意做大了，起了楼，名声日隆，门庭若市。其实与现在相比，德兴馆的菜并不豪华，不过是些鸡鸭鱼肉、江鲜河蟹之类，绝无鱼翅燕窝之属，但在做法上却是浓郁而不油腻，清鲜却不淡薄。把浓油赤酱做得恰到好处，既适应了上海人的口味，细腻雅洁，浓淡得宜，又不同于一般家常的风味。

我第一次去德兴馆是在二十五年前，是和上海的几位朋友同去的，他们都比我年长许多，今天多数已经作古。这几位既是老上海，也是知味的老饕，我们一般的活动范围是在静安寺、华山路一带，那次也是我第一次去南市。盘桓的七八天中，我们一起吃了十来次各种类型的馆子，都是他们指引，大家轮流坐庄。我还记得有次是在一艘停泊在外滩不动的轮船上吃西餐，菜虽一般，但是船体晃晃悠悠，挺有意思。叫什么"蓝盾"之类的名字，不久再去上海，那条船就不见了。

我们在德兴馆点了虾籽大乌参、红烧鮰鱼、腌笃鲜、红烧划水、糟钵头、油爆河虾、八宝辣酱、虾仁鱼唇等，真是大快朵颐，那日遗憾的是没有吃到青鱼秃肺，说是那几天没有青鱼肝卖，这一课是两年之后方补上的。其中那道虾籽大乌参甚好，味道浓郁，参发得也恰到好处。糟钵头的糟香味儿很浓，比我在其他地方吃得都好。彼时北京还不太时兴上海本帮菜，正是粤菜红火的年代。德兴馆的糟钵头是上海闻人杜月笙的最爱，每次来德兴馆必点此菜，席间大家还说起许多杜月笙的往事。糟钵头的用料无非是猪肚之类，都是不值钱的东西，但能用下等料做出上等菜来，也是德兴馆的一绝。糟钵头非在上海馆子吃而不得真味，那股糟香令人回味无穷，尤其是暑热之中不思饮食，糟钵头作为餐前冷菜，会令人胃口大开。这一席中浓油赤酱几乎占了一半，却没有雷同之感。

两年之后又在这里吃到了青鱼秃肺，更是别具一格，这道菜在北京的本帮馆子里并不多见，也可能是原料的问题。说是"秃肺"，实则是青鱼的肝，以为主料，辅料不过是玉兰片、木耳、青蒜，但是必须用猪油煸炒，无可取代，否则这秃肺就没什么吃头了。青鱼的肝大，一叶肝能切上两三刀，块儿也不小，口感绵软而不糟，鲜美无比。我在苏州木渎的石家饭店吃过鲃肺汤，美则美矣，就是太少，不如这青鱼的"秃肺"过瘾。

上海的"老饭店"我没有吃过，但开在北京三里河东街的上海老饭店却去过多次，虾籽大乌参也烧得不错，但手艺不太稳定，稍逊于上海的德兴馆。不过那里的爆籽鱼却很入味儿，划水也说得过去。上海老饭店比德兴馆的牌子还要早上八年，是光绪元年开业的，原来叫荣顺馆，后来生意好了，有名了，老板又在荣顺馆的前面加了一个"老"字，变成了老荣顺馆，这样一来反而绕嘴，索性就改为"老饭店"了。

我喜欢上海本帮菜的浓油赤酱，也喜欢那厚重的味道，我想，冠生园五十多年前那种蜜汁牛肉干正是体会了上海人的这种口味罢。爆籽鱼酥脆，在咀嚼中吮出的汁也有这种味道，既香也甜，虽是作料所致，但却与品质融于一体。川菜也多作料，但那作料大抵是吃不进去的。你如果仔细观察，川菜馆中客人离去后，盘碗中都会剩下很多作料，无论是水煮还是毛血旺之类，是没人有本事将汤汁都吃净的。

今天的本帮菜也在变化，这些年去上海，因为是住在衡山路一带，多是些时尚菜，就是在徐家汇等处，吃的本帮菜也不正宗，实在不敢恭维。

有报道说，现在的上海人已不适应浓油赤酱，认为老本帮菜油多，味道太甜，甚至许多饭店已经将八宝鸭子之类从菜单中取消，像红烧划水、虾籽大乌参都减了甜度。甚至提出要学粤菜，学川菜，让老本帮菜"褪褪色""减减肥""降降味"，也许这样会有些市场效益，不过本帮菜的特色也就会随之消逝了。

八宝鸭子是本帮菜向苏锡菜和杭帮菜学来的，从苏锡的拆骨到不拆骨，鸭肚子里的空间更大了，里面的糯米、笋丁、青豆、火腿、莲子、冬菇丁、芡实、肉丁、板栗丁应有尽有，直到现在也是我家过年少不了的一道菜。其实偶一为之，满足口腹之欲，何畏之有？大乌参号称是蛋白质太高，也少有人问津了。本帮菜如果没了这些，还有什么趣味可言？当代人活得太在意了，无形中少吃了不少好东西。

近年去上海，想找家有特色的本帮菜，却是很难，上海的出租车司机大多是外来人口，想从他们口中问出点上海餐馆的门道，实在是难上加难。上海的发展可谓是日新月异，不愧是国际化的大都市。即使如此，还是希望能给地道、纯正的老上海留下一隅之地。

川菜的"巴""蜀"之别

　　自从 1997 年重庆第三次被划为国家直辖市以后,"巴渝文化"与"川蜀文化"就越来越显得泾渭分明了。我记得有次对一位重庆朋友说,你们四川如何如何,他立即更正说,"我是重庆人"。记得此前的几十年,我们都是将重庆和四川一概而论的。因此,每说到"川菜",也是不分什么巴蜀地域的。

　　老北京人对于"川菜"的接受时间是相对较晚的,旧时专营川菜的馆子不多,最著名的无非是峨眉酒家,虽然某些馆子里有几味川式菜肴,也不过是点缀或是改良的出品,就是峨眉酒家,也改良到更适合北京人口味。直到 1959 年西绒线胡同的四川饭店开业,才算有了最正宗的川菜。我家有位亲戚,当时参与了四川饭店的设计工作,因此近水楼台,曾在开业之初,有幸和家里大人一起去吃过几次,那味道至今难忘。

　　前些年,我与川菜大师史正良经常在一起开会,也问过他关于川蜀与巴渝菜的异同。他从小学徒,拜的是川菜名厨蒋伯春,学的自然是正宗的川蜀菜技艺。后来长期供职绵阳的芙蓉酒楼,自然也是川蜀风味了。可惜他在 2015 年从绵阳赴机场参加广州厨师节的路上遭遇车祸，不幸离世。

史正良告诉我川蜀菜与巴渝菜是完全不同的两个系统。川蜀菜更偏于正宗的官府菜和市井菜，而当下的巴渝菜则更偏于江湖菜。

我想，当年四川饭店的菜大概是更偏于川蜀风味，而近年流行于北京、深受年轻人喜欢的大抵是巴渝风味了。

成都的历史更为悠久，汉唐以来向为政治与经济的重要地区，历代蜀中封疆都是驻节成都，因此川蜀人文皆汇聚于此。成都地处四川盆地，是名副其实的天府之国。左思的《蜀都赋》中就曾记载"若其旧俗，终冬始春。吉日良辰，置酒高堂，以御嘉宾。金罍中坐，肴烟四陈。觞以清醥，鲜以紫鳞"。可见早在春秋战国时代川蜀的餐饮已经十分发达。到了唐代，成都更是繁荣，许多文学家的诗文中都能见到关于成都美食的记录。在饮食业界，更有"扬一益二"（即扬州第一、益州第二）之谓。宋代苏轼是老饕，他与美食的关系不言而喻。陆游虽然在四川经历了许多艰苦，但在其《剑南诗稿》中仍不乏许多赞颂蜀中美食的诗词。

清代四川文学戏曲家李调元更是美食大家，他的父亲李化楠曾在江浙做官，将许多江南的美食带入四川。李氏父子世居罗江（今属德阳），后来李调元将父子两代积累的饮食记录整理刻印成《醒园录》，对四川的饮食发展有着重要的贡献。

真正的川蜀官菜并非人们想象的那么辣，尤其是官府宴席的菜肴，其实不辣的居多。就是燕菜、鱼翅、紫鲍之类，在川蜀菜中也不鲜见，绝非我们今天所熟悉的鱼香肉丝、回锅肉、麻婆豆腐、甜咸烧白、水煮牛肉之类。当然，这些东西在川蜀风味之中也会生面别开，自有川菜的特色。当年峨眉酒家的臊子海参，也会使用上好的干发刺参，绝对不会使用普通的海参或黄玉参对付。

张大千是内江人，沱江流经内江境内，江鲜不乏。更有山珍竹笋、野生菌类，加之大千先生精研此道，因此大风堂的菜品绝对不拘一格，而是博采众长，自成一家。台北的摩耶精舍中有烤肉用的茅草亭，木架上的作料都是大千先生亲自撷选，可见其对于饮撰的精到。内江虽然去重庆不远，但毕竟还是"蜀中"。

川渝菜在近百年中的变化最大，当今成了川菜的代表和年轻人追捧的菜肴。有人曾对我说，"成都的小吃好，而重庆的菜肴好"，其实这种说法是不够准确的，只是近几十年中川蜀菜被巴渝饮食所掩，人们不太了解真正的川蜀菜罢了。

巴渝的繁荣应该说晚于川蜀，但是百年以来巴渝菜历经了三个重要因素带来的变化。

一是近现代长江航运的发达。近百年来，无论是长江的外国航运公司或是民族资产的航运事业发达，都带来了空前繁荣的长江航运，重庆成为了长江上的重要码头，人员和物资的流通使重庆成为了四川最重要的开放性城市，也正因此，以重庆为中心的巴渝菜受到了外来饮食文化的影响，远比地处四川盆地的川蜀菜更为博采众长。

二是抗战期间国府迁往重庆，成为"陪都"，一时政府机关和教育机构转移到了重庆一带，造成了重庆的畸形繁荣。彼时，重庆人对于长江中下游省份的外来人员，都以"下江人"呼之。尤其是江浙一带的饮食对巴渝菜的影响最大。例如现在巴渝菜中的"三鲜锅巴"，在抗战前的巴渝菜中是没有的。这道菜其实是南京六华春的特色菜肴，也是六华春的镇店名菜。这家六华春早年开在夫子庙附近，同时名噪南京的还有四鹤春、江南春、老万全、大集成等；但属六华春为其头牌。七十年代六华春搬到了南京火车站附近，我还在那里吃过一次"虾仁锅巴"，因为上菜较晚，怕耽误了上火车，只匆匆吃了几口就急忙登车，至今引为遗憾。

　　六华春的虾仁锅巴也叫做"天下第一菜"，用的是炸得酥脆的锅巴，炸好即上桌，用鲜虾仁制成的浇头"刺啦"一下倒在锅巴上，除了"色""鲜""香"之外，还有视觉和听觉之效。抗战期间，大后方的下江人想念故土，将这道"天下第一菜"引入重庆，并且起名为"轰炸东京"，以表达坚持抗战、同仇敌忾的情绪。至今，在巴渝菜中的这道"三鲜锅巴"就是这样衍化来的。不过，真正的三鲜锅巴绝非今天的"低配"，而是用的鲜虾仁、干发海参和干发鱿鱼，佐以少量的嫩笋片和口蘑，其中并没有肉片，底料必须是口蘑吊的好汤。六华春的其他名菜如"烧菜核"、香酥鸭等也传入重庆菜中，也影响到巴渝菜中的"樟茶鸭"等。

　　不仅是下江江浙的饮食，就是全国其他菜系，也在这一时期对巴渝菜有着或多或少的影响。抗战期间，巴渝菜在原来的基础上不断丰富。

三是今年以来老重庆"江湖菜"的甚嚣尘上。

"江湖菜"是个很复杂的概念，一般而言，指的是市井菜、码头菜和排挡菜等，价格便宜，食之便捷，与大餐馆的菜形成了较大的反差。过去在重庆的朝天门码头和上清寺一带，都有很多这样的排挡。这种江湖菜相对来说是"重口味"，麻辣味道刺激，用的香料也多，类似重庆原始的"毛肚火锅"。我在八十年代初到重庆，一直想去尝尝毛肚火锅，但是开会期间没有机会吃到这样的江湖菜，直到几天后乘江轮途径万县（今万州市），夜泊登岸，才在万县的小街上吃到毛肚火锅，其辣难忍，只得买了瓶可乐冲淡辣味。

这种麻辣火锅确实起源于嘉陵江的码头菜，最初是为了拉纤的纤夫们吃的。纤夫们劳作辛苦异常，整天半个身子泡在寒冷的水里，为了祛除体内的寒湿，只有用这种辛辣而又热乎的火锅散除体内的寒湿。后来演变的"麻辣烫"也是源于此。早年在巴渝菜中，这些东西是上不得席面的。

江湖菜都是相对比较刺激的，例如麻辣火锅、毛血旺、歌乐山辣子鸡、水煮鱼等，这些都是今天年轻人喜欢的口味，甚至成为了巴渝菜的代表。其实它们是不能全面代表巴渝菜的。说到水煮鱼，令人想起早年无论巴渝菜和川蜀菜中都有的一味"担担鱼"。旧时宴席尾声，总会上一道"担担鱼"，鱼是从江里刚打上来的鲜鱼，趁着鲜活立即宰杀，去鳞和内脏，然后立即下锅烹煮。俗话说，"千炖豆腐万炖鱼"，从江边挑起有炉子的担子，走上十里八里的路程，炉火是不息的，那尾鲜鱼一直在火上咕嘟着，无论是宴席设在馆子还是设在大宅门里的厅堂，当酒宴阑珊之时，一声"担担儿到"的吆喝，席上无不精神一振。待鲜鱼上桌，正是鱼汤最为鲜美的时节，既可下饭，又能醒酒，其鲜无比，远非满是红油的麻辣水煮鱼可比的。

巴蜀皆嗜麻辣是毋庸置疑的，但绝非多数的菜品都是麻辣口味，川菜中的一道名菜"开水白菜"就是极其清淡而不失鲜美的。开水白菜由来已久，经过川菜大师罗国荣的改造，更是色型俱佳。用的是三寸长的白菜芯，去其筋络，加之老母鸡和干贝、火腿清炖的汤，最后将母鸡剁成鸡茸，和汤再煮后过滤，仅留清纯的好汤，放入白菜清蒸上桌。白菜芯是微甜的，汤是纯净而鲜美的。时下有的川菜馆子也有这道菜，但是汤是寡淡的，菜是咬不动的白菜叶子，实在是有辱其名。

去年，应邀在成都不远的大邑安仁参加中国古镇博览会，其间曲江文旅派了一男一女两个小青年陪我参观附近名胜，中午回来在一小镇上的饭馆吃中饭，菜是我点的，我知道川菜量大，怕浪费，只点了一个麻婆豆腐、一个鱼香肉丝、一个素炒豌豆苗，外加一碗豆腐汤，他们趁我去洗手间的时候，又额外加了个豆瓣鱼。镇上的小馆子虽然简陋，但是菜做得却十分地道，绝对是正宗的川蜀风味，就是在北京的川菜大馆子也难吃到。最后结账，四菜一汤，仅140元。

川菜中虽然川蜀与巴渝各有千秋，但是当下多为火锅和麻辣所掩，诚为憾事。

米兰是甜的

2005年金秋，初到意大利伦巴第的首府，也是意大利西北最大的城市——米兰。

提起米兰，无论去过或没去过的人都会马上想到它是世界时尚之都。如果说巴黎是古老的时尚之都，那么米兰就是新兴的时尚之都，可以说，今天世界一半以上的国际著名品牌都在这里设有总部。虽然2015年的世界博览会将在米兰举行，但实际上它常年都在举办着世界博览会，作为世界八大都市之一，米兰一直都是当今时尚的晴雨表，是观光豪华消费的橱窗。历史上的米兰应该说起码有着五百多年的辉煌，非常可惜的是，从1943年开始到1945年"二战"结束，米兰遭到了盟军地毯式的轰炸，原来的城市几乎荡然无存。今天的米兰可以说是战后重建的，虽然它是意大利的经济和金融中心，但对我来说，却没有什么诱惑力。因此，以这样先入为主的印象，我对米兰没有过多的希冀与企盼。

从法国进入米兰市区是在晨曦之中，因为夜里睡得不太好，凌晨反而昏昏欲睡，在朦胧中看到的第一个城市标志竟是法国作曲家比才（Georges Bizet）的青铜塑像。比才是法国人，受到意大利作曲家罗西尼（G.Rossini）的很大影响，当时法国作曲家到意大利去学习歌剧得到了法国许多基金会的赞助，成为一时风尚，但他的《卡门》和意大利作曲家罗西尼的《塞维利亚的理发师》、威尔第（G.Verdi）的《茶花女》一样，也受到意大利人的喜爱，至今经久不衰。欧洲文化与艺术的互通是没有国界的，但我看到米兰街头的比才铜像时，回荡在耳际的却是他那首《阿莱城的姑娘》的管弦乐，那是小时候听得最多的乐曲。他为都德的《阿莱城的姑娘》所谱的二十七首管弦乐比后来齐烈亚的歌剧《阿莱城的姑娘》要早了二十年呢。直到此时，我才猛然想起米兰还有歌剧、绘画和那幸存的大教堂。

米兰大教堂可以说是一个建筑史上的奇迹，从十四世纪文艺复兴时开始，到十九世纪末建成，几乎历经了五百年时间的持续修建，但是它从一而终，一直保持了装饰性哥特式建筑的特色。其实，也包容了新古典式和新哥特式的风格。所谓的新哥特式也就是我们知道得更多的巴洛克式，是可以归属到哥特式一大类的。此前，我也见到过不少哥特式和巴洛克式建筑，但能让我受到如此震撼的哥特式的恢宏却是前所未有。米兰大教堂可称是世界上最大的哥特式教堂，就是在建筑规模上也算世界第三，仅次于梵蒂冈圣彼得大教堂和西班牙的塞维利亚大教堂。当你站在杜莫广场（米兰大教堂也称杜莫主教堂，所以教堂前的广场就叫做杜莫广场）上仰视它的时候，你会怦然心动，不能自已。与其说是对神的敬畏，毋宁说是对人文的崇拜——米兰大教堂不仅是米兰的象征，也是人类文化的象征。

盘桓在杜莫广场良久，然后穿过伊曼纽拱廊可以走到它的另一端，那里有著名的斯卡拉歌剧院，那是世界声乐艺术家梦寐以求的舞台。剧院前的广场也叫斯卡拉广场，矗立着达·芬奇的青铜塑像，达·芬奇曾在 1482 年至 1499 年间生活在米兰，这也是米兰的骄傲。从杜莫广场到斯卡拉广场之间连接的纽带，以两组不同的艺术形式坐落在拱廊的两端，你会沐浴在文艺复兴人文之美的熏风之中。

伊曼纽拱廊又称维多利奥·伊曼纽二世拱廊，呈十字形交叉，向四个方向延伸，是米兰最具特色的拱廊。这里有古典而又奢华的购物区，其实，更准确地说是观光购物区，尽管这里名牌店鳞次栉比，但它的观光价值却远胜于购物。我观察那些豪华的店面生意并不太好，倒是拱廊两端的咖啡馆和点心店却要好得多。

透过很大的玻璃窗就能看到这里五光十色的甜点，可以说是集中了世界上最丰富的色彩和造型。我们当时已经在巴黎呆了不太短的时间，无论是卢森堡公园附近的著名老店达拉优（Dalayu），还是马德莲娜教堂旁边极有名的富颂（Fauchon），其规模和品种都远没有拱廊两端的点心店丰富，首先这种视觉的冲击就已经先声夺人了。

许多女人喜欢逛珠宝店，她们并不一定是要去选购几件珠宝，只是被那些晶莹宝石的光芒所吸引，忍不住移步向前，然后流连忘返，进而也许会买下一件，我们走进一家家甜品点心店或许就是这种心态。

米兰伊曼纽拱廊四周的甜品点心店真是太美了，每一种蛋糕都是一件艺术品，无论是奶油蛋糕、忌司（Cheese）蛋糕、咭呋（Jelly）蛋糕、水果蛋糕，还是各种用料不同的派，都是色泽鲜明，造型各异，仅仅是看，也会让你垂涎欲滴。进到店里，两面都是弧形的大玻璃柜台，里面的蛋糕竟有几十种，每样却只有几块，为的是保持新鲜，随卖随添。据说每种蛋糕从做好到出售，保留不超过八个小时，而且，每个甜点店都是自己制作，各有特色，就是同样的品种，味道也略有差异。意大利的提拉米苏是非常著名的，我在国内也尝过许多，但这里的提拉米苏却有几十种，很多是叫不上名字的，就是从外形上看，也能体味到它的娇嫩与松软，其新鲜程度可想而知。派的品种更多，有草莓、蓝莓、红莓、苹果、桑葚、蜜桃、杏子、无花果和许多我叫不上名字的当地水果做的，上面浇上同样质地和色泽的糖浆，是那样的亮丽鲜艳，也令人眼花缭乱。

彼时我和内子都刚刚在国内查出是Ⅱ型糖尿病，心有余悸，还不敢十分放肆，不像现在都打着胰岛素，百无禁忌。面对如此美轮美奂的蛋糕甜点，欲尝又止，踟蹰流连，浏览徜徉于每个店铺和柜台前，最后，还是忍不住分别在不同的店里买一块草莓派和一块提拉米苏，两个人分着吃一种，以不至于吃得太多。那草莓派真好，草莓极鲜美，个头不大，不像现在的大棚养殖草莓，却很像小时候吃的那种河北满城地草莓，浓香适口。草莓上浇的草莓原汁恰到好处，既没有喧宾夺主，也不过分甜腻。早听说意大利甜点非常甜，可是这种草莓派却不是太过分，而且草莓之香浓郁。尤其是派的坯子做得极好，松软而绵润，远远超过巴黎香榭丽舍大街上咖啡馆的那种中间软、周边很硬的出品。提拉米苏更好，是巧克力和奶油相间的，看着很有弹性，但却入口即化，吃到嘴里有种说不出的感觉。提拉米苏也不是太甜，我们互相说着"啊，不算太甜"，聊以自慰。由于摄入量的限制，我们只能在众多的诱惑中选择其一，这样就不免发生争执，难以取舍，最后只能一方做出让步，以择其一。忌司蛋糕却始终没敢买了吃，一是太腻，二是会影响后面的食欲。

时届中午，日光满洒在杜莫主教堂的哥特式尖顶上，整个教堂沐浴在日光下，是那样的洁白壮观。从广场走向相反的方向，会看到很多各种肤色的游客络绎不绝，很多人会手里举着块匹萨在大嚼，旁若无人。街角上有为流浪猫狗募捐的，内子颇感兴趣，也为它们做了稍许贡献。我却趁此溜进一家小店，偷偷买了一份金枪鱼汁的沙拉。内子嫌腥（其实一点不腥，这也是米兰的特色）不尝，我大概是为中和一下刚才甜点的味道，一个人狼吞虎咽地将沙拉吃完，觉得非常落胃，真的中和了甜点的感觉，反而更想再吃些甜的东西了。

米兰的糖果店也不少，虽然意大利的巧克力并不出名，但造型却也精美，很多软糖和蜜饯糖果大抵类似法国，五颜六色，也能给人以视觉效应。这类糖果店我们是望而却步的，只是透过橱窗瞧瞧，不过有一点看来很传统，那就是他们是像我们二十年前一样，糖果是论块儿卖或论磅称的，大多也没有十分豪华的包装，不像现在国内的糖果蜜饯都是装在盒子里或塑料食品袋中，让人没有了食欲，美其名曰卫生，却是大煞风景。这令我回想起几十年前的东安市场，无论十字街还是北门稻香春，糖果和蜜饯都可以这样零卖，那种诱惑绝不是豪华包装能取代的。

最能撩人食欲的，要数米兰的冰淇淋。

近十几年来，在国内北京、上海这样的大城市，像哈根达斯、美国三十一种和所谓的意大利冰淇淋已不鲜见，但口感和味道却不尽如人意，尤其是所谓的意大利冰淇淋，由于是标准化生产，品种永远不变，花色也不多。而米兰的冰淇淋店却像那些甜点店一样，大多是自己加工，口味和甜度乃至于品种都有所不同。每个店几乎都有二三十个品种或更多。他们还能在上面浇各种各样的汁儿，如蓝莓、草莓、巧克力、黑咖啡等，最好吃的是浇朗姆酒的，别具特色，吃起来非常香。大概还有浇白兰地和杜松子酒的，根据客人不同的要求，都能做到，非常个性化。后来我们在罗马的万神庙附近，也就是因奥黛莉·赫本拍《罗马假日》在那里吃过冰淇淋而出名的冰淇淋店，所吃到的都远不如在米兰的冰淇淋好。我不太喜欢掺有硬壳果的冰淇淋，所以选择了桑葚冰淇淋加朗姆酒的，里面有整个的桑葚，而内子选了有榛子仁的一种。

如果与点心相比，意大利的冰淇淋确实是过于甜了，甚至超过了哈根达斯，不过比美国街头卖的甜度要低些。我还记得美国街头和超市卖的那些冰淇淋，球很大，很甜，价钱也便宜，就是哈根达斯也比国内要便宜，却远没有意大利的精致。虽然粗糙，他们也会一次吃很多，好像吃不出什么味道来，美国人的没文化也大抵如此。

米兰不但店里的冰淇淋好，就是街头小贩的也令人回味无穷。我们曾在史佛萨古堡大门前买过推车小贩的冰淇淋，感觉竟然比店里的还要好，不那么甜，却很爽，价钱也便宜。

从史佛萨古堡的吊桥上回望杜莫主教堂，我突然有一个奇怪的感觉，那高耸云霄的白色哥特式建筑群就像一座白色巧克力糖做的模型，美的如此之甜，在日光的照射下，真的怕它会化了。

如果有人问我对米兰的印象，那么我会告诉他：米兰是甜的。

科隆的遗憾

2005 年 9 月，我和内子从阿姆斯特丹路过科隆去波恩，我们在科隆只是短暂的停留，目的就是要去看看科隆那举世闻名的圣彼得大教堂。

科隆是一座古老而又年轻的城市。说它古老，是因为它始建于公元前一世纪，并经过中世纪盛世的繁荣；说它年轻，是因为它是在"二战"废墟上重新建起的城市，集中了德国战后的重工业，有着极浓的现代化气息。

1942 年 5 月，科隆遭到英国皇家空军上千架飞机的猛烈轰炸。整个城市在一片火海中，瞬间沦为废墟，但科隆的象征——圣彼得大教堂却奇迹般地保存了下来。据说是德国教会事先请求罗马教廷，由是罗马教廷出面斡旋，才使英国皇家空军手下留情，幸免于难。

科隆圣彼得大教堂与意大利的米兰杜莫主教堂有两点真可谓很相似，第一，都是经过了六百年左右时间的持续建造，是世界上极高的教堂；第二，都是在整个城市被毁灭的情况下而留下的城市标志。

洋人曾抱怨到中国来旅游被天天领去逛庙，其实去国外观光的中国人又何尝不是如此？不过中国的大多数庙宇是无法和西方教堂相比的，中世纪的建筑在西方还遗留下很多，但中古时期的中国庙宇存留下的却极少，就是因为中国的庙是砖木结构，而西方的洋庙——教堂是砖石结构，自然能够矗立千百年了。

科隆大教堂建于1248年，直到十九世纪中叶还在不断地踵事增华，整个教堂是用无数磨光的石块砌起来的。它集哥特式与罗马式于一身，无比恢宏。站在前面的广场仰望，你会感到一种极大的震撼。今天，无论是中国平面的庙宇，还是欧洲立体的教堂，都已经成为了民族、宗教和艺术完美而统一的象征。

科隆的香水非常出名，法文中的"花露水"直译就是"科隆之水"。拿破仑时代的法国花露水就是从科隆传入的。内子很少用香水，却愿意让我买一点科隆出产的男用香水，对此我也没有什么兴趣，但拗不过她，只得陪她去逛了一家香水商店，最后还是买了两瓶科隆男士香水，味儿很淡，倒还不俗气。

科隆另外著名的东西是香肠和烤猪膝，香肠没有买，原因是我们还要回法国住一段时间，也没找到卖香肠的店。内子不吃牛羊肉，却对"猪八戒"情有独钟。她一心要在科隆吃一回烤猪膝，也就是德国那种著名的烤小肘子。由于在香水店耽误了太多的时间，中午吃饭已经很仓促了。

在教堂广场四周的小街上，有许多餐馆，甚至也有中餐馆，但建筑却都是很德国的那种白墙上露出棕红色木条的、坡形屋顶的风格。只要离开大教堂附近，街上的人就很少，饭馆也很冷清，没有一般旅游城市的那种喧嚣和熙攘的人流。我们走了两条小街，出出入入二十来家餐馆，居然没有找到一家卖烤猪膝的。后来实在走不动了，只得走进一家店，问维特有没有烤猪膝，那维特耸耸肩，摊开两手，递上了菜单。我们不懂德文，只好用英文和他瞎对付，点了一个头盘和两个主菜，就这样还等了很长时间。

坐在店里环顾四周，除了我们之外，只有一桌客人，已是吃过正在结账。店里播放着很轻柔的背景音乐，仔细听，竟是苏俄卫国战争时的《红莓花儿开》和《喀秋莎》等，好像还有《莫斯科郊外的晚上》之类。声音虽轻，但听的却真切，是用手风琴演奏的，很有苏俄风格。猛然想起我曾在一篇旅行德国的游记中读到过类似的文字，似乎就是在科隆。无独有偶，今天真的在科隆的饭馆里领略了。乐曲好像都是手风琴曲，很有"二战"的时代感。我的眼前突然闪现出德国总理在"二战"纪念碑前下跪的情景，那样的肃穆和庄严，这种冲击振荡着整个世界。德国人是怎样的一种心态？整整六十年过去了，那是一代人，或者说是两代人，战争的记忆不会那么快地消逝，远处的圣彼得大教堂也许还见证着整个科隆在一片火海之中，然而，毕竟已是历史的记忆。战争一样给德国人民带来苦难，他们同样有惨重的付出。忏悔需要连篇累牍的文字吗？或许不用罢，更多的是需要一种胸怀和挚爱。试想，我们能在日本的餐馆中听到中国抗战的乐曲吗？无法想象。相比之下，德意志或许会更多地赢得世界人民的原谅和尊重。多么希望我们不再播种仇恨，多么希望这个世界不再有战争。

那家店的菜实在不好吃，德国人本来就不讲究饮食，我们又没有充裕的时间去寻觅，只好匆匆果腹离去。科隆之行，内子非常失望，最终还是没有吃到烤小肘子。不能不说是在科隆的遗憾。

北京燕莎里的普拉纳啤酒坊以卖烤猪膝著称，也有和烤汉那根香肠一起的烤肉大拼盘，味道不错，厨师中有德国人，烤得很正宗，那里的啤酒也有很多样，都是自酿的。北京的起士林也卖烤小肘子，但终究不是在德国吃。科隆留下的遗憾直到四年后，我们在慕尼黑才得以弥补。

2009 年，我们从瑞士取道慕尼黑回国，在慕尼黑住了一天多时间。

我们从巴伐利亚南方的菲森（Fussen）去慕尼黑，因为是沿着阿尔卑斯山北麓的伊萨尔河走，又值仲秋，枫叶金黄，一路风光绮丽，德国南部的景色尽收眼底。

慕尼黑曾是巴伐利亚的首都，就是在德国统一后，直到1918 年第一次世界大战结束，它也是德国的首都。十二世纪中叶，巴伐利亚的狮子王亨利在这里建城，文艺复兴时代，这儿又是巴洛克与洛可可风格艺术的登峰造极之地，被称为"伊萨尔河畔的雅典"。市政厅广场上的塔楼和圣母大教堂至今还是观光者翘首眺望的名胜，那十二个骑士每到一个钟点都会分别出来报时。我们到慕尼黑时正是下午，决定晚饭就订在慕尼黑的皇家啤酒馆。

大凡去德国的人并不见得都了解巴伐利亚的历史和它曾经的辉煌，但对"二战"却有着深刻的记忆，慕尼黑啤酒馆就是这样的一个历史坐标。它是1923年希特勒和纳粹在此发动"啤酒馆政变"的地方，从此希特勒在慕尼黑建立了冲锋队和党卫军，慕尼黑成了希特勒和纳粹的发祥地。虽然这次政变失败，希特勒也被捕入狱，但十年以后的1933年，那一年纳粹终究掌权，以致在1939年发动了第二次世界大战。从1933年开始，为纪念"啤酒馆政变"，希特勒每年在那个日子都要在啤酒馆发表演说。

原来的政变啤酒馆早已灰飞烟灭，现在的"慕尼黑皇家啤酒馆"只是在差不多的原址上复建的，比原来的啤酒馆要大很多，名字叫Hofbrauhaus。从很远的地方就能看见一个蓝白色的标志，是H和B连写在一起的，蓝底白字，上端还有一个皇冠。啤酒馆分室内和露天两部分，今天北京的普拉纳也是这种形式。德国人喜欢在露天喝啤酒，这样才显得豪放和欢畅。店里所有的桌椅都是木制的，非常简单。而室外则是折叠椅，雨天搬起来很方便。

人们都在吃着一样的食物——烤猪膝，就是我们叫它小肘子的那东西，也没有别的选择。这种小肘子是带骨的，但却很大，估计连骨头得有三斤多，每人一份，每份一只。包括面包、黄油和搭配的土豆泥球、酸白菜，每人一共二十五欧元，按当地的物价是很便宜了。但是对中国人来说却是浪费很多，一个饭量大的成年男人大约只能吃掉四分之三，当然土豆泥是吃不完的；而女的即便是食量大的，也最多吃下去一半，再吃些酸白菜，那土豆泥是不会动的。如果打算两个人要一份是不允许的，啤酒如果不够再加也是要额外付费的。那一大杯啤酒能喝下去就不错，谁还要加？可是在座的德国人却会一而再、再而三地喝上两三杯甚至更多，确实令人咋舌。

大约晚上七点钟，啤酒馆的乐队上场，啤酒馆里的气氛立时进入了高潮。

乐队的演奏台在啤酒馆的中部，大概为的是让整个啤酒馆都能听到。演奏员只有七八个人，都是四五十岁的大老爷们儿，块头很大，起码每个人都在一百公斤以上，他们上身穿着白色的衬衫，每人都外罩着一件墨绿色的厚呢子背心，背心的边上还绣着日耳曼风格的花纹。下身却都穿着驼色的皮短裤，脚下是很古典的皮鞋。人人都是"啤酒肚"，但看起来很健壮。乐队除了一架定音鼓和一架手风琴，就都是管乐了。虽然只有七八个人，但却包括了单簧管、双簧管、长笛、巴松等木管乐器和长号、小号、圆号、中音号、大号等很齐备的铜管乐器。我端着啤酒杯走到他们身旁，看他们演奏，发现他们每个人身边都放着两三件管乐器，可以随时换着吹奏，一专多能。所有的顾客在演奏时都能来回走动，这些演奏的大老爷们儿还不时向大家挤眉弄眼。

此时，餐厅的气氛达到了最高潮，所有的人都在大声谈笑，在肆无忌惮地切着大块儿的小肘子，在大口地喝着纯正的德国啤酒，甚至有人和着管乐与定音鼓的节拍跳起舞来，近于疯狂。那几个吹奏的大老爷们儿身边也都放着大杯的啤酒，就是在演奏中，也时不时地端起来喝上几口。

说实在的，慕尼黑啤酒馆的烤小肘子真不怎么好吃，还没有普拉纳的好，粗糙而不太入味儿，那土豆泥黏黏糊糊，还有些韧性，不知里面放了什么东西，酸白菜也不如我在其他地方吃得好。但这些在此都已经不重要了，你会吃得很香，很豪迈，那种炽热的气氛会感召着你，融入一种不需要语言、文字去沟通和表达的境界。

德国人是务实和严谨的，德国人也是坦荡和豁达的。

我们在科隆留下的遗憾，在慕尼黑找了回来。

虽非珠玉亦琳琅
——欧洲食品老店一瞥

三十年前要在中国买到纯正的洋食品并非易事。1949年以后，基本已经没有外国食品进口，不要说是北京，就算曾经是十里洋场的上海，进口食品也几乎绝迹。"可口可乐"在中国的重新出现，大抵是上个世纪八十年代初。先君有机会在七十年代末出访香港，才有机会喝到久违了的"可口可乐"。以至我在1993年到香港时，香港不少出版界的同仁还都记得他爱喝"可口可乐"的趣事。那时的"可口可乐"还没有普及罐装的，大多是玻璃瓶装的。曾几何时，"可口可乐"已在全中国风行了。

五六十年代，北京卖"洋味儿"食品的商店也只有"解放"（原来的法国面包房）和"华记"（后来的春明食品店）、"石金"（在东单头条，五十年代末已歇业）等三四家，都是按传统外国工艺自造的洋食品，只有"解放"偶有苏俄生产的鱼子酱和"沃特卡"。时至今日，不要说像"婕尼路""申嘉"这样专卖进口食品的连锁店应有尽有，就是在大型的超市里，也能买到各色各样的进口食品。三十年物换星移，中国已与世界同步了。

在欧洲逛食品店可算是一大享受，这里说的食品店绝非是食品超市，而是历史起码在百年以上的食品老店。

因为在巴黎住的时间稍长一些，吃饭的问题就要自己解决。我们在国际大学城的公寓很简单，只有一间居室，三户人家合用一个厨房，虽然灶具齐全，但实际上是做不了饭的，几乎所有的锅都没有盖子，更谈不上做菜了。厨房不小，却只有冰箱，还有微波炉和烤面包炉，只能把买来的东西加加热而已。法国的超市虽比美国的精致些，但基本上也是大路货，不得已也得买来吃。同住的一户英国人和一户日本人，很少看见他们吃饭，大抵是去学校的食堂吃了。不过，要真的想了解法国的高档食品，只有去一些名牌老店了。

巴黎的富颂（Fauchon）坐落在马德莲那教堂广场的一角，有三四间门面，楼上楼下，各种食品令人目不暇接，除了自己生产的面包、沙拉、甜点、奶酪、香肠、熏肉和腌制品之外，世界上其他国家的美食都能买到。楼上是各种牌子的法国红酒、香槟和其他的气泡酒、冰酒。林林总总，简直就是一个世界食品的博物馆。法国人在这种场合也是不拘小节的，经常可以看到法国人买了甜点站在店里吃。这里的鹅肝馅饼最好吃，都是刚出炉的，非常新鲜，绝不是超市里卖的那些经过冰冻的，但价钱也比超市贵得多。鹅肝馅饼十分松软，鹅肝绵香，回味悠长。那里还有一种黑松露的蛋糕，松软异常，是偏咸味儿的，也很有特色。有一部分柜台是专卖腌制食品的，像干番茄、酸黄瓜、腌黑橄榄等，现成的各色沙拉也在这部分出售。富颂的店很传统，不像巴黎的许多食品店，门前都有阳伞，可以坐下来喝咖啡。富颂的装修一点也不豪华，可能还保持了百年前的样子，店里的地板都很陈旧，楼梯也还是昔时的风格，门前也没有咖啡座。

类似富颂的食品店还有 Faguais，创建于 1912 年，也有将近百年的历史。那里的面包最好，每当新鲜面包出炉，飘香四溢，很远都能闻见，这是巴黎人非常钟情的老店。店里的手提纸袋印得很有特色，如果提了个 Faguais 的食品袋逛街，法国人准不会小瞧你。有次走到歌剧院附近，我的手表带突然脱扣，找了家表店去修，弄好后要给钱，那修表师傅摇摇头，然后又指了指我手中提的 Faguais 的纸口袋，伸出大拇指笑了笑，可能他以为我是"老巴黎"了。

在卢森堡公园附近的是达拉约（Dalayou），与富颂相比是小一些，而且更偏重卖甜食，它的产品在许多法国大超市也买得到，甚至是在地铁车站都有得卖，只是价钱不菲。除了各色各样的甜点，那里的水果软糖是法国最出名的。这种软糖绝不是用水果香精兑制的，它完全是用鲜水果浓缩凝固制成，味道纯正，既鲜美又浓厚，色泽诱人，可以装在精致的小盒子里。可大部分还是散装的，任人选择。达拉约的各种蜜糖也很出名，多是放在很传统的小罐子里，封口上还用麻绳缠绕了一圈。几十种不同的蜜糖陈列在货架上，罐子都差不多，但味道、品种各异，会让你眼花缭乱。达拉约的门市店比富颂更小，玻璃窗外是老式的遮阳棚，如果不注意，你很难发现如此有名的达拉约竟是这样不起眼。无论富颂还是达拉约，大概还是保持着百年前的风格，这或许就是欧洲人的经营理念。

比利时和瑞士的巧克力都很出名，但最好不要去那种专卖旅游者的巧克力店，那里的品种单调，都是盛在盒子里卖的，买多了还有优惠。布鲁塞尔也有做巧克力的百年老店，有的甚至就离专卖旅游者的巧克力店不远。只是店面很小，装潢也很朴素，不太会引起你的注意。我在比利时并不繁华的街道上发现了一家小店，柜台很窄，店堂也很幽暗，可里面的巧克力却与外面卖的迥然不同，完全是手工制作，传统的工艺，虽然花色没有多好看，包装也不讲究，价钱却很高。挑了两种尝尝，果然味道浓郁醇厚，糖分也少，口感显然不同。没有比较就没有鉴别，只有尝过才能立见高下。比利时和瑞士这样的老店都会有自己的店标，有的甚至就是个烟斗，要是不明白，还会以为是卖烟斗和烟丝的呢。

对一个陌生城市的了解，如果不是事先做足了功课，是很难找到那种百年老店的，但有时候凭着撞大运也没准能碰到。前年我们在德国慕尼黑就有过这样的经历。

在慕尼黑的市政厅广场旁边的一条小街上，我们偶然发现了一家百年食品老店，名字叫"Alois Dallaur"，门口就如同一般欧洲商店的式样，门面也不大，但店堂却十分宽敞，中间是一圈玻璃柜台，陈放着各种沙拉和腌制品，比富颂的可要气派，其余三面也有柜台。在两侧还有好几个圆洞门，可以通往两廊的部分，一侧是出售各种酒类，一侧是专卖巧克力和其他糖果。在圆洞门的上面还悬挂着对称的两个鹿头标本，是典型的中欧风格，抑或说是巴伐利亚风格。

可能是那天我们刚刚进店，这条街上就施行了交通管制的缘故（就在我们进店时，不知为什么，几十个身穿迷彩服的德国男女大兵在这道街上设置了路障，禁止通行），店里没有几个顾客。店堂更显得宽敞，商品也能一目了然。Alois Dallaur 不愧是百年老店，各种商品会让你垂涎欲滴，仅是各种鲜奶油就有几十种，包括淡奶油、搅奶油、酸奶油等等，还有不同地区的出产和品牌。挂在墙上的硕大火腿都是可以生吃的，色泽不像中国金华火腿那样深，表面也很洁净，看着就那么可爱。一排排自制的糖浆和果酱显然不是超市里的那种大路货，而刚烤好的面包形形色色，有的大如人头，也有的非常精致。世界各地的调料和香料有许多是叫不出名字的，有些根本就不知道是做什么用的。两廊的酒和巧克力就更是来不及细看了，仅是中间柜台里的各种沙拉和精美的水果，色彩就让人心动不已。

Alois Dallaur 最诱人的则是在二楼，除了上百种味道和牌子的奶酪（Cheese），香肠和熏肉是这里最撩人食欲的部分。德国的香肠是世界之最，可能会有几百个不同的品种和味道，猪肉、牛肉、鸡肉和血肠、牛舌肠，分别有慕尼黑和法兰克福、维也纳、汉那根等许许多多不同的制法，各种肝泥和萨拉米肠就有二三十种之多，烟熏火腿和烤肉更是让人难以割舍。幸亏那天在店里碰到了一位定居在美国的华人，帮我们很顺畅地解决了和售货员之间的沟通，不但买了七八种奶酪，选了五六种香肠和烟熏火腿，还都抽了真空。

在 Alois Dallaur 盘桓了一个多小时，真是舍不得离去，这家店是我在德国看到的最好的店，历史悠久，食品丰富，购物的环境也堪称一流。

去年在维也纳可没那么好的运气，先是问了一位生活在维也纳的中国人，他介绍我们去了一家连锁超市，说是那里可以买到我们想要的东西。我们刚进去转了一下，内子拉着我就往外跑，她对我说："这不就是维也纳的'京客隆'吗？赶快走。"想在维也纳撞大运去寻觅老牌儿食品店可是真难，猛然想起"有困难找警察"的名言，于是到史蒂芬大教堂广场上去找警察。第一个碰到的是个肥胖的女警，看着就不像是了解这种食品店的人。第二个是四十岁上下的男警察，样子很神气，警服也整齐，很帅。我让内子去问他。她用英文对他说要找一家很老、很好的食品店，那男警察马上会意，指给我们方向。顺着他的指引，果然找到了那家有着戴小红帽小丑标志的店，其实就在广场的一侧尽头。这家店也有很久的历史，规模类似慕尼黑的 Alois Dallaur，也有三层楼，卖香肠和奶酪的也在二楼。

这次没人给我们当翻译，买食品用英文自然是没问题的，可是让人家为各种肉食和奶酪保鲜抽真空就麻烦了，不要说德文的意思不会说，就是用英文表达也不明白，难道对人家说"No Air"吗？自己想想也觉得可笑。幸亏早有准备，预先就请人用德文写了个小纸条，"Bitte Vakuum verparken"，中文意思就是"请帮助抽一下真空"。选好所要的香肠，告诉店员每种要的片数，请他切成片去抽真空。于是这时递上了小纸条，那个笑容可掬的小伙子彬彬有礼，立时明白，他说要到后面去为我们切。嗣后我们又去选购了其他东西。

维也纳的这家店也是非常令人喜欢的，各种食品让人流连忘返，看着什么都觉得新鲜。等了老半天，那小伙子也不出来，又不好再让别的店员去催。于是又去楼下楼上的转，好容易盼得他出来，十几包香肠和奶酪都一一抽完了真空。算账的时候我就觉得不大对劲儿，那些香肠的价钱也过于便宜了，当时匆忙，也没有理会。等回到北京一看，天哪！那十来种香肠都切得像纸一样薄，最多不过一毫米，要是夹面包，起码要用三片香肠才行。那真空抽得倒是真讲究，下面一片印有店名的衬纸，上面覆一片薄膜，十片香肠整齐地码放平整，成了一大片，对着阳光一照，能透出人影来。怪不得小伙子干了那么半天，而价钱么便宜。看来，下次还要交待清楚香肠的厚度，又算长了一智。

这家店的名字记不起来了，只记得他的 Logo 上有戴红帽的小丑，好像还有个 DM 的字母，于是只要提起来，我们就管它叫小红帽了。

欧洲的食品店实在是诱人的，不要说是像巴黎、慕尼黑、维也纳这样的大城市，就是在许多小城里，东西都做得非常好，很多都是本店自己生产的。在捷克的小城布杰约维采，我们临时在一家不大起眼的老店里买了几片烤肉，又买了个德式小面包充饥，面包是给你烤热的，那烤肉夹在里面真是太香了。

"琳琅"一词出于《宋书》和《世说新语》，本意是指充架的珍宝珠玉或版本，用在食品充栋其实不当，但食品店里那琳琅满目的美食，实在是五光十色，于是也就借用了琳琅的典故。

诺曼底之行

　　去过法国的人大多喜欢南部的蔚蓝海岸和普罗旺斯地区，认为那是除了巴黎之外最能代表法国的地方。喜欢安静些、幽深些的人会更钟情勃艮第与卢瓦尔河谷。但我却更喜欢法国的西北，面临着大西洋和英法海峡的诺曼底和布列塔尼。

　　我也去过尼斯与戛纳，徘徊在那儿的海滨，徜徉在"英国大道"，但总觉得有种纷乱与喧嚣、奢华与炫耀的气氛。有人曾问我在尼斯和戛纳的感受，我告诉他，如果不是很有钱的人，那么，那里的阳光和海水都不是你的。我没有去过勃艮第，但卢瓦尔河谷却是去过的，当然很美，有许多古堡，像舍农索、昂布瓦茨、香堡，还有很多的葡萄酒庄，那里温和的气息给人以悠闲之感，仿佛置身世外。巴尔扎克的《幽谷百合》就完成于峡谷小村里，静静的村落，潺潺的溪水，让他于斯成就了不朽之作。但如果是走马观花地看看，也就只能在古堡里重温一下历史的沧桑，感受不到卢瓦尔的生活气息了。

　　西北，对法国人来说有着更为沉重的历史感，公元九世纪时，这里被强悍的诺曼人强占，直到十五世纪才成为法国的领土。而布列塔尼也是十六世纪才成为法国的一部分，这里是高卢人和威尔士人后裔的居住地。从诺曼底海岸到布列塔尼，是隔着拉芒什海峡与英国遥遥相对的两个海湾，与法国内地有着不同的气氛。

2005 年，由于在法国呆的时间较长，所以有机会在初秋之时，用四天多时间来了一次很悠闲的西北之行。

埃特大的苹果酒

埃特大（Etretat）是法国西北的一座海滨小城，说是城都显得太夸大了，简直可以说是一座小镇。但是，埃特大却非常著名，有人说，埃菲尔铁塔是巴黎的象征，而埃特大就是法国诺曼底海岸的象征。在到达埃特大之前，早就在画册上看到过埃特大的照片，海岸边的砂石峭壁，就像植根于大海里的参天大树，巍峨挺拔。面向大海的一面山崖被海水和海风削成了笔直，在阳光的照射下，时而绛红，时而灰白，你在不同的时间到达埃特大的海滨，也许会有不同的感受和视觉效果。

莫泊桑形容埃特大的象鼻山说，"一头大象把鼻子伸进了大海。"而《恶之花》的作者波特莱尔在形容埃特大的海岸时却说："一棵大树的巨大分枝从悬崖高处伸展下来，欲向海底扎根。"

当汽车抵达埃特大的海滨时，你可能根本看不到大海。我是在昏昏欲睡时来到埃特大的，那时，车停在小镇上，可根本没有海，也听不到波涛，只有阳光沐浴着的小镇，你看不到小镇上的人，听不到任何的喧嚣。从小镇到海边之间只有一条短街，短得不能再短，不到二百米的距离。走过小街，天哪，展现在面前的是湛蓝色的海，视野一下子开阔了。这里没有海滩，只有砂石和峭壁的海岸，不远，就是闻名遐迩的象鼻山，我审视它时，颜色是灰白的，据说在晚霞里，它会变成绛红色。象鼻山旁边的崖壁据说是可以攀登上去的，但我没那么豪迈，同时也觉得在五百米外看它却更美。这时，你会听到波涛拍岸，感受到海风的吹拂，看到成群的贼鸥掠过，拉芒什海峡在眼底就是无垠的大海，望不到边际。

在小镇上，也许你感到不是在法国，建筑很特殊，也很低矮，大多是木制的，却很精致，多数的屋檐下都有木雕。街上的路都是鹅卵石和青石板铺就的，没有一处是柏油路。最高的建筑也不过两三层，深褐色的木窗或百叶窗，几乎没有一栋建筑与其他建筑是雷同的。从阳台上垂下的鲜花可以看出，每栋房子里都住着居民，可是在小街上却只能偶尔看到一两对老夫妇在遛狗。顺便要说一下，在小镇上很可能会踩上"地雷"，那就是狗屎，也许每当此时，你才会感到生活的气息。

很奇怪，埃特大小镇上的咖啡馆并不太多，更少光怪陆离的时尚用品和服装店。只有些很小的食杂店，有点像我们五六十年代的"合作社"，里面几乎什么都卖，有食品，也有生活用品，却非常干净。面包是现烤出来的，小点心是新做的，不可思议的是他们什么时候将这些东西卖出去？

所有的食杂店里都在卖自酿的苹果酒。我是在事后才了解到诺曼底是法国苹果和奶酪的出产地，不过你只出入几家小店，就自然会感受到苹果酒的魅力，这种苹果酒都是装在玻璃瓶里卖的，瓶子相对粗糙，商标也很简陋，很少有套色印刷的。那瓶子里的液体大多是淡黄色的，比啤酒的颜色还要浅些。每家店卖的品种和牌子都不太相同。店里没客人，只有一个老板兼店员在照顾生意，倒是挺热情，这儿的人没什么好奇心，对镇上的人和外来的游客没什么不一样，也绝不会问你从哪儿来，但却都会向你介绍他们的苹果酒。

打开瓶苹果酒，真的很好喝，有点像香槟。我不会喝酒，尝不出好歹，我在兰斯喝过那里的香槟，价钱很贵，也没觉出有多好，还有点酸，喝得稍多点还会醉。可这苹果酒的度数却很低，老板说只有三到五度。一瓶苹果酒打开，说是尝尝，可一下子就"尝"没了。那老板居然从我买的那瓶酒中不客气的为自己倒上半杯，和我们一起喝，边喝还边竖起大拇指，冲着我们夸赞自己的酒。他的这种"不见外"真是很让人觉得亲切，似乎一下融入了小镇的生活。

好喝，就再来一瓶。老板搬出几把折叠椅，放在街头，这儿没有固定的咖啡座儿，但是随意搬把椅子坐在路边却没人理会你。向老板要瓶冰过的，他耸耸肩说没有。我们换了个牌子，味道略有些不同，有些甜，但气泡很足。这次喝得很慢，甚至举着杯子在附近遛遛，好像整个小镇都属于你，你也属于这个小镇。镇上的房子都有二百年左右的历史，也许更长，当然，在此期间也会经常地维护和修缮。多少年来，小镇没有什么改变，也包括了它的生活方式。你走过的每一处，可能都曾留下过雨果、莫泊桑、波特莱尔的足迹，这里没有臆造的痕迹，没有虚妄的历史。苹果酒没有很浓的醇香，味道有点淡，好像是用青涩的苹果酿造的，却又是如此的纯净。也许，埃特大的苹果酒登不得"大雅之堂"，也上不了宴会，做不成出口生意，但小镇上的人却以它为骄傲。

埃特大很美，雨果却奚落过这里的小镇，奚落过小镇上粗鄙的居民，也许他那时确是如此，但今天却是如此的安详与静谧。雨果很爱埃特大的海岸，他说过："埃特大的海岸却令人赞赏，崖上间隔着一个个天然拱门，在拱门下，海浪冲击，潮起潮落……"我则更爱小镇，爱那阳光下的慵懒，爱那苹果酒淡淡的香甜。

临走，买了两瓶苹果酒。夜宿多维尔，忍不住再打开一瓶，也许是开瓶不得法，当瓶塞开启时，发出一声很大的响声，苹果酒就像香槟一样喷射出来，几乎弄脏酒店的屋顶，再看看那瓶苹果酒，也只有小半瓶了。

宏佛勒的海鲜

宏佛勒（Honfleur）是一座位于塞纳河流入拉芒什海峡河

口的小镇，也是一座古老的渔港城市。在十五世纪的百年战争时，由于是要塞据点而名载史册。

与埃特大相比，宏佛勒是个喧嚣的小城，港汊里停满了各色各样的游艇，与背后那些六七层高的老式楼房形成了一种色彩纷乱的世界，也正是这种斑斓，给了早期印象派画家创作的灵感，一百多年以来，印象派画家们不厌其烦地将宏佛勒这斑斓的色彩涂抹在画布上，成为印象派色彩的源泉。同时，这儿也是早期印象派画家们欢聚的地方，饮宴、歌唱、宣泄、放纵，给宏佛勒带来了特有的浪漫。

由于是渔港的所在，宏佛勒的海鲜很出名，每天都有渔船队在这里卸下刚刚捕捞的海鲜。所以来宏佛勒港湾就一定不要放过吃海鲜的机会。

在巴黎时吃过两次真正的海鲜大餐，那是在巴黎的巴士底附近。巴士底那儿有全巴黎最大的海鲜市场，也有各种档次不同的海鲜馆子。有次，一位美国的朋友和我们在巴黎相聚，请我们去吃巴士底的海鲜，那是一家老牌的餐馆，专做海鲜，三个人吃了一个海鲜大拼盘，一道主菜，喝了一瓶白葡萄酒，加上餐后尾食甜品，当然是价格不菲。法国人吃饭很晚，加上吃得时间很长，那时餐馆里还没有禁烟，尤其是吃海鲜，更是肆无忌惮，于是边吃边聊，一顿饭居然能吃上四个多小时。巴士底高档的海鲜馆都是要事先预订的，不然没有座位接待你。

宏佛勒的餐馆大多开在港湾附近，为的就是让人能在吃饭时一览那五颜六色的港湾风光。我那时抽烟斗，在餐馆里多有不便，于是在要好菜之后就到岸边去抽烟。就在停靠游艇的码头上，有五六个画家在那里作画，我想是为了招来人围观，有很强的商业目的。画得有些匠气，却都是写实的，五六个人的画风几乎相差不多，没有一个是现代印象派的，大抵这种现代印象派作品是要在画室里完成的。所有人面对着港湾和游艇，几乎在画着相同的景致，我发现其中不乏在法国谋生的东欧画家。

我们要了一个中等的海鲜拼盘，只要 59 欧元，大约是巴黎巴士底海鲜价格的三分之二。白葡萄酒有论杯卖的，价钱自然也很便宜，我们两人要了一杯，也就尽够了。法棍面包是免费的，但烤得很好。海鲜盘中最精彩的自然是四只牡蛎和四只大虾。盘子上下两层，都垫着冰，各种海鲜摆放得很满。虾是非常新鲜的，个头儿也大，像这样的大虾在巴士底海鲜市场上要卖 15.5 欧元一公斤，而好的牡蛎则要带壳卖到 18.5 欧元一公斤，在餐馆里吃当然价格就高得多了。其他小海鲜还有不少，两个人吃也尽够了。我的身旁有三个在法国实习的中国银行的女孩子，她们也仅要了一份中等的，还要了个蔬菜沙拉，也够吃了。那牡蛎很新鲜，挤上鲜柠檬汁，兑上调料，比巴士底的不差。虾肉有些甜丝丝的味道，口感很好，似这样大的虾在国内大抵是舍不得这样白灼着吃的。

宏佛勒的港湾餐馆大多是门面朝着游艇停靠处开的，餐桌的一侧都会有视野很好的玻璃窗，与巴士底餐馆不同的是，这儿吃饭的人都不会泡上很长的时间，在这里大部分是像我们一样的观光客，你很难找到像埃特大那样的感觉。

饭后的尾食我们是在港湾对面的冰淇淋店里解决的,法国的冰淇淋没有意大利的好,有点腻,但坐在遮阳伞下回望刚才吃过饭的那家餐馆,却还是很悠闲的,因为那里又在"翻台"了,已经坐上去另外的客人。蓝色的海,白色的云,密集的港湾屋宇,鳞次栉比的餐馆,各色遮阳伞,阳光辉映着的海鲜,喧嚣的人群,港湾里的游艇,宏佛勒没有幽静,跳跃而斑斓的色彩是这里永恒的主题。

印象派画家欧仁·布丹(Eugene Boudin,1824~1898)就是出生在宏佛勒的,这里有他的博物馆。他曾师从米勒学画,是公认的早期印象派大师。同时,他也是莫奈的启蒙老师,他的许多风景画都是取材于诺曼底和不列颠的风格,明快而色彩绚丽,在他的绘画里,也许你能闻得到宏佛勒空气的味道。

卡昂暮色中的晚餐

卡昂(Caen)是第二次世界大战中的名城,从1944年6月开始,人类历史上最大规模的登陆战——诺曼底登陆在这里展开,卡昂首当其冲。仅两个月时间的攻防战,卡昂的建筑有四分之三毁于战火,就连圣米歇尔教堂的尖塔也被炸毁。今天的卡昂是战后重建的,这里也是人们寻访诺曼底登陆踪迹和凭吊怀古的地方,今天的卡昂大学门前,有座"凤凰涅槃"的铜雕,象征着卡昂的新生。

到达卡昂已是下午，因为是夜宿在这里，所以也就没有匆忙的感觉。卡昂虽然是下诺曼底大区的首府，也不过才有十一万人口，据说每年6月来卡昂的人最多，一是这里的气候凉爽，二是为纪念1944年6月在这里的盟军登陆。我到卡昂时已是9月，小城里看不到什么人。城里的有轨电车很有意思，也很方便，买一张通票，在一天之内有效，可以见车就上，随时下车，十分方便。我买了张票，记不得上上下下多少次，几乎游遍了卡昂电车所及的区域。六十年的时间，卡昂已经看不到战争的创伤，废墟上建立起来的是一个新兴的城市。卡昂很现代，建筑模式也多是那种非厚重型的，从表面上看，类似欧洲的一些新兴城市。第一次世界大战前那些威廉一世时的建筑已经荡然无存，旧日的文化遗迹几乎被荡涤殆尽，"北方的雅典"已经彻底消逝。

卡昂只有两座未被战争破坏的教堂，那就是建于十一世纪的圣艾蒂安教堂和三一教堂，都是罗马式的。而在六月六日大街（Av.du 6 juin）尽头，原本建于十三世纪的圣皮埃尔教堂却在"二战"中被彻底摧毁，现在的圣皮埃尔教堂也是战后重建的，如果没人告诉你，可能你不会看出是照着原样复建的。教堂的对面即十一世纪征服者纪尧姆一世建造的城堡，现在城堡里有诺曼底博物馆和美术馆。遗憾的是，我们到达城堡时已经下班，与它失之交臂。

也许是海洋性气候的缘故，卡昂的天气变幻莫测，当晚霞坠落之后，马上黑云密布，那云很低，就压在了圣皮埃尔教堂的上空。站在城堡上，赶忙用闪光灯拍下了几张黑云翻滚背景下的圣皮埃尔教堂，洗出来效果却是出奇的好。现在偶尔拿出来看看，会完全沉浸在暮色中的卡昂里。卡昂承载的历史太沉重了，在我的想象中，它就应该是这样的效果。

那天的晚餐吃得很晚，再加上不熟悉这座城市，终没有找到一家有特色的餐馆。据说卡昂人喜欢吃内脏做的菜，却没找到这样的馆子。最后在城堡附近选了家地势好的、能俯览卡昂全城的地方，菜却是很坏，吃的什么已经完全记不得了。但那家餐馆的环境还能时时想起，店堂里面很幽暗，而门外却有个很大的露台，有为数不多的几张餐桌，夜晚也不用遮阳伞，倒是显得更为开阔。那餐桌是厚重的木头制成的，椅子却很舒服，菜上得很慢，还有些凉，真不知是什么原因，是不是早就做好了而没人端上来？这种事发生在法国并不奇怪。

卡昂的夜是安静的，坐在露台上你尽可享受着卡昂的夜色，时而乌云翻滚，时而云破月来，整个卡昂笼在暮色中，吃的什么东西已经不重要了。同行者的话题都在谈着"二战"，谈着六十年前的诺曼底登陆。按照中国人的计算方式，六十年就是一个甲子，也就是天干地支的再一次轮回。六十年对一个人来说是很长了，但在宇宙运行的时空中却是可以被忽略的瞬间。大抵这就是苏轼所说的"盖将自其变者而观之，则天地曾不能以一瞬；自其不变者而观之，则物与我皆无尽也"罢。也许卡昂就是中国的赤壁？一切都已灰飞烟灭，一切都会成为逝去的历史。

卡昂暮色中的晚餐是没味儿的，但卡昂那顿晚餐的环境却
是永久的记忆。

圣马洛礼拜天的咖啡

法国作家福楼拜曾经将圣马洛（St-Malo）称为"波涛上的
石头皇冠"，我却觉得它像我小时候梦中的城堡。父亲在我四岁
时给我讲过他杜撰的"黑太子、白太子和虎太子"的故事，那背
景或许就是中世纪的欧洲，三个太子都生活在这样的城堡中。小
时爱遐想，我能顺着他杜撰的思路自己把故事编下去，脑子里就
会出现一个大海边坚固的古堡，然后又会在梦里来到这个地方。

当圣马洛出现在我面前的时候，我深信不疑地觉得似曾
相识。

圣马洛在布列塔尼半岛上，原来是一座岛屿，十三世纪才
和大路相连。在此之前，这里是海盗之城，是海盗聚居的天然
良港，进攻退守都非常便利。它的四周有很厚实的围墙，将小
城包裹在其中。圣马洛今天的城堡是建于十七世纪末的，周长
只有 1.8 公里。从朝向大陆的城门进入城内，你会感觉一种古
老与现代的融合，因为圣马洛是欧洲的旅游胜地，尽管小城只
有五万多人口，而每年却会有几十万人来这里游览。城里的街
道纵横交错，中心建筑是圣樊尚大教堂，当然，与法国那些恢
宏的教堂相比，圣樊尚可算是小巫了。

我们到圣马洛那天正好赶上礼拜天，城里所有的店铺都打烊了，透过橱窗，能看到各种商品，其中最吸引内子的则是卖台布和各色花边的店，简直是工艺美术博物馆，而且都是英国的风格，显得古老而华贵。只可惜都不营业，于是仅能看看而已。我更喜欢这里的古董店，有很多一望而知的英国瓷器，绝大部分是上个世纪二十至三十年代的出品。从整体上看，圣马洛商店里的英国味道胜过了法国味道。无奈，只得在一家开着的小店里买了一个树脂做的海盗，瘸着一条腿，安着假肢；另一只眼也瞎了，戴着眼罩，典型的中世纪海盗模样，总算从圣马洛带回一点纪念品。

街头咖啡馆是不打烊的，人却很少，原因是城里的居民此时都集中在几个教堂里。十点半的时候，维特们才懒洋洋地将桌椅和阳伞摆了出来。我们就在圣樊尚教堂不远的地方找了家咖啡馆坐下，内子是只喝清咖啡的，我则要了杯卡布其诺，看着街头往来的游人。

大凡要认真地看看一个地方，在游走中会不得要领，只有坐下来才能静静地观察，坐的时间愈久，你看到的东西才会更多，也会引起更多的思考。圣马洛在"二战"期间也曾遭到极大的破坏，现在的圣马洛也是按照原样复建的，但它却有着很浓郁的生活气息。这里远近都没有为旅游者建造的星级酒店，城中只有为数不多的小旅馆，十分简朴，却让你感到更为亲切。旅游者不过是这里匆匆的过客，居民才是这里的主宰。圣马洛没有取悦于人的造景，也没有刻意而为的仿古建筑，但它却保存了一种真实的生活氛围。

教堂的钟声响了，做完礼拜的人们陆续走出教堂，一个让你为之感动的画面出现了——原来空空如也的街头咖啡馆突然被人坐满，前后不过十几分钟的时间，维特们忙得满头大汗，还不时地与顾客们打着招呼，是那样的熟悉，那样的自然，街头所有咖啡馆在瞬间已经是座无虚席，这或许就是小城的常态。

圣马洛有着固若金汤的古堡，有着欧洲落差最大的潮汐，有着它的喧闹与宁静，最可贵的是，小城终没有失去自己那不可复制的生活情调与氛围。

圣米歇尔山的鸡蛋饼

还是在巴黎的时候，张广达教授就鼓励我们去一趟西北岸的圣米歇尔山（Mont St-Michel）。他说，来法国如果没有去过圣米歇尔山，就好比来中国而没有到过泰山一样。所以我们做西北诺曼底、布列塔尼之旅的最终目的就是去圣米歇尔山。

圣米歇尔山浮现在海边，远看宛若是在海中的一座海市蜃楼。平时，它经常被一大片沙岸包围着，只有在涨潮时才会成为岛屿。这里是法国最著名的古迹之一，也是基督教的朝拜圣地。圣米歇尔山的历史可以追溯到八世纪，传说是大天使圣米歇尔托梦给一位小镇上叫奥贝的主教，让他在圣米歇尔山上建一座教堂，用以彰显天使的伟大。如此这座圣米歇尔山上才有了第一座教堂。如今，在教堂里还有这样一面墙，诉说着教堂的历史。后来，经过一代代主教、修士、信众、工匠和建筑艺术家的艰苦努力，将巨大的石块儿和材料运过浮动的流沙，拉上了山顶，又经过了八个世纪的不断修缮和建造，到了十六世纪，才成为了今天如此壮观的圣米歇尔山建筑群。这座建筑群由罗马式教堂、宏大的修道院和城堡和谐地组合在一起，从远处望去，是童话世界里的仙山。无论是远观还是走入教堂和修道院，都会给你一种巨大的震撼。

雨果说过，圣米歇尔山对法国如同大金字塔对埃及一样的重要。

山上本笃会修道院的建筑虽然恢宏，却没有丝毫的华丽，显得朴实、庄严和厚重。庭院和回廊面向着大海，犹如镶嵌在大教堂之上，亦如悬浮在云水之间。从百年战争到第二次世界大战期间，这里的修士们曾在城堡两次捍卫了修道院，既没有让英国人攻下圣米歇尔山，也没能让德国人炸毁教堂和修道院。几百年以来，圣米歇尔山傲然挺立，历尽沧桑。

圣米歇尔山有一道潮水坝与大陆相连，从入口处登山到教堂和修道院要经过建筑密集的狭窄山路。沿途有无数旅店、餐馆和纪念品小商店，但都非常整洁。山上可以利用的空间可谓发挥到极致。

圣米歇尔山的美食有诺曼底最著名的奶酪和苹果酒，更有独具特色的鸡蛋饼和羊排。最有名的一家鸡蛋饼店在圣米歇尔山入口处不远，叫做布朗妈妈鸡蛋饼店，早已是人满为患。打听一下，据说要等上两三个小时。从窗户看看厨师的操作，却也没什么太新鲜的，有点像 Pankake，当地叫做 Crepe，但是花样很多，有甜有咸。咸的有做得很高的那种，中间夹有香肠和奶酪，也有卷起来的。甜的有的很薄，像我们的煎饼，中间也夹奶酪，也有抹上糖浆的。有些甚至就像鸡蛋糕的模样。

布朗妈妈鸡蛋饼店在圣米歇尔山来说就算很大的店了，三开间的铺面，楼上楼下。操作间就在店堂里，大门内外都挂着许多平底的铜锅，以广招徕。看来，城门口这家鸡蛋饼店是吃不上了，只得另辟蹊径。最终在山道旁的一家餐馆就餐，我要了份煎羊排，记不得内子要的是什么，反正是要了一份鸡蛋饼，总算不虚此行。羊排和鸡蛋饼都不算好，大抵中外旅游点的饭食都有这样的通病。鸡蛋饼的价格不菲，我是说并非物有所值，一撮面粉，几个鸡蛋，用了点黄油，值不了几个钱，可人家卖的就是特色和名气。后来才知道，圣米歇尔山的鸡蛋饼源于百年战争，英国人围困圣米歇尔山，所有的东西都吃完了，就剩下了鸡蛋和很少的面粉，鸡蛋还能再下，而面粉却要精打细算地吃，于是想出做成鸡蛋饼的办法，不料在五百多年后却成了圣米歇尔山闻名遐迩的美食。

出城时，那家叫做布朗妈妈的鸡蛋饼店在卖铁盒装的鸡蛋饼干，顺便买回两盒，打开尝尝，味道却远比当时在圣米歇尔山吃过的好许多，忍不住回到巴黎就吃光了一盒。另一盒后来带回了北京，让朋友们分享。今天，那个饶有特色的铁盒搁在那里，偶尔看见，还能想起圣米歇尔山来。

增订本后记

2001 年，我的一本小书《老饕漫笔》出版，也许是因为别开生面的缘故，有幸得到读者的关注，二十年来出版了三个版本，印刷了十几次。因此在 2011 年又出版了《老饕续笔》。这本续笔至今又过去了十年，不断加印。

漫笔和续笔都是一些关于饮食的小文，虽说是关乎饮食，但又不完全是谈吃的，其中也夹杂着一些个人的闻见和对旧时的回忆，也就算是随笔罢。二十年来，感谢读者和出版社的厚爱，得以多次加印，确实感到很荣幸，也很惶恐。从内容到文笔，都谈不上是好文字，大抵是这些年来读者对饮食的关注才会有此殊荣。

《老饕漫笔》曾出版过增订本，这次应出版者的要求，《老饕续笔》也即将出版增订本，在原来的基础上增加了"玉液凝脂话乳食""也说婚宴""新韭黄黍春盘绿——北京的春节食俗杂谈"和"川菜的'巴''蜀'之别"等文章。此外，相较之前的版本，文章的顺序也有所调整，约略分类。

岁月荏苒，二十年过去了，《老饕漫笔》的责任编辑孙晓林女士和《老饕续笔》的责任编辑张荷女士都已经退休了，接手这两本新版的是王竞女士，诚如三联的一贯传统和作风，王竞女士不但对增订文字做了认真编辑，而且对《老饕续笔》的全文再次审读，对个别文字和时间的提法、口吻都提出了十分中肯的建议，对她的辛勤劳动，在此致以衷心谢忱。

辛丑仲春　赵珩于彀外书屋